Ronso Kaigai
MYSTERY
255

# 笑う仏《ラッフィング・ブッダ》

Vincent Starrett
Murder in Peking

ヴィンセント・スターレット
福森典子［訳］

論創社

Murder in Peking
1946
by Vincent Starrett

目次

笑う仏《ラッフィング・ブッダ》　5
訳者あとがき　299
解説　三門優祐　302

# 主要登場人物

ハワード・ピルグリム……探偵小説の作家（米国人）
エリス・サーストン……博物館の学芸員（米国人）
ケイト・ウェバー……中国美術品店の経営者（米国人）
ホープ・ジョンソン……犯罪学者。〝アマチュア探偵〟（米国人）
ローラ・ピルグリム……ハワードの姪（米国人）
セルデン・オズグッド……弁舌家
ブランシュ・ウィンダム……意地の悪い美女
オリン・タターシャル……探検家（英国人）
アリー・コルキス……コペンハーゲンの博物館の助手（デンマーク人）
フランク・リレソー……ハリウッドの映画監督（米国人）
ジェリー・ストリート……画家（米国人）
イ・リー……北京大学で外国語を教えている中国人女性
リンダ・ルーカス……旅行ジャーナリスト（英国人）
カルロッタ・ミラム……アメリカ・カンザス州から来た観光客
アン警部……中国警察の警部
ルーシー・スタック……ドイツの伯爵夫人。中国の古代青銅器の権威
ガイ・キャメロン……アメリカ領事官の書記官
ファン……宦官《かんがん》
アイーダ・ルイス……中国で生まれ育った西洋人女性

# 笑う仏《ラッフィング・ブッダ》

北京で過ごした日々におけるすべての良き友人たちへ――とりわけ、イ・イン、ヘレン・バートン、アイーダ・プルイット、ケイ・トッド、ルシール・スワン、ドロシー・セントクレア、エレノアとオーウェン・ラティモア、ペグとエドガー・スノウ、ドロシーとフランク・スマザーズ、ズィーナとフランク・オリヴァー、メイヨ・ニューホール、ジョン・ホープ＝ジョンストン、マルコム・マクドナルド、リン・ユータン、そしてチェン・シューユイへ――愛情を込めてこの物語を捧げます。

# 第一章

椅子駕籠に乗って急斜面をのぼっていたピルグリムは、ふと中国の固い大地を踏みしめたくなり、担ぎ手の男たちに止まるよう声をかけた。夕日が沈んでもなお、西の空は残光で劇的なまでに美しい赤色に染まり、夜との境界線を描き出す黒いフレスコ画のような紫色の山々を際立てている。その鋸刃のような山際は、まるで壮大な舞台の炎と血を描いた背景画の前に、とてつもなく大きな書き割りを立てたかのようだとピルグリムは思った。

振り向いて丘の下に目を移すと、夕闇の迫る平野に広がる北京《ペキン》の街が、うだるほど蒸し暑い夏の夜にあえいでいるように見えた。だが、松の木々に囲まれたこの丘の中腹は、空気が新鮮で爽やかだ。その空気を胸いっぱいに吸い込むと、この先の古い寺で週末を過ごそうと招待してくれた女性に深い感謝が湧いてきた。彼女はその山寺を別荘代わりに借りているのだった。運がよければ、この訪問も無駄にはならないかもしれない。ほかの招待客たちがロバに乗って周囲を探索したり、感嘆しながら崩れそうな古い仏や龍の像を眺めたりするのを横目に、自分は地面に寝そべって〈第九章〉の案をじっくり練るとしよう。なにせ、あの章にはかなり手こずるにちがいないのだから。

ピルグリムはのぼってきた道を目でたどった。くねくねと曲がるその小道の先はもう夕闇に溶けている。だが、ずっと下のほうから別の駕籠を担ぐ男たちの苦しそうな声が聞こえてきた。サーストンを乗せた駕籠が、そう遠くないところまで来ているらしい。ピルグリムを運んできた中国人の駕籠かきたちはと言えば、危険なほど崖の縁ぎりぎりに尻を下ろして、彼の出発の合図を待っていた。徐々に濃くなる闇の中に浮かぶ男たちの姿は、中世の建築物の水平帯《コーニス》の装飾怪物《ガーゴイル》に命が宿ったかのように思えた。

　すると、もうひとつの提灯が蛍のように光りながら小道のカーブを曲がり、ピルグリムたちのいる岩棚のほうへのぼって来るのが見えた。エリス・サーストンが呼びかける声が聞こえた。

「そこにいるのはきみかい、ピルグリム？　やれやれ、こんなところから落ちたらどうなることか！　この連中ときたら、さっきの崖で曲がるときにわたしを振り落としそうだったぞ」サーストンの椅子駕籠の担ぎ手の男たちは荒い息をつきながら駕籠を岩棚の上に降ろすと、座り込んでいる同胞の男たちのもとへ向かった。すっかり体のこわばったサーストンは駕籠から這い出して脚を伸ばした。「あやうく、エリス・サーストン著『東洋遭遇記』に新たな一章が追加されるところだったよ。それも、最終章がね！」

「きっと〝笑う仏《ラッフィング・ブッダ》（日本では〝布袋〟として知られる中国の仏僧の英語のあだ名）〟が勝ち誇ったように笑ったところで〝完〟となるのだろうな」小説家であるピルグリムが笑みを浮かべながら言った。「ところで、さっきの夕焼けは見逃さなかっただろうね？　ここでもめったにお目にかかれないほどの絶景だった」

「もちろん、のぼって来るあいだ、ずっと眺めていたよ」サーストンは賛同するように言った。「見るたびに、美しさが増していくようだった。ここは山頂までの中間地点のようだね。ああいう連中が暗闇の中でも平気で進んでいけるのが、いつも不思議でならないよ。うっかり足を踏み外したりしないのかね？」

「落ちたなんて話は聞いたことがないな。やたらと足元の確かな小悪魔どもなんだよ！」ピルグリムは提灯の仄かな光に腕時計をかざした。「もう少ししたら月が出るはずだ。それまでは連中を休ませてやろう。どうせこっちも急いでいるわけじゃない。九時半までに到着しなかったら、先にほかのみんなで夕食を始めるとケイトも言っていたからね。カクテルならさっき充分すぎるほど飲んだし、かまわないだろう？」

そう言ってポケットから長いパイプを取り出し、小袋に入った煙草の葉を詰め始めた。

「カクテルどころか、夕食もまだ要らないぐらいだ」サーストンが賛同した。「さっき腹いっぱいアンチョビを食ったからね。北京の社交界の付き合いときたら、カリフォルニアよりも忙しいぐらいだな」彼は崩れそうな固い土と石の地面に腰を下ろしてポケットの煙草を探った。「こうして岩の上でひと息つくのが一番だよ」

「きみは人気者《にんき》だからね」ピルグリムが言った。「それに、しばらくここを離れていただろう？　外国人居住者どうしの孤立したコミュニティにとっては、きみが帰国したり、またこっちに戻って来たりするだけで、一大イベントなんだ」そう言うと友人の隣に腰を下ろして脚を伸ばした。

サーストンはそう聞かされても面白くなさそうだった。

「これから顔を出すパーティーも、大きな集まりなんだろう？」彼は尋ねた。擦ったマッチの火が、彼のがっしりした顎の輪郭を一瞬浮かび上がらせた。

「まあ、大きいと言えるかな。ただ、きみが心配するようなつまらない会じゃないよ。食事はうまいし、初めて訪れる者にとっては、あの寺自体に一見の価値がある。その古い寺を、ケイトはナイトクラブと狩猟小屋の中間のような施設に改装したんだよ。さっきの夕日が色鮮やかだと思ったのなら、彼女が〝リビングルーム〟として改装したお堂には驚くぞ。なんたって、彼女自身の内面を原色で表現しているんだからね——すべての原色を使って」

「まさか彼女、変人なんじゃないだろうね？　そんなふうには思えなかったが」

「変人だなんて、とんでもない」ピルグリムが言った。「それどころか、あれほど見事に自然体な女性には、北京ではまずお目にかかれないよ。とにかく他人にどう思われようと、自分のやりたいことはやる。わたしと意見がぶつかるとすれば、彼女があまりにも簡単に人を信用しすぎる点だろうね。すぐに騙されて痛い目を見るんだ。わたしはあそこまでお人好しにはなれないね。もっとも、今夜集まる著名人たちは素晴らしい人間ばかりだから心配要らない。まずは、きみだろう？　それに、タターシャル。それから、ハリウッドの映画監督だとかいう男が、しばらく仕事を離れてこっちで……」

「そして、誰もが知る物書きのハワード・ピルグリム先生もいらっしゃる、そうだろう？」

「そうとも。『内なる死体』に『殺しのレシピ』、その他、本や映画でお楽しみいただいている名作の著者でございます」

　ピルグリムが話に乗って言った。

　サーストンが笑った。「今はどんなものを書いてるんだい、ハワード？」ふざけながらも彼の仕事ぶりを認めるように尋ねた。「『北京の地獄絵図』とか？　日本人のスパイや中国人の阿片《アヘン》中毒者の話か？　ソビエトの工作員やら、袖の中に短剣を隠し持つユーラシアの美女も出てくるのか？　そうだ、いいことを思いついた——わたしの冒険談をそのまま小説にしたらどうだい？　実に謎に満ちた体験が続いたからね。タイトルをつけるとしたら——」

「『笑う仏《ラッフィング・ブッダ》』なんてどうだ？　いいタイトルだろう？　何日か前にひらめいてメモしておいたんだ。

あとはきみが誰かに殺されてくれれば、こっちは大いに助かるんだがね」

「考えておくよ」サーストンが苦笑いしながら言った。

話をするあいだも、ふたりを取り囲む闇はますます濃くなり、下の斜面の木々の中で夜行性の鳥がささやくように鳴いた。ゆっくりとのぼってきた月が弱々しい光で辺りを銀色に染めていた。崖の縁に座って何やら小声で話を交わしていた椅子駕籠の人夫たちが、爆竹が破裂するかのように突然大声で笑いだした。

サーストンが声をひそめた。「いや、本当にそうなるかもしれない」彼は何かを思い出しながら言った。「今夜もまた誰かに後を尾《つ》けられていたから」

ピルグリムは驚いた。「まさか、本当か！」

「少なくとも、そんな気配は感じたよ。尾《つ》けられていたと断言するのは難しいからね。そんな気がしただけだ——でも、何となくわかるものさ」

「だって、いったい何の目的で？」

「それがわかれば苦労しないよ。何かが欲しいのなら、ものによってはこっちから差し出してもいいぐらいだ」

「きっと、きみの動きを監視しているだけだろう——いや、たしかこの前は実際にバッグの中を探られたんだったね！　まさかとは思うが、ポケットに〝グーナの緑の眼〟（インドの王から盗まれたダイヤを追うアーサー・モリスン著『緑のダイヤ』より）を隠し持ってるんじゃないだろうね？」

「偶像の目玉なんて盗んだことはないよ」サーストンがほほ笑みながら言った。「そういうエピソードはエドガー・ウォーレス（一八七五〜一九三二。イギリスの推理作家）の専売特許だ」

「今夜尾《つ》けて来た新顔は、どこで見かけたんだ?」

「実際に見たわけじゃないし、新顔だか古顔だかもわからない。ただ、あの場にいたことだけははっきりしている。きみと一緒にウィルコック家を出た直後と、その後でホテルを出発したときにも。とは言え、中国人なんてどこの建物の入り口にも常に十人以上は立っているから、どの男かまではは っきりわからないんだ」

ピルグリムは考え込みながらパイプを深く吸った。そのとき急に、人気《ひとけ》のない暗闇の中で岩山の崖の端に座っていることがひどく心細く感じられた。危険な空想をしてしまう。少し離れたところでゆったりと座っている駕籠かきの男たちの様子をちらりと盗み見た。たぶん女とうまくいったとかふられたとか、くだらない無駄話が続いている。ピルグリムはパイプを石の上に叩いて灰を捨てると、すっくと立ち上がった。

「こんな丘の上まで尾《つ》けて来ているとは思えないがね」ピルグリムは言った。「きみが死んでくれれば、たしかに新作を書く役には立つだろうが、いやいや、わたしのやるべきことは明白だ。今はきみを無事にケイト・ウェバーのもとへ送り届けなきゃならない。その後はどうなろうと、彼女の責任になるからね」

サーストンも笑いながら立ち上がり、いたずらっぽく打ち明けた。「実を言うと、車でこっちへ向かっていたときにも、途中まで別の車に尾《つ》けられていたんだよ。玉峰塔に差しかかる直前に見えなくなったがね。どのみち、ここは殺人には向かないよ、ハワード。誰かが近づく物音は、一マイル先からでも聞こえる。それに、この急な山道なら、たとえ連隊が攻め込んで来てもふたりだけで守りきれる」

「わたしは連隊なんぞと戦いたくはないがね」ピルグリムが言った。「〝オイ、キミ！〟」彼は出発の指示を待っている駕籠かきの男たちに向かって中国語で叫んだ。「〝今スグ、上、行ク！〟なあ、サーストン、中国語っていうのは素晴らしい言語だね。わたしはすぐに覚えてしまったよ。たいていのことは〝オイ、キミ！〟で済むんだから」

駕籠を担いだ男たちは、頻繁に呻き声や怒声を上げながら、より背の高い松が生える暗闇の中を苦しそうに進んだ。勢いよく振り上げられる男たちの踵や膝を、上下に揺れる提灯の光が照らし、重みに耐える彼らの影をゆがませた。強い風の吹きつける剝き出しの尾根をひとつ越え、小さな谷間を苦労しながら降りると、砂利だらけの段丘をのぼった。踏みつけられた小石は砕けて滑り落ち、斜面の下へと転がっていった。すると、思いがけないことに小道の幅が唐突に広くなり、椅子駕籠が水平になった。巨大な一枚岩を掘って作った長い石段の前で駕籠が降ろされた。石段のてっぺんで、懐中電灯を持った白く小柄な人影が、そこからさらに上で待ち受ける謎に満ちた寺へ案内しようとふたりを待っていた。

数分間続いていた沈黙をサーストンが破った。

「かなり裕福そうだね？」彼はいきなりそう尋ねた。

「誰——ああ、ケイトのことかい？　彼女はきっと極東地域で最も成功したビジネスウーマンだよ。世界じゅうに支店があるからね。たしか、フロリダで毛皮まで売ってるらしい！　きみがこれまで一度もケイトと顔を合わせていなかったことが不思議なぐらいだ——と言っても、きみが以前こっちにいたときは、たしか彼女は商売でずっとアメリカに行ってたんだっけ」小説家は財布を出そうとポケットを探っていた。駕籠かきの男たちが代金を待っていたのだ。

「どうしてそんなことを訊くんだい？」ピルグリムはつけ加えるように尋ねた。「まさか、再婚なんて考えてるんじゃないだろうね？　アンに先立たれて、てっきりきみはもう――」

「もし次に結婚するとしたら」サーストンがにやにやしながら言った。「金を持ってる女がいいね」

ピルグリムは彼に嫌悪の目を向けた。アン・サーストンほど素晴らしい女性はめったにいない。その妻をないがしろにしてきた友人を、ピルグリムは許すことができなかったのだ。

石段の上にいた中国人の少年がふたりのところまで駆け下りて来て、まるで猿が鳴くように何やらしゃべりだした。その出迎えの挨拶の最後に、慣れない英語で誇らしげにこう締めくくった。「グッド・モーニング」少年の言葉に、サーストンが笑いだした。

「この子は皮肉で言ったんじゃないよ」ピルグリムが言った。「それがこのチャンにとって、西洋式の挨拶の言葉なんだ。彼はどうやら、わたしたちが夕食に間に合ったと言っていたみたいだな」

彼らは長い石段をのぼって、ケイト・ウェバーの借りている寺への山門をくぐろうとした。中国人の少年が笑いながら懐中電灯を暗闇に向け、門の入り口の両脇に立っている恐ろしい怪物の姿をあらわにした――人間の拳ほど大きな目玉を持つ獰猛な巨人が二体、侵入者に向かって今にも火のついた矢を射ようと構えている。だが、このふたりのアメリカ人は、すでに似たような寺を何軒も見てきていた。軽く鼻先で笑うと、そのまま山門をくぐって中庭へと踏み入った。

さらに何段かの階段が待っていた。そこをのぼると、輝くような緑と黄色の瓦屋根の鼓楼と鐘楼の建つ中庭に出た。さらに階段が続く途中に四天王像を安置した天王殿があった。その巨大な四つの像も、山門で見た守護神たちと変わらないほど恐ろしげな姿をしている。懐中電灯の光がスキップするように揺れるのに合わせて、四天王の全身がくすぶった怒りで脈打っているように見えた。四体はどれも片足を上げ、苦悶する小さな餓鬼の石像を踏みつけている。

　通路の真ん中で行く手を塞ぐように置かれた高座には、謎めいた笑みを浮かべた朗らかな表情の仏像が鎮座していた。膝の上に乗るほど大きな腹が突き出ている。目は豊かな暮らしを象徴するように明るく輝いている。

　ピルグリムとサーストンはその仏像の前でとっさに足を止めた。

「ほら、きみをつけ回していた男がこんなところにいたよ」ピルグリムが肩をすくめながら言った。

「それほど怖そうなやつには見えないがね」

「〝太鼓腹の弥勒菩薩〟だ」エリス・サーストンが言った。「別名〝笑う仏《ラッフィング・ブッダ》〟！　たしかに見た目だけは、いかにも善人そうな顔をしている。だが、冗談はさておき、わたしを尾《つ》けていた男にそっくりだよ」人間を救うはずのその仏の、大きく平たい顔をじっと見上げたサーストンが、ふと不思議そうに言った。「ふくよかな男を見ると、うっすらと恐怖を感じてしまうのはどういうわけだろうね？」

　そこからまた階段が、ちょうど山の傾斜と同じ角度で上へと続いていた。彼らは中門をくぐり、古い石畳の中庭に出た。長方形の中庭の正面に、曲線的な屋根をいただいた低く細長い建物があり、窓から明るい光と賑やかな声が漏れていた。扉の外では、カールしたたてがみの大きな獅子の石像が二体、光を受けて身動きもせずに客を出迎えている。ずらりと並んだ赤い提灯が、夕食の宴の席まで続いていた。

## 二

〝月亮門〟（満月に見立てて円形に壁をくり抜いた門）を模した暖炉と、五色幕を張り巡らせた装飾の驚くべき〝リビンググルーム〟の中では、若きミスター・ジョンソンが話に聞き入っていた。語り手の男は実に楽しそうに話を披露していた。息継ぎをするたびにクックックッと笑い、苦しそうに息をゼイゼイさせる。洗練された服装に身を包み、いたずらっぽいユーモアに満ちたその太めの紳士は、外見だけなら、かの著名なミスター・アレキサンダー・ウールコット（一八八七～一九四三。アメリカの俳優、劇作家、批評家）にそっくりだった。

「さて、翌朝になると」語っていた男は話の締めくくりにかかった。「〝J・K〟がものすごい剣幕でフロントに電話をかけたのさ。『寝ているあいだにズボンを盗まれた、いったいどうしてくれるんだ』ってね。当然ながら、すぐにホテルの支配人が部屋まで飛んできて、状況を直接確かめた。が――やはりズボンはどこにもない！　一時間もしないうちにスタッフが総出でズボンの捜索に当たったが、当の〝J・K〟はベッドから起き出しもせずに、どいつもこいつも役立たずだと悪態ばかりついていた。しまいには、ホテル側が〝J・K〟のために大急ぎで新しいスーツを一着買いに走るしかなかった」

集まった客たちが一斉に歓声を上げたので、ミスター・オズグッドは大満足だった。数ある思い出話の中でも、この悪ふざけの好きな〝J・K〟という男――今は亡き、大使館の元書記官――が登場するものはいつも受けがいい。

「でも、盗まれていないのなら、その方のズボンは本当はどこへ行っちゃったの？」いつも期待通りの質問をしてくれるローラ・ピルグリムが尋ねた。

「そこなんだよ」セルデン・オズグッドが切り返した。「さてさて、〝J・K〟はどうやってこの勝負に勝利したのか？」

「ずっと穿いてたんでしょう。たぶん、パジャマのズボンの下に」ブランシュ・ウィンダムが切り捨てるように冷たい口調で言った。

小柄なローラ・ピルグリムが困惑した表情を浮かべた。「でも、ブランシュ――そんなこと、できるかしら？　誰も彼の――その」ローラは顔を赤らめながら、質問を続けた。「着衣の下を確かめなかったのかしら？」

「もちろん、確認したとも」オズグッドが馬鹿にするように言った。「まったく見当違いの答えだ。さあ、降参かい？」

「まいったな、わたしもそれと同じ悪夢をしょっちゅう見るよ、今でもだ」探検家のターシャルが口を挟んだ。片方の眼窩にはめた片眼鏡をいっそう深く押し込み、挑むような目で周囲を見回した。「ふと気づくと、いきなりゴビ砂漠の真ん中にいる夢なんだが、なんと、何も穿いて――」

「みんな、降参かい？」

若きミスター・ジョンソンが申し訳なさそうに咳払いをした。いつもは深刻そうな青い瞳に、急に陽気さがよぎった。「ひどく簡単な問題じゃありませんか？」彼は言った。「みなさん、すぐにでも口をそろえて答えられると思って黙っていたのですが。その男はそもそもホテルに着いたときからズボンを穿いていなかったんですよ」

「何ですって！」感嘆と抗議の混じった大きな声が女性陣から上がった。

「馬鹿なことを言わないで、ミスター・ジョンソン！」大きすぎる椅子の深くに、猫のように丸まって座っていた痩せた中国人の若い娘が言った。ジョンソンに向かって困惑したように人差し指を振っている。

ケイト・ウェバーはすでにその話は何度となく聞かされていた。「いえ、彼の言うとおりよ。〝J・K〟は初めからズボンなんて穿いていなかったの。でも、どうしてわかったの？」

「ミスター・オズグッドは先に、その友人が長いコートを着ていたと言いましたが、それきりそのことには触れようとしませんでした。ズボンがないという話になったとき、ああ、さっきのコートの下は、隠さなければならない恥ずかしい状態だったんだなとわかりましたよ」若きミスター・ジョンソンはローラ・ピルグリムに向かっていたずらっぽくほほ笑みかけた。

「とても頭が切れるのね」ケイトはそう言うと、急いで赤いカウチから立ち上がって部屋の扉のほうへ向かった。誰かが到着したらしい物音が外から聞こえたのだ。「あなたの叔父さんとサーストン博士が見えたようね」ローラに向かって言った。

遅れたふたりが何やらもごもごと言い訳をしながら姿を現した。部屋の客の中からは歓迎の声と、ふざけ半分の怒声が飛んだ。その場にいる顔ぶれを、ケイト・ウェバーが手早く指し示していった。

「おふたりとも、もうほとんどの方のことはご存じよね？　部屋の隅にいる、あの魅力的な金髪のお嬢さんは、アリー・コルキスよ。コペンハーゲンから来ていて、つまりデンマーク人。アリー、こちらはサーストン博士とミスター・ピルグリムよ！　サーストン博士は博物館の学芸員をなさっていて、ミスター・ピルグリムはミステリの大傑作をいくつも書いてらっしゃるわ。そのうち、一冊くださる約束なの。ほかは、ミス・リーに、ミス・ルーカスに、ミス・ピルグリムに、ミセス・ウィンダムに、ミセス・ミラム。男性のみなさんはご存じの方ばかりよね――あら！ ミスター・リレソーとは初対面？ でも、もちろん名前ぐらいは聞いたことがあるでしょう？ かの有名なミスター・リレソーよ、ハリウッドでご活躍の」ケイトは主にサーストンに向かって話していた。「それから、こちらにいるジェリー・ストリートのことは覚えてらっしゃるわね？ と言っても、あなたと同じで、ここをしばらく離れていたんだけど」

サーストンはその若い画家と握手を交わしながら、言われてみれば二年前にも会ったことがあるな、とぼんやり思い出していた。「またお目にかかれて嬉しいよ、ミスター・ストリート」彼はぼそぼそと言った。「今アメリカじゃ、あなたの作品はとても人気があるんだよ、ご存じだろうけど」

「あいつらも、ようやく良さがわかってきたようだね」画家は苦笑しながら答えた。「この十年というもの、偽物ばっかりありがたがって――」

「わたしはジョンソンといいます」若きミスター・ジョンソンが申し訳なさそうに口を挟んだ。「ミスとかと同じで――どうも印象が薄いようです」

「まあ、とんでもない！」ケイト・ウェバーが落ち着き払って言った。「あなたの紹介は、わざと最後にとっておいたのよ。おしまいを飾るのはこちら、ミスター・ホープ・ジョンソン――お若いアメリカ人よ。さて、みなさん、お腹は空いてらっしゃるんでしょうね？」彼女は雑用係の使用人を探しに急いで部屋を出て行った。

「きみとはアメリカで会ったことがあるんじゃないかな」サーストンがジョンソンに声をかけた。「その名前と顔には、どことなく覚えがあるんだ」

そう、見覚えのある男だ。サーストンは、次にタターシャルに話しかけようとジョンソンに背を向けながら、そう思った。ただ、どんな状況で会ったかははっきり思い出せない。はて、ホープ・ジョンソンに会ったのは、アメリカのいったいどこだっただろう？　それとも、彼の名前と顔写真を新聞で見かけただけなのか？　何者かはわからないが、なかなか魅力的な顔をしたやつだ、とサーストンは思った。

探検家のターシャルのもとへたどり着く前に、例のコペンハーゲン出身の美女から声がかかった。

「先生とお目にかかるのを楽しみにしていたんです」彼女は言った。

「お世辞だとしても、とても嬉しいね」

彼女は愛想よくほほ笑みかけた。「先生の書かれた本を読ませていただきました。どれも素晴らしかったわ」

「ああ、やっぱりぬか喜びだったか」サーストンが笑いながら言った。「わたしをミスター・ピルグリムと勘違いしているようだね。探偵小説を書いてるのは彼――」

「いいえ、先生のことです――書かれた本は二冊とも読みました。『中国美術の主題におけるシンボリズム』と『中国の陶磁器――入門編』です」

「へえ、これはまた驚いたね！」

「ただ、いくつかの点においては、まちがってらっしゃると思うんです」アリー・コルキスが言った。

「何だって！」

「たとえば、先生の書かれたことを否定するようですが、中国において赤い下絵具で装飾された磁器は、すでに宋の時代にはかなり高度な進歩を遂げていたことを示す事例があります」

「まいったな！」サーストンは恭しい調子で言った。「それで、お嬢さん、きみは何者なんだい？」

彼女は笑いだした。「何者かじゃなければいけませんか？　コペンハーゲンに東洋美術の博物館があるんですが、以前、そこで助手をしていたことがありまして――もちろん、とても規模の小さな博物館ですが」

「いや、素晴らしいよ」サーストンが言った。「きみはきわめて才能のあるお嬢さんなのだろうね。だが、赤い下絵具の件に関して言わせてもらうと――おっと！　夕食が始まる合図だ。腹は減ってるんだろう？」

「そうですね――空いています」

「では、この続きは是非また後で」

「喜んで」アリー・コルキスが言った。

夕食の席で大いに話が弾んだのは、主にハリウッドの映画監督であるリレソーのおかげだった。初めのうちこそ自意識過剰から不機嫌そうに黙り込んでいたが、やがて割り切って、矢継ぎ早に浴びせられる質問のすべてに答えることにしたからだ。世界じゅうどこへ行っても、映画業界について誰もが訊きたがるお決まりの二十の質問は変わらない。ブランシュ・ウィンダムは業界のスキャンダルについて知りたがった。彼女も自らいくつか噂話の種を提供したが、リレソーは楽しそうに否定した。「キティ・クライヴ（十八世紀に活躍したイギリス人の舞台女優）が毎回〝コーク〟をやってからでないと舞台に上がれなかったなんていうのは、まったくのデマだよ。酒を引っかけなきゃカメラの前に出られなかっただけだ」彼はきっぱりと断言した。

質問は情け容赦なく次々に飛んできた。

「ああ、あれか」リレソーはほほ笑んで答えた。「『ラブリー・ラフター』シリーズの最新作の、あの驚くべき演出のことだろう？　実を言うと、あれはとんでもない手違いだったんだ。なのに、あの発想は天才的だと監督が称賛されることになった。だが実は、セットの隅にあったゴムノキの鉢植えを誰かがうっかり置きっぱなしにしてね。別のシーンで使ったまま、片づけるのを忘れてたんだ。で、たまたま迷い込んだ猫がその鉢植えの裏に隠れていて、撮影の本番中に、絶好のタイミングで悠々とセットを横切ったというわけだ」彼は楽しそうに大笑いした。「エヴリンガムは怒り狂っていたが、あの演出は象徴的でいいねと誰かに指摘されたとたん、考えが変わった。それ以来、初めから意図して撮ったふりをしているんだよ」

先ほどの若い中国人女性の隣の席に着いたエリス・サーストンは、中国磁器の繊細さについて専門知識を戦わせる機会には恵まれなかった。イ・リーと名乗ったその娘は――驚くべきことに――国立北京大学で外国語と作文を教えていると言う。何とか共通の話題を探り合い、手相学と占いについてぎこちない会話を交わした。

ほかの客たちの話題もとりとめのないものに移り、ピルグリムはミセス・ミラムという女性の話し相手をしていた。カンザス州コヴナ出身の気のいい観光客で、ケイト・ウェバーとは学生時代の友人とのことだった。ピルグリムは彼女と話しているうちに、いつの間にか自分の著作の自慢話になっていたことに気づいた。ミセス・ミラムは探偵小説の大ファンで、いつもコヴナ総合病院のそばの図書館でそうした本を借りて読んでいるのだと言う。「そんなにたくさんの作品を書いてきたのだから、相当に裕福なんでしょうね」と邪推され、彼は慌ててその誤解を打ち消した。

ピルグリムは話を中断してテーブルを見回した。向かい側の席の話し声が聞こえてきた。

「芸術においては、ご存じのとおり、天才的な才能なんかなくても、燃え上がるような熱い思いを注ぎ込むことで補うことができるのさ」

画家のジェローム・ストリートが熱弁をふるっていた。相手はロンドンの通信社向けに旅行記事を書いているという馬面《うまづら》の女性――たしか、そう、リンダ・ルーカスと言ったっけ？　ピルグリムは、その画家の見解は真っ当なものだと思った。ひょっとしてストリート自身のことを言っているのだろうか？　みんな、自分の話しかしないのか？

そのとき、彼が待ち望んでいた質問が飛んできた。人々の話し声が一瞬やんだタイミングだったため、やけに大きく響き渡った。

「ねえ、いったいどうやったらあんな複雑な筋書きを思いつくの？」隣のミセス・ミラムが彼に尋ねた。「あなたの頭の中って、ものすごい迷路《メイズ》なんじゃないかしら？」

「それを言うなら〝放心状態《デイズ》〟のまちがいでしょう」ピルグリムが言った。「一文字誤植があったようですね――ハハハ。いえ、実は幸運なことに」彼は嬉しそうに続けた。「そこは多くの友人に助けてもらっているのです。たとえば、このサーストンですよ。彼にとっては、謎めいた女たちや不吉な暗殺者なんてものは、すでに日常の一部になっているのです。世界じゅうどこへ行こうと、そうした連中が彼について回るのですから。毎晩寝る前にはベッドの下を確認するそうですよ。わたしの次の本は、彼をモデルにしたストーリーになるかもしれませんね」

その場の誰もがピルグリムの話に耳を傾けているようだった。

「サーストンはそんな危険な境遇にいるのか？」探検家のタターシャルが尋ねた。「初めて聞いたな」

ピルグリムの魅力的な姪の隣に座っていた若きミスター・ジョンソンは、興味津々の表情で顔を上げた。アリー・コルキスは文字通り、目を皿のように丸くしていた。

「ねえ、サーストン博士、その謎めいた女や不吉な暗殺者の話とやらを、是非聞かせていただきたいわ」中国人の娘がねだるような口調で言った。

サーストンは少しばつが悪そうに、暗殺者を探すふりをしてテーブルの下を覗き込んでみせた。

「残念ながら、ピルグリムは大げさに言っただけだよ。いつものことだがね」彼は肩をすくめた。

「だが、もしピルグリム以外に謎めいた話《ミステリー》に興味がある方がいらっしゃるのなら――」

三

北京へ戻ってくる旅の後半に入ってから、奇妙な出来事が三つ起きたのだと、サーストンは話し始めた。それらにいったいどんな意味があるのか、いくら考えても納得のいく答えは出ないのだと。日本に到着するまでは、変わったことは一切なかった。ところが、ある夜、東京でホテルの部屋に予定より早く戻ったところ、室内に侵入者がいるのを発見した。日本人の男で、頭が悪いとしか思えなかった。うっかり部屋をまちがって入り込んでしまったなどと言い訳をしたからだ。後になって荷物を開けたサーストンは、中身が荒らされていることに気づいた。

「それでも」と、語り手であるサーストンは言った。「そのときにはまだそれほど困惑していなかった。日本は過敏なまでにスパイを警戒しているし、やつらの偵察活動は悪名高いからね。あいつらは、けっして何も持ち去らない。調査対象が何者で、何の目的で自分たちの大事な祖国にやって来たのか、それを探り出したいだけなんだ。わたしは一時間もしないうちにそんな出来事は忘れていたし、同じような二度めの案件さえなければ思い出すこともなかっただろう」

サーストンはその後、特に何の問題もなく日本を横断し、神戸で一日か二日ぶらぶらと過ごした後で上海行きの蒸気船に乗り込んだ。彼のいう二度めの案件は、その定期船の中で起きたのだった。

「いよいよお待ちかねの」と言って、彼はにっこり笑った。「〝謎めいた女〟の登場だよ。初めて見る女だった。そして、それきり見かけたことはない。東京のホテルのときと同じで、いきなり自分の部屋に戻ったら、そこに女がいた――小さなテーブルの上に腰かけて、煙草を吸いながら、わたしのバッグの中から個人情報の入った書類を取り出して目を通していた。いや、それほど重要なものではなかった。でなければ、わたしも部屋に置きっぱなしにしなかっただろうから。それなりの美女だったことは認めるよ。美しすぎるほどだ。それに、流暢な英語を――どこかはわからないが、外国語のアクセントがほんのかすかに感じられる程度の英語を話した。わたしは彼女がロシア人だと推定した。外見がロシア人ぽいと思っただけだが。とにかく、わたしは礼儀正しく応対した――まさか、美しい女性の顎を殴るわけにもいかないだろう？　すると、信じがたいことに、彼女もまた勘違いをしたふりを始めた！　わたしに向かって『あなた、ミスター・ハートリーじゃないわね？』と訊いてきたんだ。続けて、『ここは一〇一号室でしょう？　ちがうの？　まあ、ごめんなさい！』ってね」

　サーストンは背もたれによりかかって大笑いした。

「彼女が言うには、階段で出会ったミスター・ハートリーなる人物から――まるで『紳士は金髪がお好き』に出てくる娘のように――先に彼の部屋に入って待っていてくれと言われたらしい。わたしが『そのミスター・ハートリーは、自分の手荷物を勝手に開けて書類を読めと言ったのか』と言ってやったら、ぎょっとするほど怖い顔で睨んで、風を受けた帆船のようにあっという間に部屋を出て行った。つい、こちらが悪いことをしたのかと思ってしまったよ」

それでもサーストンは、その一件を東京での出来事と関連づけて考えることはなかったのだと言う。東京では、誰かが探りを入れてきたのはまちがいない。だが今回のことは、彼をかなり困惑させたものの、ちょっとした謎に過ぎない。特に通報もしなかった。その女が再び現れないか、警戒だけは怠らなかった。が、彼女を再び見かけることもなく短い船旅は終わった。

話はさらに、『上海《シャンハイ》特急』（一九三二年のアメリカ映画）ならぬ〝北平《ペイピン》特急〟のエピソードへと続いた。

「わたしは知人を訪ねて一週間ほど上海に滞在した後、ようやく北京行きの列車に乗り込んだ。幸運なことに寝台車両は混み合っていなかったので、コンパートメントを独占することができた。あのいまいましい寝台車の構造については、みなさんもよくご存じだろうね。各コンパートメントには通路へ出るドアがあって、就寝の前には誰もが鍵をかける。だがもうひとつ、隣のコンパートメントと共有のトイレへ繋がるドアもあって、こちらはつい鍵をかけ忘れてしまう。そうなると、隣のコンパートメントを使っている人間が善人であることを祈るしかない。もし隣の男がこっそり忍び込んでサンドイッチの箱を盗もうと思ったら、こちらには防ぎようがない」

サーストンは、自らの甘さと愚かさを咎めるように首を振った。

「わたしの隣のコンパートメントに、暗殺者は乗っていなかった。実のところ、客は誰もいなかった。そうでなければ、次に起きたことはおそらく起こり得なかっただろうからね。わたしは午後十一時頃に自分のコンパートメントの通路側のドアに鍵をかけ、横向きに設置された簡易ベッドにもぐり込み、枕元の電灯をつけて雑誌を読んでいた。そして真夜中の零時に電灯を消して眠った。何かが体に触れるのをはっきり感じて、目を覚ました。だが、身じろぎひとつしなかった——たぶん動いていないはずだ。目だけ開けて、そのまま横になっていた——耳を澄ませながら。列車が暗闇の中を走り続けている音が聞こえていた。辺りはかすかな光ひとつない完全な闇に包まれていた。窓のブラインドは、当然ながらしっかり閉じてあった。それでも、部屋の中に誰かがいることはすぐにわかった」

ローラ・ピルグリムと中国人の娘が楽しさと怖さの入り混じった悲鳴を上げ、ホープ・ジョンソンはほほ笑みながらうなずいた。

「わたしはできるだけ静かに手を伸ばして電灯のスイッチを探った。だが、侵入者はその音に気づいたらしい。何やら大きなものが慌てて隣のコンパートメントのほうへ向かうのを感じて、わたしもそれ以上はじっとしていられなくなった。電灯のスイッチをつけると同時にベッドから飛び起きたが、ちょうど閉まりかけていた共有トイレのドアに思いきり頭をぶつけた。一瞬ひるんだが、すぐにまた追いかけてトイレに駆け込むと、男はすでにトイレの反対側から隣へ出て行くところで、後ろ姿がかすかに見えただけだった。すると、男がこちらを振り向いた。顔が見えた。やつは笑っていたんだ！隣のコンパートメントの中は真っ暗だったが、わたしの部屋の明かりがトイレに差し込んで、隣へ抜けるドアの近くまで届いていた。光は弱かったが、充分だった。見えたのは男の顔だけだ――暗闇の中に、ぼんやりと白いものが浮かび上がっている感じだった。まるで風船のように――灰色の、はっきりとしない、そしてわたしにとってはかなり恐ろしい風船のように、一瞬そこに浮かんでいたが、気づくと隣へ繋がるドアが静かに閉じて、その姿はすっかり消えていた」

気恥ずかしそうに語り始めたサーストンの話は、途中から熱を帯びていき、最後には生き生きとしたドラマチックな朗読劇に変わっていた。静まり返った聴衆の反応が彼を満足させた。次の瞬間、一気に質問が飛び交った。

「ああ、もちろん、すぐに外の通路を覗いてみたよ。ただ、ずいぶん遅れを取ったらしく、わたしが自分のコンパートメントのドアの鍵を開けて、通路を見回した頃には、もうどこにもいなかったんだ」サーストンが質問に答えた。

「じゃ、それが何者で、何をしに来たかはわからなかったんですね？」

「あれはまちがいなく中国人だった――さっき言い忘れていたね。少なくとも、わたしの目には中国人にしか見えなかった。記憶に残っているのは、まるで寺の廃墟に差し込む月光に浮かび上がった不吉な古い仏像のような――暗闇の中の幽霊のように真っ白な顔だった。磨かれた石像のような、と言ったらわかるかな。たぶん、光線の具合でそう見えたんだろうが。それで、何をしに来たのかといえば、きっとわたしが何かを持っていると思い込んでいたのだろうね。前のやつらが盗みに来たのと同じものを、彼も狙っていたのだろう。ちなみに、今回はバッグの鍵を壊されたものの、まだ開けられてはいなかった」

「微妙な光の加減で、男がほほ笑んだように見えただけかもしれない」タターシャルは片眼鏡を押し込みながら言った。

「ほほ笑んでいたんじゃない――笑っていたんだ。笑い声が聞こえた」

「その男は、長い刀を持っていなかったんですか、サーストン博士？　手に持った刀がきらりと光ったりしなかったの？」

　サーストンは首を振った。「ご期待に添えなくて申し訳ないね、ローラ」彼はほほ笑んでみせた。

「そんなものを持っていたのかどうか、さっぱりわからない」

「それでも、隣のコンパートメントには、当然その男の痕跡が残っていたのでは？　やつは隣の部屋で、しばらく耳を澄ませていたにちがいないのですから――あなたの部屋の明かりが消えるのを、あなたが寝入るのを待って」

　現場の痕跡について、かすかに苛立ったように尋ねたのは、若きミスター・ジョンソンだった。彼はサーストンの話を初めから熱心に聞き入っていた。注意深く首をかしげながら――その場にいた一同にとって、その後何度もお馴染みになるポーズだ。

「何か残っていたのかもしれない――が、わたしは特に探してみなかった」サーストンは申し訳なさそうに言った。「通路に男の姿が見えなかったので、わたしは自分のコンパートメントのドアに鍵をかけて列車内の給仕《ポーター》を探しに行った。その車両の端の、客の乗っていないコンパートメントの中で眠り込んでいる給仕を見つけ、自分の部屋に連れて戻った。それから、彼に隣のコンパートメントを調べに行かせたんだ。そこには誰もいないとのことだった。そこで、危険を覚悟でわたしも中を覗いてみたが、たしかに誰もいなかった。わたしは自分のコンパートメントに戻って両方のドアに鍵をかけ、夜が明けるまでにどうにか二時間ほど眠ることができた」

　ピルグリムが軽く拍手をした。「なかなかうまく語れたじゃないか、サーストン。実にわかりやすい話しぶりだったよ。その給仕の男だが――もちろん、中国人だったんだろうね？」

「ああ、そうだよ」

「もしかして、その給仕が実は――？」

「わたしもその可能性は考えたよ」サーストンが言った。「だが、やはり彼ではないという結論に至った。もちろん、彼なら隣のコンパートメントが使われていないことを事前に知っていただろうが、そんなことは通路を通りかかった者なら誰でも気づいただろう。そもそも、その給仕はわたしが見た男とは外見が全然ちがっていた。侵入者は大きな男だった――少し太っていて、ジャガイモのような顔で、ぞっとするような雰囲気の――わかるかい？　見た目が実に不愉快だった！　一方、給仕の男は、どこにでもいるような中国人の若者だったよ」

　ブランシュ・ウィンダムは、サーストンに訊きたいことがいくつも溜まっていた。ようやく思い切って口に出してみた。

「サーストン博士。そこまで狙われるなんて、あなた、いったいどれほど価値のあるものを持ち歩いてらっしゃるの？」

「何も持っていませんよ、本当に！　どうやらおかしな誤解をされているらしい、それだけのことです」

「あら、そう」ブランシュはふくれっ面になった。「教えてくださらないなら結構よ。意地が悪いとは思うけど。だって、ここにいるのはみんなあなたの友人ばっかりじゃないの――」

「誓って言いますが」サーストンが言い返した。「あの連中がいったい何を盗もうとしているのか、わたしにはまるで見当もつかないんですよ。ピルグリムとはもう十回以上もあれこれ推理してみたのですが、さっぱりわかりません」

　タターシャルはそれを聞いて、「ヘパーリーという男の一件を思い出す」と言いだした。別の誰かとまちがわれて、ギャングに世界じゅう追い回されたのだと言う。

「しまいには、その悪党どもに殺されてね」探検家は明るい声で言った。「十五年前に死んだんだ」

「まあ、おかげで見通しが明るくなったわね！」

　ケイト・ウェバーはそう言いながら、座っていた椅子を引いて立ち上がった。「サーストン博士、殺されるのなら、うちの敷地から遠く離れたところにしてちょうだいね。さあ、リビングルームにコーヒーの用意ができてるわ。コーヒーが済んだら、ご希望の方にはこの寺の中をご案内しましょう。あるいは、ルーシー・スタックのところを訪ねるのもいいわね。彼女、この山をさらに半マイルのぼったところにある別のお寺を借りているのよ」

客たちはリビングルームへ移ろうと、中庭を斜めにわたる小道を歩いて本殿へ向かった。サーストンがピルグリムを呼び止めた。

「なあ、ピルグリム。さっき北京でわたしをつけ回していた連中については、黙っていてくれないか。女性たちを怖がらせるだけだからね。自分たちまで危険な目に遭うんじゃないかと思わせてしまう。たとえこんな山の中でも」

ピルグリムも同意見だった。「きみの言うとおりだ。さっきは悪かったな、きみをみんなの前でさらし者にしたみたいで」

「いや、全然かまわないよ」サーストンが言った。「どうせわたしには面白い話題なんてあれぐらいしかないんだ——きみにそそのかされなくても、進んで話していたかもしれない」

## 四

寺の寝所は、あちこちに分散していた。正確には、かつて修行僧が寝起きしていた僧房が三棟あり、中はそれぞれいくつかの小部屋に分かれている。さらに、宿泊客が多くて部屋が足りないときには、〝リビングルーム〟やその奥にある書斎までが寝所として提供されるのだった。かつては、いくつもの社殿や宝殿を抱えたこの寺院の敷地全体が立ち入り禁止の聖域とされていた。だが、一部の建物を外国人に貸し出すことになったとき、僧侶たちはそこにあった古い位牌やカビの生えた仏像を回収し、いくつかの建物を倉庫代わりにして、その中にすべて詰め込んだ。こうした倉庫に繋がる回廊は永らく使われておらず、角材で厳重に塞がれていた。ケイトに貸し出された寺の一画は、おおざっぱに言えば、四角い中庭を囲んで建つ大学のようなものだった。

その外国人たちの社交場の裏側で、岩山のさらに上方で、また別の壁に囲まれた空間の中で、かつての僧院の生活は今も続けられていた。そこでは修行僧たちが昔と変わらず米を炊き、仏に捧げる香を焚いていた。決まった時刻になると、よく響く鐘の音や、ときには彩色の美しい太鼓を叩く音が聞こえるのだった。その狭い、彼らだけの境内の中にも、美しい花の咲く庭園があり、ハスの生い茂る池では神聖な鯉がゆったりと泳いでいた。閉じられた空間の一番高い角には小さな東屋があって、そこから山と平野と空がよく見渡せた。

サーストンとアリー・コルキスが宋の時代の磁器について議論を再開したのは、まさにこの東屋だった。大規模な〈ベインブリッジ・ウォーカー博物館〉の学芸員であるサーストンは、これほど美しい女性が、これほど知識に長けた専門家でもあることに驚いた。淡い金髪はまぶしいほどで、まるで彼女から発せられた光がまわりのものすべてを輝かせているように見えた。映画のスター女優と言ってもおかしくなかった。

「きみほど際立った才能の女性には会ったことがない」サーストンは単刀直入に言った。「そのうえ、最高に魅力的だ」

突然、ある考えが浮かんだ。その強烈なひらめきが、ほかの思考を飲み込んだ。

「わたしの頼みを聞いてもらえたら実に嬉しいんだが」サーストンが言った。「結婚してもらえないだろうか」

アリーはショックを受けていた。言葉がつかえて答えにならなかった。

「ああ、慌てて返事をすることはないよ」サーストンが言った。「まだ数時間しか互いに知り合うチャンスがなかったんだ。そのあいだにきみがわたしと恋に落ちるはずがないのは、よく承知しているよ。実のところ、わたしだってきみを愛しているとは言っていない。わたしももう四十過ぎだ、愛なんてものを信じているかさえわからない。愛だ恋だなどと言うより、誰かと確かな関係を築くほうがはるかにいい――そして長く続く関係を築くには」彼はにっこりほほ笑んでつけ加えた。「中国美術への情熱という共通点が根底にあるのは、理想的じゃないか？」

アリーは自分の体を抱きしめた。「ごめんなさい、サーストン博士――もし本気でおっしゃっているのなら、本当に申し訳ないです」

「だめかい？」

「本当に申し訳ないです」彼女は小さな声でもう一度繰り返した。

「そうか。こちらこそ、申し訳なかった。失礼を許してくれ！」サーストンは彼女の手を取って強く握った。「この件で二度ときみを困らせるようなことはしない」

その瞬間、ふたりは何か邪魔が入ったような気配を感じた。東屋の手すり際に立ったまま、そろって素早く振り向く。入口の柱の陰から、映画監督のフランク・リレソーがふたりのほうをいたずらっぽく覗いていた。見つかったことに気づいて、リレソーはにやにやしながら近づいて来た。

「夜のしじまに紛れて、互いの心の中をさらけ出すふたり」ハリウッドの男がもったいぶった表現をした。「真実はともあれ、おれにはそんなふうに見えたよ。邪魔をしたのなら申し訳ない！」

サーストンはむっとして、何も答えなかった。が、アリー・コルキスは気まずさを押し隠して笑いながら「ええ、たしかに邪魔です」と切り返した。

「申し訳ないって言ってるじゃないか。なんなら、あっちへ行ってようか？」

「どうせわたしたちも、そろそろ戻るつもりでしたので」

リレソーはふたりと並んで手すりのそばに立った。「おれのほうは、あれからストリートとふたりで懐中電灯を持って寺のあちこちを見て回ったんだ。ミイラの安置室までな！　まるで薄暗い《ダーク》ランタンを手に暗黒時代《ダークエイジズ》を探検している気分だった」

「なんだって！　ここにはミイラまであるのか？」

「いや、仏像のことだ。腹の絵具が剝がれかけた奇妙な男の像がいくつもあってさ。懐中電灯で照らすと効果てきめんだ。暗闇の中に、目と鼻の穴が片方ずつ浮かび上がるんだぜ？　粘土と布で出来た造り物だって知らなきゃ、背筋が凍ってたところだ」

サーストンが声を立てて笑った。機嫌は直ったらしく、楽しそうな笑顔を浮かべながら話を聞いていた。「どうやら、中国文化に遭遇するのは初めてのようだね？」

「まさしく、初体験さ」監督が認めた。「おれはいずれ映画を撮りたいと思って中国まで来たんだ。でもときどき、もう撮影が始まってるんじゃないかと勘違いしそうになる。この寺の回廊を行ったり来たりしてると、映画のセットを歩き回っている気分になるよ」

リレソーは、アリーがくわえた煙草に火をつけようと身を乗り出した。

「ほかのみなさんは、今どちらに？」アリーが尋ねた。

「それぞれに散らばってるよ。ミス・ウェバーは何人かを引き連れて、この山のもう少し上で別の寺を借りてるっていう伯爵夫人を訪ねに行った。おれはどうしてもここに残らせてくれと頼み込んだんだ。伯爵夫人なんて名乗る連中には、ハリウッドでいやというほど会ってきた——が、ほとんどは何かいい稼ぎ口はないかと探してるだけだった」彼は顔をそむけ、月と星の光に銀色に染まった谷や平野を見渡した。「あのどこか奥の地平線辺りに、北京の街があるんだな——日本軍とニンニクの臭いであふれ返る街が。なあ、近々日本といざこざが起きると思うかい？」

「すぐにでも何か始まるんじゃないかと、もう何年も言われているがね」サーストンが肩をすくめた。

「この国のリーダーの何人かを買収する金を日本軍がおとなしく払っているうちは、きっと大丈夫だろう。わたし自身としては、好き勝手なときに中国に来て、またアメリカに帰るだけだから、そういうトラブルは一切気にしないことにしている。中国磁器にしか興味がないものでね」

「ゆうべ中国人の学生たちと話をしていたんだが、来週にも衝突が起きるかもしれないと言っていたぜ」

「ああ、中国の学生たちはみんな戦争を望んでいるからな」サーストンが皮肉っぽく言った。「でも、そう望んでるのは学生だけだ。軍人の一部にも同じ考えの者がいるかもしれないが——どうだろうな。それでも、そんなことが起きる可能性は低いと思うよ」

彼らは東屋を後にして、借り上げられた寺に向かって丘を降りていった。

「あのリーとかいう中国人の娘はなかなかの美人だと思わないか？」リレソーは言った。「同じ〝リー〟でも、ヴァージニア・リー（一九二四〜二〇〇八。第二次世界大戦時に人気だったアメリカ人のピンナップガール、のちに映画女優）とは全然タイプがちがうけどね。おれなら、あの娘をひと晩でスターに押し上げてやれるだろう。さてさて——」彼は暗闇の中で腕時計に目を凝らした。「——もうひとり誘って、四人でブリッジができないかな」

「そんなの、無理です」アリー・コルキスが声を上げた。「だって、もう午前零時を回ってるんですよ」

「きみが言うと、ひどく遅い時間のように聞こえるね」サーストンがほほ笑みながら言った。

三人はあれこれ話しながら、寺へ戻る境内の裏門をくぐった。

その頃、ハワード・ピルグリムとケイト・ウェバーはまだ伯爵夫人の寺にいた。一緒に来ていたリンダ・ルーカス、カルロッタ・ミラム、そしてハワードの姪のローラがなかなか帰ろうとしなかったからだ。若きジョンソンとセルデン・オズグッドも一緒だった。ジョンソンが残っていたのは、主にローラ・ピルグリムのそばにいたかったからだ。一行がようやく真夜中過ぎにケイトの寺に戻って来ると、書斎ではブリッジの勝負が繰り広げられているところだった――ハリウッド出身のブリッジ愛好家は、四人めのメンバーとしてリビングルームで眠っていたジェリー・ストリートを見つけ、無理やり起こして連れて来たのだった。ブランシュ・ウィンダムとイ・リーはその場にいなかった。タターシャルの姿もなかった。

最後までどこかをさまよっていたその三人が戻って来たのは、午前二時半になってからで、すでに寺の中はどこも真っ暗だった。ケイト・ウェバーは客人たちが戻って来るのを起きて待っているような女主人ではなかったからだ。みな立派な大人だし、充分聡明なはずだと。とは言え、彼女は伯爵夫人のところで飲んだコーヒーのせいで目が冴えてなかなか寝つけずにいた。そこへ、タターシャルの冗談に、抑えた笑い声を上げながら境内に入って来る三人の物音がした。

「きみたち、今夜はどの部屋で寝るのかわかってるのかい？」探検家の甲高く、どこか耳障りな声が聞こえた。

「ええ、大丈夫よ！　夕食の後でミス・ウェバーに説明してもらったから」イ・リーの声だ。「じゃ、おやすみなさい！」

少しのあいだ、石畳の上を歩く足音が聞こえていた。その後は、まるで人を癒す暗闇に抱かれるように、寺全体が静寂に包まれた――すると突然、恐怖におののく女性の悲鳴が響き、その静寂をずたずたに引き裂いた。

# 第二章

四方を囲む外壁の南東側、中庭の角に建つ建物のひと部屋では、小さな炎が燃え続けていた。だが、悲鳴は突然やんだ。まるで高音を出すことに失敗した歌手の声がかすれてひっくり返ったかのように、長く伸びていた鋭い声がいきなりぱたりと止まったのだ。

部屋の入口の敷居に横たわるように、イ・リーが気を失っていた。倒れたはずみで持っていた銀燭台の蠟燭が折れたものの、火は消えなかったらしく、入口の茣蓙《ござ》が勢いよく燃えていた。真っ先に駆けつけたのは俊敏なホープ・ジョンソンで、スリッパを履いた足でその火を踏み消した。部屋の中では別の女性がひとり、妙にこわばった奇妙な姿勢でベッドに横たわっている。ジョンソンは持っていた懐中電灯で女性の顔を照らしたとたん、すぐまた光をそむけた。ほかの客人たちが戸口に集まり始めていた。

「女性たちを部屋に入れないでください」ジョンソンは鋭い口調で指示した。オリン・タターシャルの腕を摑んで引き寄せる。「あれはミス・コルキスです――死んでいます」小さな声でそう言った。

「こっちの中国人の娘の介抱をお願いできますか?」

「なんてことだ!」タターシャルが言った。

探検家の上着の袖を摑んでいたジョンソンの指先に、ざらついた布地の粗さが伝わってきた。集まっている者たちの中で、タターシャルだけが寝間着に着替えていないことに気づいた。「どうして服を着たままなんですか?」強い口調で尋ねた。

「今しがた戻って来たばかりなんだ——まだ十五分と経ってない。自分の部屋に戻って煙草を一服していたところへ、悲鳴が聞こえたんだ」

「いったい何事なの?」中庭から、ケイト・ウェバーの威厳に満ちた声が聞こえた。「どうしてみなさん、こんなところに立っているの?」

タターシャルは素早く屈んで、床板の上で意識を失ったままの中国人娘の体を抱き上げた。「みんな、どいてくれ」彼は命じた。「ミス・リーが気を失ったんだよ。ケイト、彼女をリビングルームに寝かせたいから、場所を用意してくれないか?」V字型の隊列を組むように走りだした女たちに続いて、タターシャルはミス・リーを重そうに抱えながら中庭をずかずかと突っ切った。

その場に残され、戸口に集まっていた男たちにひとりで応対する羽目になったジョンソンは早口でまくしたてた。どういうわけか、リーダー役を任されてしまったらしい。

「恐ろしいことが起きました」若きジョンソンが言った。「ミス・コルキスが死んでいます——この部屋の中で——わたしの思いちがいでなければ、殺されたようです。おそらく彼女の死体をミス・リーが発見し、悲鳴を上げて気を失ったのでしょう。今のところ、部屋の中まで入ったのはミス・リーひとりだけです。これから先のわれわれの行動はすべて、後で互いの証言を求められることになります。どなたか今から一緒に部屋に入って、わたしのすることの目撃証人になってもらえませんか?ああ、ミスター・ピルグリム、ありがとうございます。では、ほかのみなさんはこの戸口から入らずに、わたしたちの行動を見ていてください」

ジョンソンは一瞬目を輝かせ、唇の両端を上げた。「えらそうに聞こえたらすみません。ただ、前にもこうした場面に居合わせた経験があるもので」

そう言うと返事も待たずに、部屋の奥まで届く懐中電灯の長い光をたどって室内へと足を踏み入れた。ハワード・ピルグリムは、残った四人の男たちに向かって驚いた表情を見せてから、ジョンソンに続いて部屋に入っていった。そのとき突然、何やら合点がいったらしく、ピルグリムの目が光った。若きジョンソンの肩に手を置いた。

「きみが何者なのか、やっと思い出したよ」彼は低い声で言った。「ニューヨークで起きた〝メリック殺人事件〟を解決したのは、きみだね！　たしか、あのとき殺された若い女性は、きみの――」

「ええ、おっしゃるとおり」ホープ・ジョンソンがすかさず言った。「でも、その件については話したくないんです――お察しいただけますか！」

彼はしゃがみ込んで、ベッドの枕元にあった石油ランプをいじった。すぐに赤みを帯びたやわらかい光が部屋を照らし、戸口に立っている男たちにもベッドの上の死体が見えるようになった。

「ああ、ジーザス！」芸術家のストリートはそう漏らしたが、不敬な悪態をついたわけではなかった。胸の前で十字を切り、中庭へと退がった。

アリー・コルキスは、激しく身をよじるように死んでいた。首を力いっぱい締め上げられて命が尽きそうになりながら、なんとか相手の手を振りほどこうとして、異常な力で体をねじりながら抗い続けたのだろう。喉に絞められた痕が残っていた。怒ったように赤く変色したその痣を見た小説家のピルグリムは、アリーが犯人の名前を伝えたいあまりに、自らの首に赤い文字を浮かび上がらせようとしているのではないかと空想した。両目は今にも飛び出しそうだ。ピルグリムは視線をそむけた。

「そこの椅子に座っていてくださいますか、ミスター・ピルグリム。わたしは部屋の中を調べてみますから」ホープ・ジョンソンは礼儀正しくほほ笑んだが、その表情はよそよそしかった。頭の中は別のことでいっぱいだったからだ。「床には茣蓙《ござ》が敷かれているので、犯人の足跡は残っていないでしょうが、どんな手がかりも見逃すわけにはいきませんからね」彼の笑みが、少し優しくなった。「ああ、そんなに時間をかけるつもりはありませんよ。現場の第一印象を記憶に残しておきたいだけです。まさか犯人のカフスリンクやイニシャル入りのハンカチが落ちていると期待してるわけじゃありませんから！　死体に手を触れるのもご法度でしょうし」

そう言いながらも、ジョンソンは死体に触れた。状態が変化しつつある筋肉のあちこちを指でそっと押している――死後硬直の兆候を確認しようとしているんだな、とピルグリムは推察した。これまで自分が創り出してきた探偵たちも、何度同じような行動をとってきたことか、と彼は思い返した。どれも勇敢な男だった！　フィクションの世界では、彼らの作業の工程を見守るのは楽しかった。だが、現に目の前で繰り広げられている捜査の様子は、小説にするには気分が悪すぎる――とは言え、そのおぞましさがなぜか興奮を掻き立ててもいた。ひょっとすると、殺された本人と直接面識があるせいだろうか？

唐突に判明したジョンソンの正体にはひどく驚かされた、とピルグリムは思いながら、その捜査の様子を興味深く観察していた。犯罪学者というよりも、俳優――あるいは軍の少尉――のようじゃないか。なにせ彼の目に写るジョンソンは、非常に背が高く、金髪で深刻な顔をした若者で、寝間着姿にもかかわらず凛として、少し芝居がかったところがあった。絵になる男とさえ言えた。どこから見ても紳士的だ。それはまちがいないが、どういうわけか、喧嘩になったら手ごわそうに思えてならなかった。

その若きミスター・ジョンソンは今、床に膝をついていた。懐中電灯から長く伸びた光が部屋の隅や簡易ベッドの下を探るように差したり、不安定に飛び回るロケット花火のように壁じゅうを照らしていく。すると、光は突然、別の部屋に繋がるドア口の上でぴたりと止まり、ようやくホープ・ジョンソンがまた口を開いた。

「隣のミス・リーの部屋も見に行ってみましょう。それが済んだら、明日の朝まで誰もここに入れないように鍵をかけて出ましょう。誰であれ、今夜のうちにできることはほかになさそうですから」

ふたりで奥の部屋へ入っていくと、そこでも懐中電灯の光が見事な動きで飛び回った。

「明らかにベッドで横になって、すぐにまた起き上がった痕跡がありますね」ジョンソンが言った。「布団にはほとんど乱れがありませんから」

だが、ほかには見るべきものもなく、ふたりは死体のある部屋に戻って来た。早足のジョンソンはそのまま部屋を突っ切り、反対側のドアを開けてみようとした。だが、そこは鍵がかかっていた。

「きっとその奥には仏像やら何やら、雑多な品物を保管しているんだろう」ピルグリムが言った。

「このお堂には、この二室しか空き部屋がない。ここもめったに使わないそうだ――今夜は客の人数が多かったから、ケイトが特別に開けただけで」

ホープ・ジョンソンはうなずいた。「ミス・コルキスを絞め殺したのは、その仏像のしわざではないでしょうが、それでもこのドアの奥を調べないわけにはいきません」

ジョンソンも驚くことに、アリー・コルキスの部屋の鍵がそのドアにもぴたりと合った。ドアを開けると、懐中電灯の黄色い光に照らされて、隣の部屋の中が見えた。そこから隣の建物に直接渡れる通路があった。

「足跡が」ジョンソンが短く言った。

ドアを入ったすぐ内側に、いくつかの足跡が残っていた。だが、何重にも踏み重ねられていて、見分けるのは難しそうだった。それでも、はっきり見えるふた筋の足跡があった。一本は彼らのいるドアに向かって近づき、もう一本はそこから離れるように続いている。それから、その空室にいたのはひとりではなく、ふたりの別の人間だということも明らかだった。

「どうやらこのドアの前まで来て、また引き返したように見えますね」ジョンソンが言った。

「見えるんじゃなくて、本当に引き返したんだよ」ピルグリムが断言した。「そっちの部屋に積もっている埃がこちら側に運び込まれた痕跡はないじゃないか」

「このドアに阻まれて引き返したというわけですか？」がらんとした暗い部屋の中に、ジョンソンの声がうつろに響いた。音が壁から跳ね返ってくるように感じられた。「では、足跡をたどってみましょう」

長年かけて積もった埃の中にくっきりと残された足跡は、空き部屋を通り抜けて回廊へ、そこからさらに別の部屋へと続いていた。ふたりは足跡をたどってまたいくつかの部屋を通り抜け、ついには古い仏像がびっしりとしまい込まれたお堂へと行き着いた。

四方を取り囲む暗闇のどこを向いても、その姿がぼんやりと浮かび上がってくる――人間離れした死人のような顔の、邪悪さと穏やかさを併せ持つ巨大な仏像や、絵具で色付けされた目に怒りのこもった小さな悪霊の像。飛び跳ねる懐中電灯の光に映し出されていく様は、まるで古い地獄絵図の混乱を思わせたが、実際には仏陀や菩薩たちが静かに寄り集まっているだけだった。

「まるで〈マダム・タッソーの蠟人形館〉じゃないか！」ピルグリムが言った。

足跡はその細長いお堂を通り抜けるように奥の扉まで続いていた。扉を開けると、中庭に出た。ピルグリムとホープ・ジョンソンは無言のうちに死体の待つ部屋へと引き返した。部屋に入るなと言われたまま戸口で待たされていた客人たちが、苛立ち始めていた。

「なあ、ジョンソン、警察を呼んだほうがいいんじゃないのか？」リレソーが訊いた。「この寺のどこかに電話機があるはずだ。探偵ごっこも結構だが、もしその女が本当に殺されたんだとしたら――」

「ええ、まちがいなく殺されました」ジョンソンが言った。

「ちょっといいかい？　電話なんかより、この寺には警官の分隊が常駐しているんだよ」セルデン・オズグッドが初めて口を開いた。

一同は驚いた顔でオズグッドを見つめた。

「〝外国人〟の滞在している寺には必ず警察の分隊が派遣されてるんだ。坊さんたちにとってはいい迷惑だがね。建前上は山賊から寺を守るためなんだろうが――本当のところはどうかな。個人的には、こんな山奥で警官と同じ屋根の下でひと晩過ごすぐらいなら、山賊に襲われるリスクをとるね」

ハワード・ピルグリムが膝を叩いた。「オズグッドの言うとおりだよ。すっかり忘れていた。警察は、もちろんケイトの借り上げている一画にはいないが、元来の僧院のほうに――今も僧たちが使っている建物のほうに配備されているんだ。たしか駐在部屋まで確保していて、そこには北京《ペキン》市内にかけられる電話機が設置されているはずだ」

ホープ・ジョンソンは困惑していた。「それが本当なら」と疑問を口にした。「その警官たちはどうしてすぐに駆けつけて来ないんですか？　彼らにも悲鳴は聞こえたでしょうに」

「きみは何も知らないようだね」オズグッドが陽気な調子で言った。「女の悲鳴などという些細なことを気にするような連中じゃないんだよ。われわれが何かのゲームに興じている声だとでも思ったんだろう。われわれ〝外国人〟はみんな頭がいかれていると思っているんだ。どのみちこういう場所では悲鳴なんてしょっちゅう聞こえるものだよ、誰かが殺されるまでもなく」オズグッドはそう言ってから、申し訳なさそうに死体のほうをちらりと見た。

　その太った弁舌家を、ジョンソンは嫌悪感のこもった目で見つめた。今夜の出来事は、ますます悪夢の様相を呈してきた。

「そういうことなら、次に何をすべきか相談するまでもなかったですね」ジョンソンは認めた。「こんな山の中に駐在所があるなんて、あまりに話がうますぎる気もしますが、きっと、おっしゃるとおりなのでしょう。では、ミスター・リレソー、あなたが警官を呼んで来てくれませんか？」

「タターシャルのほうが適任じゃないかな。彼なら坊さんたちとも、おそらく警察官たちとも面識があるだろうから。それに、彼だけがきちんと服を着ている」

「わかりました」ジョンソンが言った。「それではみなさん、ここを離れましょう」

　ハワード・ピルグリムはアリー・コルキスの死体を見つめていた。ついさっきまで溌溂として温かかったのに。あれほど愛情と生命力に満ちていたじゃないか！　あの愛らしさが、今はぞっとするおぞましさに——北京じゅうのお節介な連中にとって格好の、謎めいた噂話の種になってしまったとは。まだほとんど知り合うチャンスがなかったが、優しく、愛想よく接してくれたし、外見も美しい女性だった。

ピルグリムはこれまでに、なんとも不思議な事件をいくつも解明したことがあった。もっとも、残念ながら、それらはすべて紙の上でのことだ。彼にはいつも問題が提起される前から、その答えがわかっていた。だが、今回の一件はこれまでに遭遇したことのない恐ろしい体験であり、困惑するような曖昧な暗示を含んでいた。犯人がどんな動機を抱え込んでいようとも、そしてそれに駆り立てられるように残忍な犯行を犯してしまったのだとしても、あまりにも粗暴で不当な行為だとしか思えない。この不当は自分の手で正さなければ、とピルグリムは強く思った。現実の世界でも探偵役となって、この非道な犯人を見つけ出す手助けがしたい。

ジョンソンがドア口から興味深そうにこちらを見ているのに気づいた。もしや、あの若者はわたしが犯人だと疑っているんじゃないだろうか？

「かわいそうに」ピルグリムは死体に向かってひと声かけると、ベッドの枕元のランプの火を消した。

鍵は再びドアの内側の鍵穴に挿さっていた。ピルグリムはそれを持って部屋を出てドアの外側から施錠すると、その鍵をポケットにしまった。それから無言のまま、寝間着姿の人々の後ろに続くように中庭を通ってリビングルームへ向かった。

そこには、ひと足先に出た画家のストリートがいた。女物のガウンを身にまとって大きな椅子に座り、ブランデーを半分ほど注いだタンブラーを手にしっかり持っている。具合が悪そうに全身を震わせていた。

ソファーに寝かされたイ・リーが、弱々しい笑みを見せていた。

「わたしなら大丈夫」さっきからもう二十回ほどそう繰り返している。

サーストンはずっと無言を貫いていた。椅子にドサリと腰を下ろし、何もない暖炉をぼんやりと眺めた。やがて煙草を手に取って火をつけた。手が震えている。

ホープ・ジョンソンが断固とした口調で話を切り出した。

「ショッキングな出来事が起きました。これはわたしたちの手に負えることではありません。僧侶たちのいる建物には警察の分隊が常駐しているそうですね。ミスター・タターシャル、あなたはその警察官たちと顔見知りだと伺ったのですが」

彼は探検家に問いかけるような視線を向けた。そのイギリス人の目には相変わらず片眼鏡がしっかりとはめられていた。こんな深夜まで片眼鏡を外さないのは、いかにもちぐはぐな印象だった。

「今すぐ呼びに行って来るよ」タターシャルはそう言ってから、「それで、本当に殺人なのかな？ストリートはそうだと言っていたが」と、ためらうように言葉を続けた。

その質問に答えたのはピルグリムだった。

「ええ、殺人が起きたと伝えてください」

二

やって来た警察官たちは、屈強だが頭はよくなさそうだった。ふたり組で、ぶかぶかのカーキ色の制服に身を包み——かなり土埃に汚れていたが、そのことで特に咎められることはないらしい——ひさしの付いたキャンバス地の制帽をかぶっていた。それぞれのホルスターに収まった拳銃は、大きく実用的に見えた。どちらも顔の横幅が広く、無表情で、好奇心はみじんも見せなかった。

ホープ・ジョンソンがふたりを殺人現場に案内し、中国語を流暢に話せるタターシャルとオズグッドが通訳として同行した。数分のあいだ、誰もが押し黙ったまま死体を見下ろしていた。すると、警察官のひとりが沈黙を破った。

「女を殺したのは誰だ?」

「ああ、とってもいい質問だね」オズグッドが中国語で、大げさに感情的に言った。「われわれもまさに、その答えが知りたいんだよ。きみたちにそれを解明する手助けをしてもらえないだろうか。もしかすると、山の中から山賊が入り込んで来たのかもしれない。あるいは、もしかすると――」

「いったい何を話してるんですか、ミスター・オズグッド?」ジョンソンは苛立ったように、中国語に特徴的なとめどのない母音の音節の連発を制止した。

「連中は、誰が殺したのかと訊いているんだ」セルデン・オズグッドが説明した。「そこでわたしが、それがわかるぐらいなら初めから警察なんて呼ばなかったと答えていたところさ」

「彼らに伝えてください。この現場は、われわれが発見したままに保存されていると。死体には誰も触れていないし、殺人犯を指し示す手がかりは何もなさそうだと」

オズグッドがうなずいた。

「なあ、タターシャル、中国語で〝手がかり〟ってどう言うんだったかな?」オズグッドが助けを乞うた。「これまでそんな言葉を使う機会がなかったものでね」

再び警察官たちに向かって不可思議な発音でまくしたてるオズグッドの声を、ホープ・ジョンソンは訳もわからず聞いているしかなかった。

警察官たちはうなずいてから、薄笑いを浮かべた。過剰なまでに礼儀正しくふるまっている。背の高いほうの警察官が、いかにも使い勝手の悪そうな手帳を取り出して言った。

「この件の報告書を作成しなければならない」

「是非とも、作成してくれ」オズグッドが優しい口調で懇願した。

「至急、電話をかけて来る」

「素晴らしい考えだ！　きみたちがその判断に至るのを待っていたんだよ」

「上官が必要な手続きをとるはずだ」

「ああ、きっとそうだろうとも。ありがとう！　本当にありがとう！」

オズグッドが大きくお辞儀をすると、警察官たちは何度も敬礼をしながら退がろうとしてドアの敷居につまずき、夜の闇に消えて行った。

「これで済んだ」オズグッドが言った。「朝までは誰も邪魔をしに来ないだろう」

「済んだですって！　ここを調べに来ないんですか？」ジョンソンが言い返す。

「いずれ調査に来るだろうが、今夜じゃないはずだ。ここはのんびりとした国なんだ。どのみちあのふたりには大した捜査はできない。連中、死体を触りもしなかっただろう？　哀れなやつらだよ。〝外国人〟には、絶対に触れてはならない――連中が最初に叩き込まれる大原則のひとつさ」

ホープ・ジョンソンはがっかりした。迅速に捜査活動が繰り広げられ、自分も貢献できるものだと、期待しすぎていたようだ。なんとなくオズグッドに騙されたような気がして、気分がもやもやした。

「だからって、連中を見くびっちゃいけないよ」タターシャルが言った。「明日になれば、いやというほど質問攻めにされるはずだ。あいつらにとって大事なのは手順を踏むことであって、そこに外交問題が微妙に絡んでるわけだ。さっきの警察官は北京の上司に事件を報告する、その上司は警察署長に報告する。警察署長はデンマーク公使館に連絡をとり、デンマーク公使館はおそらく公使館員をひとり指名して、中国警察の捜査に立ち合わせる。そんな感じになるだろう。たしか、ミス・コルキスはデンマーク人だったね？」

「わたしはそう伺っていました」

再びドアに鍵をかけて殺人現場を封印し、三人はリビングルームに戻って来た。ストリートはベッドで寝るようにと説得されて自分の部屋に引き上げていたが、ほかの客人たちはこれから聞き取り調査があるのだろうと、起きて待っていた。

「いや、あの警官たちなら帰ったよ」勢いよく椅子に腰かけながら、タターシャルが言った。「あんたたちも眠れるようなら、今のうちに寝ておいたほうがいい。明日はみんな、大変な一日になるだろうからね」

「そうかもしれませんね」ホープ・ジョンソンもしぶしぶ賛同した。「ですが、みなさん――ああ、女性の方たちも含めて――その前に、わたしい、わたしたちだけでもいくつか聞き取りをしておいたほうがいいと思いませんか？　何と言っても、この中で人がひとり殺されているんです。山賊のしわざかもしれないし、僧侶の誰かかもしれないし、警察官かもしれない。でも、もしかするとわたしが犯人だとしてもおかしくない。同様にみなさんの中の――」

「――われわれの誰であってもおかしくないわけだ」ピルグリムが代わって話を締めくくった。「わたしもジョンソンと同意見です。事実から目をそむけてもいいことはありません。山賊か使用人の誰かがやったのと同じぐらい、われわれの誰かがやった可能性はあるんです。いや、むしろその可能性のほうが高いかもしれない！」

ケイト・ウェバーの顔から血の気が引いていた。

「まさか、うちの使用人に限って――」彼女はそう言いかけて、弱々しい笑い声を上げた。「いやだ、わたしったら！　うちの使用人に限ってあり得ないって言いかけたんだけど――それじゃ、わたしたちの誰かならやりかねないみたいに聞こえるわね！」

「残念ながら、今は誰がやったとしてもおかしくないのです」ホープ・ジョンソンが言った。「誰がどんな動機を――ほかの誰も知らない動機を抱えていたかわかりません。みなさんはお互いについて、どこまで深くご存じですか？」

　ジョンソンはためらってから、言葉を続けた。

「どうでしょう、話のきっかけに、わたしからひとつかふたつ質問させていただけませんか？　まずは、殺人が起きた時刻にはっきりとしたアリバイをお持ちの方はいらっしゃいますか？　そう言うわたし自身、なんのアリバイもないと告白します」

「その犯行時刻っていうのは、具体的にいつだ？」リレソーが尋ねた。「何時に起きたのか、はっきりわかる人間はいるのか？　悲鳴が上がった瞬間なら、おれはもう眠っていたがね」

「悲鳴が上がったときには、ミス・コルキスはもう死んでいましたよ」ジョンソンが言った。「すでに死後しばらくは経過していました。一時間か、それ以上じゃないかとわたしは見ています。悲鳴が聞こえた時刻と犯行時刻とを勘違いしないでください。それはまったく意味がありません」

　イ・リーは、真剣な面持ちで聞いていた。「悲鳴を上げたのはわたしなんだから――死体を見つけた後で悲鳴を上げたんだから――どう考えても、アリーを殺したのはわたしじゃないはずよね？」彼女の声にはかすかな辛辣さが感じられた。「どのみち、わたしにあんなことは無理だったけど」

　ジョンソンがうなずいて、イ・リーの言葉を認めた。「ええ、見たところ、あれは男の手による犯行でしょうね。それに、あなたが自分で殺しておいて、わざわざ注目を集めるように悲鳴を上げたとも考えにくい。ですが――」

「あら、そうしたのかもしれないわよ」イ・リーは苦々しそうに笑みを浮かべながら言った。「みんなの目を欺こうとして自分でやったのかも――中国人はすぐに人を欺こうとする油断ならない民族なんだから。ね、みんなもどうせ、そう思ってるんでしょ？」

「何を言うんです、お嬢さん」ジョンソンが否定した。「そんなことはちっとも考えていませんよ」

「わたしはお嬢さんなんかじゃないわよ、ミスター・ジョンソン。それに、わたしはかわいそうなアリー・コルキスを殺してもいない。でも、その犯人のことは殺してやりたい。中国人はすぐに殺意を燃やす民族だからね！」彼女は細い肩をすくめた。「何があったか、話すわ。わたしがあのお堂に戻って来たのは、夜遅くなってからで――残念ながらはっきりとした時間は覚えていないけど、かなり遅かったはずだわ。たぶん――」

「午前二時半頃だったわよ」ケイト・ウェバーが補足した。「寝つけないでいたら、あなたたちが帰って来る音が聞こえたのよ。ブランシュとオリンと一緒だったでしょう？」

「そのとおりだ」そう答えたのはタターシャルだった。「三人で山を下りて来たんだ。わたしはブランシュと月の下の散策に出かけていた。この寺のそばまで戻って来たところで、ミス・リーにばったり出くわした。それで三人そろって帰って来たわけだ」

イ・リーも同意した。「わたしはアリーの部屋を通り抜けて自分の部屋へ入ったの。灯りは消えていたけど、つける必要もなかった。ただ、通り抜けるときに彼女に声をかけたわ。もう寝てるの、って訊いてみたのよ。返事がなかったから、そのまま自分の部屋に入って寝間着に着替えたの」

「灯りをつけずに?」ジョンソンが尋ねた。

「そうよ、暗いままで。どうして? 月がうっすらと明るかったし、どこに何があるかはわかっていたのよ。使用人たちがベッドの上にわたしの寝間着を出して、ベッド脇にスリッパをそろえてくれていたから。ベッドに入って布団をかぶったとき、アリーがわたしに話しかける声が聞こえた気がしたの。それでベッドの上に起き上がって、彼女に声をかけたの。返事がなかったから、具合でも悪いのかと思って。それでベッドから出て、蠟燭に火をつけてアリーの部屋へ行ってみたら――彼女がそこで――死んでいたのよ」

「じゃあ、実際にはミス・コルキスの声を聞いたわけじゃなかったんだね」ピルグリムが優しく指摘した。

「ミス・コルキスの声だったはずがありません」ジョンソンが言った。「その声を聞いたすぐ後にミス・リーが悲鳴を上げたのなら。さっきも言いましたが、ミス・コルキスは少なくともその一時間前には殺されていたのですから」

「それはまちがいないのかい、ジョンソン?」

「絶対にまちがいありません。それまで生きていたのだとしたら、彼女が襲われている物音にミス・リーが気づいたはずです。それに、彼女の死体はもっと温かく、柔らかかったでしょう。わたしが調べたときにはすでに死後硬直が現れていましたから」

ピルグリムがうなずいた。その手の情報についてはよく知っていた。まったく同じ台詞を登場人物に言わせたことさえある。

「でもわたし、たしかに彼女の声が聞こえたのよ」イ・リーは静かな声で言った。「まちがいないわ」

彼女の黒い瞳が光った。「たとえその一時間前にすでに殺されていたのだとしてもよ！　彼女とは仲のいい友人だったもの――中国人には、そういう声が感知できるものよ」

　誰もが黙ったまま、イ・リーを見つめていた。

「冗談はやめてください！」ジョンソンが懇願した。

だが、すでに不気味な雰囲気は浸透していた。誰もが落ち着きをなくしていた。

　結局、アリバイのある者は誰ひとりいなかった。サーストンがアリー・コルキスと東屋で会っていたところへリレソーがやって来た。三人で寺へ戻って来た後、ジェローム・ストリートを加えた四人でブリッジを始めた。まもなく、伯爵夫人を訪ねていた一行が戻って来て、イ・リー、ブランシュ・ウィンダム、そしてタターシャルの三人を除いて、午前一時にはそれぞれの部屋に引き上げた。それ以降であれば、アリー・コルキスがいつ殺されたとしてもおかしくない。ただ――ホープ・ジョンソンの独断的な推理が正しければ――おそらくは一時半頃だったと考えられる。その時刻には、被害者は中庭の隅にある部屋にひとりきりでいたし、ほかの人に気づかれずにそこへ忍び込むことは誰にでも可能だった。

　ホープ・ジョンソンは自説をさらに推し進めた。

「つまり、お互いの主張の中にほころびが出てこないか、みんなで記憶を掘り起こすべきなんです。隣の部屋の人間がこっそり抜け出して行く音は聞こえませんでしたか？　たとえば、わたしはミスター・オズグッドが部屋に帰って来てすぐにまた出て行くのを聞きましたよ。彼は――」

「――中庭の向かい側まで走って、あのお堂の反対側へ回り込み、眠っていた彼女の首を絞めて殺し、五分後にはもう部屋に戻っていたんだ」セルデン・オズグッドが陽気に続けた。「さすがだね、きみ。

あっという間に難問解決だ！」

ジョンソンは苦笑いを浮かべながら訂正した。「いいえ、ミスター・オズグッドは洗面所に行って、一リットルほど水を飲んで、三分後には部屋に戻っていた。そう言おうと思っていたんです」

「ああ、残念無念！」オズグッドが言った。「てっきりわたしが犯人かと思ったのに」

イ・リーが相変わらず辛辣な口調で言った。「へえ、みなさん、冗談ばっかりでずいぶんと楽しそうね」彼女は冷たい笑みを浮かべた。「すぐそこでかわいそうなアリーが死んだっていうのに！」

オズグッドはさすがにきまりが悪く、顔を赤らめた。「いや、悪かったよ」そう言って肩をすくめた。「本当に、きみの言うとおりだ。ただね、みんな見かけほどには冷静じゃないと思うよ、ミス・リー。とにかく疲れてて、気分が滅入っていて、神経が高ぶっているんだ。くだらない軽口を叩くことで、緊張をほぐしているだけだよ」

「何もかもわたしのせいよ」ケイト・ウェバーが情けない声で言った。「あの部屋をミス・コルキスに割り振ったのは、わたしだもの――もちろん、ミス・リーとは隣どうしにしたけど――それでも、あんな宿坊に若い女の子をふたりだけにしておくなんて！　たとえ当時ミス・リーが隣の部屋にいたとしても――」

「何ですって！」サーストンが大声を上げた。「では、ひょっとしてあの部屋が――？」

「そうよ」ケイトは、サーストンの頭に浮かんだ考えには無頓着のまま答えた。「あなたの荷物は使用人たちに運び出させておくと言ったでしょう？　あの部屋には大きな姿見があるから、若い女性に使ってもらったほうがいいと思ったのよ」

ピルグリムも興味を引かれていた。サーストンと目が合うと、お互いを探るように見合った。

考えを声に出したのはサーストンだった。「まさかとは思うが、ピルグリム」彼は低い声で言った。「犯人が狙っていたのは、わたしだったんじゃないか？」

ケイト・ウェバーも、突然気づいたように大声を上げた。「ああ、そういうこと！」

「初めに泊まるはずだった部屋を変更されたのを忘れていたよ」サーストンが話を続けた。「夕食の後で、ミス・ウェバーに部屋を移ってくれと頼まれたんだ。ああ、どうしたらいい、ピルグリム！あれはわたしのせいだったんだ」

誰もがショックを受け、暗闇のような静寂が部屋じゅうを包み込んだ。ホープ・ジョンソンは困惑していた。立ち上がると、落ち着かない様子でドアまで何度も行ったり来たりした。椅子に座って眠っていたローラ・ピルグリムには、この数分間の出来事はまったく耳に入っていなかった。

鋭い笑い声が静寂を破り、全員の視線がブランシュ・ウィンダムに向けられた。幼女のような唇を、あざけるように〝への字〟に曲げている。

「タターシャルに、今夜一、二時間ほどどこへ行っていたのかって訊いてごらんなさいよ、わたしとずっと一緒にいたわけじゃないから」彼女は提案した。

「そんな、あんた、よくも恥ずかしげもなく――！」

探検家は怒りのあまり言葉に詰まった。片眼鏡が外れて絨毯に落ち、何やらぶつぶつ言いながらそれを拾おうと屈み込んだ。今にも修羅場が始まりそうな雰囲気だ。すると、またしてもブランシュ・ウィンダムが笑い声を上げたので、あれは彼女の冗談だったのかとみんなは安堵した――そもそも本気にしている者はいなかったのだが。

ホープ・ジョンソンが冷めた口調で言った。

「やはりミスター・オズグッドのおっしゃるとおり、みんな神経が高ぶっているようですね。今夜はもう全員ベッドに入ってやすみましょう」

## 三

簡易ベッドに横たわったジョンソンは、暗闇の中でなかなか寝つけなかった。偶然巻き込まれてしまったこの異常な状況について、さまざまな想像が頭の中を駆け巡っていたのだ。どう考えても悪夢としか思えない。こんな不道徳なことが当たり前のように起きるのは、ここ中国以外にはあり得ない。見目麗しいデンマーク人女性が、借り上げられた丘の中腹の寺の中で殺された――そしてその犯行には、早くも迷信という謎めいた要素が絡み始めていた。

容疑者の面々も、その舞台背景同様に、まるで空想の産物のようだ。有名な美術館の学芸員、世界的に有名な探検家、好感の持てそうな人気探偵小説作家、ハリウッドの映画監督――それ以外の者たちも、同じぐらいに風変わりで、同じぐらいに容疑が濃厚だ。それに加えて、僧侶に、山賊に、警察官まで！　驚くべき寄せ集めじゃないか。さらに、その背景に見え隠れする影は、サーストンをつけ回していたという謎の男たちだ。

ケイト・ウェバーは、いつ頃アリー・コルキスと出会い、コペンハーゲンから来たというその娘についてどこまで知っていたのだろう？　いや、ほかの招待客についてもだ。いったいどんな基準で今回のメンバーを選んだのか？　ジョンソン自身はと言えば、特に何らかの特別な事情で選ばれたわけではなく、ある大使館のお茶会の席でローラ・ピルグリムに会ったのがきっかけだった――ローラは明らかに彼を気に入ってくれたらしく、彼女を介してこの寺での週末に一緒に招かれることになったのだ。

寺を別荘として借りること自体は、特におかしなことではなかった。あちこちの山に建つ多くの寺が同じように貸し出されていた。古い聖地をなんとか維持しようとする窮策なのだ。かつて人生に退屈した宮殿の住人――たとえば皇帝や、総督や、宦官《かんがん》といった、他人の金を吸い上げることで生きてきた人間たち――が、世俗的な虚しさにうんざりして、その金をすべてつぎ込んで寺を建立した。この世で生きたしるしを永遠に残すと同時に、あの世での安泰を確約する切符を手に入れるために。そうした古寺の多くがどうにか崩壊を免れていられるのは、皮肉なことに、キリスト教信者たちのアメリカ・ドルのおかげなのだ。ガイドブックにそう書いてあったのを、ジョンソンは読んだことがあった。

辺りはまだ暗かったものの、夜明けが近づきつつあった。宿坊のドアはどれも外の闇に向かって開け放たれていた。部屋の中を涼しい風が吹き抜け、ジョンソンはシーツを肩まで引き上げた。両隣の部屋から時おり人のいる物音が聞こえていた――寝返りを打つリレソーのベッドがきしむ音や、喘息持ちのオズグッドの大きく響くいびき。自分以外に、眠れないまま考え事ばかりしている人間はここにはいないのだろうか？　アリーを殺した男は眠ってないだろうな、まだこの寺にいるとしたら。いや、人殺しが必ずしも不眠に苦しむとは限らない。むしろ思いを遂げることができて、赤ん坊のようにすやすやと眠るものだ。あの仏像だらけの部屋に残っていたのは、いったい誰の足跡だったのだろう？

寺で飼っている犬たちの悲しげな鳴き声が遠くから聞こえてきた。どこかで銅鑼が鳴っている気がする。すると、すぐ近くで犬が怒ったように吠えているのが聞こえた――激しい鳴き声は中庭のほうから聞こえるようだ。ジョンソンは素早くベッドに起き上がり、耳を澄ませた。しばらくして、シーツをはいで床に足を下ろした。

中庭に誰かがいる。石畳の上を静かな足取りで歩いている。かすかな足音がはっきりと聞こえた。ホープ・ジョンソンはそっとドア口まで行って、四角い中庭を見渡した。だが、まったく人影はない。スリッパを探しにベッドのほうへ戻った。それからベッド脇のサイドテーブルに置いていた懐中電灯を手に、まだ薄暗い屋外へと出た。

だが、すでにすべての音がやんでいた。犬も吠えていない。広い中庭は墓の中のように静まり返っている。

ジョンソンは中庭を斜めに突っ切るようにして中門まで行き、そこからの下り階段を懐中電灯で照らしてみた。どこにも動きは見られない。中庭を取り囲む壁の外側を回って引き返し、そこからまだ上の、僧たちのいる寺へ向かう荒れ果てた斜面に足を踏み入れた。月はいつのまにか姿を消し、それまで見えなかった星々が一斉に付近の渓谷のすぐ上まで降りてきたように見えた。星の光を受けた向かい側の斜面は、切り立った崖の黒い筋を除いて、雪で凍りついたかのように真っ白だ。小川があるらしく、ずっと下のほうが煌めいていて、サラサラと流れる音がする。夢のような景色の中を散策するにはぴったりの夜だ。犯罪の捜査ではなく。

若きミスター・ジョンソンはため息をついて、景色から目をそむけた。山のほうを見上げると、僧たちの寺は静寂に包まれていた。犬一匹鳴いていない。ジョンソンは自分たちの泊まっている一画へ戻ろうと裏門から入ったとたん、暗闇の中で突然足を止めた。

四角い中庭の壁際を、男の影が静かにゆっくりと進んでいる。明らかに南東の角の小さな建物、アリー・コルキスの死体が置かれたままのあの宿坊に向かっている。静寂の中から、男のかすかな足音がはっきり聞こえてくる。焦った様子もなくゆっくり進んでいる姿は見えるのに、それが誰なのかまでは見分けることができない。長い壁沿いに植えられた木々の枝の隙間から星の光が差し込み、男が歩くにつれてその姿が光と影の中を不安定に見え隠れしている。女性たちの寝ている部屋を除いて、中庭に面したどの建物から出てきたとしてもおかしくない。いや、正面の門を通って外から入り込んだとも考えられる。

それでもやはり、その男は週末の招待客の誰かにちがいないとジョンソンは思った。タターシャルだろうか？　サーストンか？　ピルグリムか？　まさかリレソー？　彼らはみな背が高く、体重もありそうだ。中庭の男はと言えば、今の自分と同じで、寝間着にスリッパという恰好のようだ。手に何か持っている。奇妙なことに、それはスリッパの片方に見えた。本当にスリッパだろうか？　とにかく、何かしらの靴の類《たぐい》にはちがいない！　待てよ、わたしはこの男が中庭を歩いているところを見つけたと思っているが、ひょっとするとこの男はわたしを見つけて後を尾《つ》けようと庭に出て来たのだろうか？

ホープ・ジョンソンは懐中電灯のスイッチに親指をかけていたが、それを押すことはしなかった。あれが誰であれ、殺人犯である証拠はない。単に説明を要するような怪しい行動をとっているに過ぎない。ジョンソンは男の後を追うように暗闇の中を中庭の壁の内側に沿って歩きだした。

アリー・コルキスの死体のある部屋の入口の前で、侵入者は立ち止まってドアの鍵をいじっていた。すると、ドアは内側に開き、男は部屋の中に消えた。ホープ・ジョンソンが大急ぎで駆けつけてみると、ドアは閉まっていた。一時間以上前にここを去ったときと同じように、鍵もしっかりとかかっている。部屋のすぐ外の狭い通路に立っていると、ほどなくドアの下の隙間を光が横切るのが見えた。早くも犯人は現場に舞い戻って来たのかもしれない――人目を引くリスクは大きいはずなのに。

何にせよ、誰かはわからないが、ドアの内側から鍵をかけて死体とふたりきりでこの部屋に閉じこもっているやつがいるわけだ。ジョンソンの顔に、小さな笑みが浮かんだ。この状況は、なんとも痛快じゃないか。待ってさえいれば、男はまたこのドアから出て来るのだから。

いや、この部屋の奥にはもうひと部屋あり、そこから別の出口へ――仏像やがらくたを詰め込んだまま、長く放置された部屋を通り抜けて、外へ出ることができるじゃないか。侵入者は明らかにドアの鍵を持っているのだ。

そうか、あの鍵――これで問題は解決だ。警察官たちが去った後、死体のある部屋のドアに鍵をかけ、それをケイトに手渡したのはジョンソン自身だった。鍵を受け取ったケイトは、ほかの招待客の目の前でそれをリビングルームのテーブルの上に置いた。その様子を目撃していた誰かが、そこから持ち出して来たにちがいない。それなら、ここへ忍び込んだことがばれないよう、鍵を元通りの場所へ返しに行かなければならないはずだ。

その考えに大いに満足して、若きミスター・ジョンソンは中庭をそっと歩いて引き返し、誰もいないリビングルームに行った。鍵が置いてあったはずの小さなテーブルを懐中電灯で照らしてみる。やはり鍵は影も形もなかった。

細長いリビングルームの端に置かれたソファーが、いかにも心地よさそうに見えた。もうくたくただ。あのソファーで丸まって待つことにしよう。男がやって来たら――この懐中電灯を向けた先に照らし出されるのは、いったい誰の顔だろう？

ソファーに体を丸めるように寝転がった瞬間、ジョンソンは眠りに落ちていた。

## 四

ローラ・ピルグリムもまた熟睡できずにいた。悪夢にうなされていたのだ。

龍を売っているという男が近づいて来てこう言う。「あなた、わたしの母親を買ってくれませんか。年をとっているので、お安くしておきます。どうか充分な食事を与えて、つらい目には遭わせないでください。そうしたら、きっとあなたにいいことがあります」

ところが、ローラがその責任を引き受けると答えたとたん、一匹の龍が窓を破って飛び込んできた。ブランシュ・ウィンダムの顔をしたその龍が睨みつけてくる。目には片眼鏡をはめ、長くて鱗のあるしっぽが生えている。龍売りの男のほうは、なぜかあの若いアメリカ人のホープ・ジョンソンに変わっている。彼女が驚きの声を上げると、ジョンソンはいきなり笑いだして言った。

「ええ、答えは実に簡単ですよ、ミス・コルキス。彼は初めからズボンを穿いていなかったのです！」

それを聞いたローラは、自分はアリー・コルキスで、すでに死んでいるのだと悟った。

深い恐怖の水底を必死にもがき、いきなり現実世界に浮上した。喉が詰まったような悲鳴を上げて、勢いよく起き上がる。取り囲む暗闇が重いマントのようで息苦しい。それでも、何かの音が聞こえたせいで目が覚めたのだとぼんやり感じていた。今いる小さな書斎の奥の、あのリビングルームから聞こえたんじゃないかと、なんとなくそんな気がした。

あまりにも衝撃的だった悪夢が頭から離れず、思い出すたびに赤面した。あの夢は、何か醜く卑猥なものを暗示しているにちがいない。口が裂けても、人には話せない。その裏に隠された意味を解読してくれる人でない限りは。あるいは、あのホープ・ジョンソンならわかるのかもしれない。人を不安にさせるようなさまざまな興味深い情報を、よく知っているようだったから。

折悪く、以前ジョンソンが幽霊について話していた言葉が頭によみがえった。彼はそうした超自然的な領域のすべてを、単に〝蠟燭の灯り〟のせいだと切り捨てたのだ。

「電灯が一般的に広く普及すれば、中国じゅうの幽霊は消失するでしょう。蠟燭のないところに、幽霊は出ませんから！」

あの夜、彼がそう発言したのは、電気のついた家屋の中だった。石油ランプと蠟燭に照らされた八世紀建立の寺院、おぞましい殺人が起きた古寺とはわけがちがう。

とは言え、彼女はどうにもホープ・ジョンソンのことが気に入っていた。アメリカ人の若者らしい飄々としたところや、自意識過剰な真面目さの中に時おり見せる少年らしいはにかんだ笑みには、どことなく安心感をおぼえる。叔父のハワードは彼を、少々生意気すぎると思っているらしいが。

さっきはリビングルームの何が気になって目を覚ましたのだろう？　あそこには当然、誰も泊まっていないはずだ。彼女自身、あそこで寝ようかと思ったのだが、小ぢんまりとしたこの書斎のほうが安心だった。書斎のもっと奥のほうでは、悲しみと不安で疲れきってしまったのか、ケイト・ウェバーがぐっすり眠っていた。わざわざケイトを起こすほどのことはないだろう。

しばらくのあいだ暗闇の中に横たわったまま、夜の音に耳を澄ませていた――聞き覚えのある音に聞こえないかと聞き耳を立てていた。やがてうつらうつらと眠りかけ、そのまま再び寝入りそうになったところで何かの音に驚き、素早く片肘をついて上体を起こした。今度は中庭からだ。何の音か、彼女にもわかった。

ローラは静かにベッドに起き上がり、肩にショールを羽織った。リビングルームを大急ぎで通り抜けて広い縁側に出たが、底の平たいスリッパのおかげでまったく足音は立たなかった。獅子の石像の陰に隠れて、中庭を覗いてみた。

四角い中庭の周辺に沿って男がひとり、建物や回廊の黒い影の中を静かに歩いている。幽霊のように姿が現れたり消えたりしている。だが、石畳の上をパタパタと歩く足音は静寂の中ではっきり聞こえた。堂々とした足取りとは裏腹に、人目を避けて何かをしようとしているのは明らかだ。用心深く歩きながら、しきりに辺りを警戒して見回している。ローラの見たところ、男は階段のそばの、回廊の角の小さなお堂から出て来たように見えた――アリー・コルキスの死体のある建物だ。手に何かを持っている。ローラがその場でじっとしていれば、数分後には彼女が身を隠している石像の前を通り過ぎてしまうだろう。

すると、男は一瞬星明りの下へ進み出て、ローラのいるほうに目を向けた――まさに彼女のひそんでいる黒い影のほうへ。ローラは思わず喉元を手で押さえた。背を向けて静かにドアへ引き返し、敷居のところでしばし立ち止まってから、そっとリビングルームの中へ入った――それから、おびえた子猫のように大急ぎで書斎へ走り込んだ。

不安と好奇心で胸の鼓動が激しかったが、何よりも突然のショックに襲われていた――思いがけず、知りたくないことを知ってしまったショックだ。なぜなら、彼女にはひとつだけ確信があったからだ

――中庭で猫のように忍び歩いていたのは、自分の知っている人間だと。ドアの陰から覗いたときから、それが誰だか気づいていた。その事実が彼女をひどく困惑させていた。

その後しばらくは横になったまま、目を見開いて暗闇をただ見つめていた。すぐそばで繰り広げられている邪悪なドラマの中で、いつの間にか自分までセットの端っこに立たされていたような奇妙な感覚に襲われていた。すぐ身近なところで、これから何か恐ろしいことが起きようとしている――あるいは、今まさに起きているように思えた。

だが、これ以上恐ろしいことなど、起きようがあるだろうか？

# 第三章

翌朝になると、まぶしい朝日の訪れとともにアン警部も寺を訪れた。中国警察の刑事である彼は、ちょうど寺の朝食が終わったところへ、北京《ペキン》市内から自動車に乗って現れた。中国人には珍しいほど鼻が高く、隙のない目つきときちんと手入れされた制服は、昨夜やって来た警官たちとはまるで大ちがいだ。

「これでユダヤ人の血が少しばかり混じっていれば、完璧だったのにな」セルデン・オズグッドが言った。

礼儀正しい作り笑いを浮かべたアン警部は、一応の意思疎通には充分な英語能力を備えており、それを惜しみなく駆使した。そして彼の態度からは、アリー・コルキスはあくまでも何らかのとんでもない不運によって死んだに過ぎず、そのいきさつは簡単に説明がつくはずだと考えているらしいのがわかった。

その日の未明の出来事をホープ・ジョンソンがかいつまんで話すのを聞きながら、アン警部は「なるほど」と言った。

「よくわかりました！　ありがとう――ご協力に感謝します！　まずはその若い女性を拝見しましょう。その後で、そちらの許可がいただけるなら、使用人たちから話を聞かせていただきます」

そのどちらにも、アン警部は大して時間をかけなかった。死体のある部屋に入ったと思ったら、あっという間に出て来たのだった。とは言え、どんな些細なものも見逃すつもりはないらしく、身軽なテリア犬のように部屋のあっちからこっちへと駆け回り、満足げに「ああ」とか「ほお」とかと小さな声を漏らすのを、ジョンソンは苦笑いを浮かべながら見守っていた。最後に死体のそばへ戻って、喉元に残る痣を間近から観察した。

「ああ、なるほど」アン警部は嬉しそうな声で言った。「この若いご婦人は、首を力いっぱい絞められたのですね」

　彼は死体をそっと転がすようにうつむけにさせると、またしても歓喜の声を上げた。首の後ろの髪の生え際近くに、爪で引っ掻いたような跡がいくつかまとまってついていた。アン警部は満足そうなため息をつき、傷跡をさかのぼるようにして後頭部までたどった。傷はすべて首の片側――遺体の右側に集中していた。右耳の裏にも似たような擦り傷があったが、それだけはいくぶん深く、出血した跡もある。浅い切り傷と言っていい程度のものだ。

「犯人の男は」アン警部が言った。「とても愚かな人間です――あるいは、とても賢いのかもしれません」

「何の傷でしょう?」ジョンソンは不機嫌そうに尋ねた。「昨夜はそんなものに気づきませんでした。なにせ、死体を転がしたりはしなかったので」

「かつて我が国では位の高い男性たちが爪を長く伸ばし、その爪を保護するために〝指甲套《しこうとう》〟という小さな保護キャップをつける風習がありました。あなたも骨董品店で見たことがあるでしょう? 銀製のものや、動物の角を削ったもの、ときには竹で作っただけの簡素なものもあります。この傷は、そうした指甲套によってつけられた可能性があると思います」

　好奇心に駆られたホープ・ジョンソンは、自制しながら尋ねた。「ということは、あなたはこの犯行が中国人によるものだとお考えなのですか？」

「そう言うあなたは〝外国人〟の犯行だと思ったのですか？」アン警部が訊き返した。「先ほどの質問ですが、ええ、中国人が犯人だという可能性は高いと思いますよ。そこで、ある興味深い疑問が湧いてきます。指甲套をつけるのはかなり古い風習です。今の時代においては、ほとんどの中国人男性は爪を伸ばしてなどいられません。あるいは、仮にそれができる環境にあったとしても、せいぜい一本だけ――それも左手の指でなければ難しいでしょう」

「でも、この引っ掻き傷はどれも、同じ爪によってつけられたものですよね？　こうして一ヵ所にかたまっていますから」

「ええ、わたしもそう思います。きっと左手の小指の爪でしょう。犯人は両手の親指で彼女の喉を押さえ、残りの指を首の後ろに巻きつけた。あなたのおっしゃるように、傷はどれも一ヵ所にかたまっています。この耳の後ろの長い傷を除いては――たまたま指がすべったのでしょうか？」

　そう言ってアン警部はしばらく考え込んだ。物思いにふけっているようにも見えた。

「とにかく、今の中国ではそんな風習を守っている人間はほとんどいません」そう言うと、嬉しそうに続けた。「だからこそ、こんな疑問が湧くのです。〝これは中国人の犯行なのか？　あるいは、ずる賢い外国人がわれわれを騙そうとたくらんでいるのか？〟」

　ホープ・ジョンソンの頭にも、まったく同じ疑問が浮かんでいた。

　使用人たちに向かって話すときのアン警部の口調は、横柄で威嚇的に変わった。小型爆弾が次々と破裂する音を思わせる感情的な中国語が、境内の外側に点在する建物から洪水か嵐のごとく響き渡ってきた。警部に怒鳴りつけられる一方で、使用人たちは何も知らないと主張し続けた。自分たちはずっとそれぞれの僧房にいた。何も聞こえなかった。犯人に心当たりはない。外から入り込んだ泥棒のしわざなのでは——？

「チャッ！」アン警部は嫌悪感もあらわに、使用人たちに向かって、もう仕事に戻るようにと命じた。

アン警部はそれから二時間ほどどこかへ姿を消してしまったので、十三人の外国人容疑者たちはただ指をぐるぐると回したり、合間を見て昼食をつまんだりしながら待つしかなかった。付近の捜索に出たのではないかという彼らの予想は、ある程度当たっていた。

姿を消したのと同じく、何の前触れもなく戻って来たアン警部は、リビングルームを捜査本部にして、全員の聞き取り調査に取りかかった。聴取は公開され、ほかの者たちの見ている前で進められた。

サーストンの証言の途中で、彼がアリー・コルキスに結婚を申し込んでいたという驚くべき情報がもたらされた。こんなことになったからには、もはや秘密にしておくつもりはないようだ。

「たしかにミス・コルキスとはその数時間前に初めて会ったばかりだった。だが、わたしは彼女を深く敬愛していた。それが男女の色恋ではないと伝え、彼女もそれはよく理解していた。アメリカで妻に先立たれてから、わたしはひとりで生きてきた。再婚などまったく考えていなかったが、あの瞬間、彼女と結婚するのが実に正しいことのように思えた。ミス・コルキスは、妻にするにはぴったりだった。仕事のうえでも貴重な戦力となっただろうし、言うまでもなく一緒にいたいとも思った。だが、結果的には叶わなかった」

アン警部は同情するようにうなずいた。サーストンの言いたいことはよくわかった。

「彼女の返事が決定的なものではなかった可能性はありませんか？　時間を置けば、考えが変わったのでは？」

だが、サーストンは首を横に振った。「彼女はとても優しい人だった」戸惑い気味にぼそぼそと話した。「だが、残念ながら、どれだけ時間を置いても、わたしにはまるでチャンスはなかった」

「彼女がどうして殺されたのかを示すような、今になってみれば思い当たるような話は聞きませんでしたか？」

「何も。わたしたちは主に磁器の話ばかりしていた。彼女に求婚した後は気まずくなり、どちらもほとんど何も言わなかった。やがてミスター・リレソーがやって来て、そこからは三人一緒だった」

「ああ、なるほど――ミスター・リレソーが！」

映画監督はほほ笑んでみせた。

「まさか、プロポーズの真っ最中だなんて思わなかったんだ。じゃなきゃ、邪魔したりしなかったよ。つい、ふざけてしまった。悪かったよ、サーストン！」

そう言うと、今度はアン警部に向かって言った。「プロポーズの前も後も、おれの目にはサーストン博士とミス・コルキスの関係は良好に見えた。最終的にそれぞれの部屋に引き上げて寝るまで、ずっと一緒にブリッジをしていたよ」

リレソーが、夕食が終わってから東屋を訪れるまでの自身の行動を説明した後、そのすべてをストリートが裏付け保証した。その時間はずっと、ふたりで仏像の保管室を探検していたのだと言う。

「ちょっと待ってください！」ジョンソンが声を上げた。「ということは、わたしたちが発見した足跡は、あなたたちがつけたんですか？」

「隣の部屋の、あの足跡ですね」アン警部がつぶやいた。「ミスター・ジョンソンから聞かせてもらいました」

「ああ、そう言えば、派手に足跡を残して来たかもしれないな」リレソーが認めた。「床には指でつまめそうなほど埃が積もっていたから。ただ、そのときにはもちろん、足跡のことなんか気にしてもいなかったのでね」

ジョンソンにさらに問い詰められたリレソーは、仏像を巡礼した経緯を説明していくうちに、鍵のかかったドアに行き当たって進めなかったことを思い出した。ホープ・ジョンソンはがっかりした。アン警部は肩をすくめてほほ笑んだ。

「なるほど、そうでしたか。まあ、すべてが都合よくいくとは限りません」

画家のストリートは、リレソーとの探検を終えた後は、リビングルームに寝に行ったと証言した。眠っていたところを、東屋から戻って来た三人に起こされ、ブリッジのメンバーに引きずり込まれた。ブリッジが終わると、再びベッドに戻って眠り、ミス・リーの悲鳴を聞いて目が覚めた。死体を目にしてひどく気分が悪くなったことも認めた。神経が繊細な質《たち》で、すぐに動揺してしまうのだと。だが、今朝にはだいぶ気持ちも落ち着いたそうだ。

ケイト・ウェバーの友人の伯爵夫人が住む寺を訪ねていた七人は、帰って来たとき、サーストンたち四人が楽しげにブリッジに興じていたと証言した。そしてその後、全員が――午前二時半まで外をふらふらと散策していた三人を除いて――それぞれの部屋へ寝に行ったと言った。

芝居がかった演出効果を上げようと、警部は直感的にその三人組の聞き取りを最後までとっておいた。そして今、その一人ひとりをじっと悪意のない目で見つめながら、手元の書類をガサガサと探った。中国語の書類は縦書きで、馴染みのない者の不安をあおるには充分な効果があった。

タターシャルは発言するチャンスをずっと待っていた。ブランシュ・ウィンダムに好き放題言わせたままにしておけるものか。あの女、こけにしやがって。タターシャルは咳払いをして、きらりと光る片眼鏡越しに警部の視線をとらえた。だが、またしてもブランシュ・ウィンダムに先を越された。

「ちょっといいかしら」ブランシュは申し訳なさそうに言った。「わたしの発言のせいで、誰か特定の人物が疑わしいように思われるのは嫌だけど。でも、この聞き取りって、法にのっとった尋問と変わらないものなのでしょう、アン警部？」魅力的に見せるように幼女のような唇を軽く開け、訴えかけるように青い目を大きく開いてじっと見つめる。

「ええ、まったく同じ性質のものです、マダム」アン警部が言った。

「それを聞いて安心したわ。わたしの話に悪意があったなんて誰かに思われたらいやだもの。つまりね、わたしはミスター・タターシャルと外を散策していて――口喧嘩になったの。何が原因だったかは重要ではないし、この場でお話ししたくないわ。ただ、ミスター・タターシャルが――その――紳士的でないふるまいをしたとだけ言っておきましょう。それで、彼を追い返したの」

タターシャルは、まるでカタパルトから発射されたかのように勢いよく椅子から立ち上がって、大声を上げた。

「何だって！　この女は頭がおかしいのか？　これほどの大嘘は今まで聞いたことがない。あの口喧嘩の本当の原因を教えてやろうか？　そもそも口喧嘩でもない――あんなのは口喧嘩とは呼べない――だが、本当のことが知りたいのなら、教えてやろうじゃないか！」驚きと怒りのあまり、言っていることが支離滅裂だ。

アン警部は礼儀正しくほほ笑んだ。「その話については、あなたの番になったら聞かせてください、ミスター・タターシャル。わたしが求めているのは、まさに〝本当のこと〟なのですから。今はひとまず、こちらのレディのお話を聞きましょう」彼はなだめるように言った。

「だが、言っただろう、彼女は――」

「いいから、黙ってなよ、タターシャル」オズグッドが諌めるように言った。「これがスキャンダルなら、何から何まで聞かせてもらいたいからね」

ケイト・ウェバーと招待客たちの胸中は、興奮と好奇心ではちきれそうになっていた。憤然としたタターシャルは、不満そうな唸り声を立てたものの、引っ込むことにした。

「あれは真夜中頃のことだったわ」ブランシュ・ウィンダムが優しい口調で話を続けた。「ミスター・タターシャルはわたしを山に置き去りにして行ってしまったの。わたしが呼び戻すと思ったのでしょうね。彼はひどく怒っていた。どこへ行ったのか、まるでわからなかったわ――方角としては、僧侶たちのいる小さな寺のほうへ向かってたけど。しばらくしてから、また彼を見かけたわ。たぶん二時間近く、どこかを歩いて来たんでしょうね。もう怒っていないようだったから、わたしから声をかけて、向こうもさっきの非礼を詫びてくれたわ。それからふたりで一緒に歩いているうちに、ミス・リーとばったり会ったのよ。彼女も同じように、僧たちのいるあの小さなお寺のほうから歩いて来たようだったわ。だから、わたし、ふと思ったのよ。ひょっとするとミス・リーとミスター・タターシャルは、ふたりきりで会っていたんじゃないかって――」

今度はイ・リーが、その話に驚いて体をこわばらせた。一瞬、その黒い瞳が恐怖に襲われたように光った。だが、すぐさまブランシュの言葉を鋭く遮った彼女の口調は、不思議と静かに落ち着き払っていた。

「なんてひどい人なの！」

アン警部もまた少しばかり困惑していた。

「すみません、マダム。差し支えなければ、いったい何がおっしゃりたいのか、はっきり教えてもらえますか？　そのことは事件と、その、関係があるということですか？」

ブランシュ・ウィンダムは目をいっそう大きく開いて答えた。

「そんなこと、わたしにわかるはずがないわ。わたしはただ、ミスター・タターシャルはゆうべ二時間ほど姿を消したと、少なくともわたしには彼がどこで何をしていたかわからないと、そう言っているだけよ」彼女はいかにも高潔そうな表情を浮かべて椅子に腰を下ろした。

タターシャルの甲高い笑い声が部屋じゅうに響いた。

「これでミセス・ウィンダムのお気は済んだのかな」彼は皮肉たっぷりに抑揚をつけて言った。「だったら、今度はわたしの口から喜んでゆうべの行動について証言させてもらおう。彼女によれば、わたしはゆうべ紳士的でなかったそうだから、今さら紳士らしくふるまう必要もないだろう。ミセス・ウィンダムとわたしはたしかに一緒に散策に出かけた。彼女の言ったとおりに。午前零時頃、門番小屋から下った小さな橋――〝乾隆帝の橋〟と呼ばれているらしいね――で彼女と別れた。そのときは、彼女はすぐにこの境内へ戻るものだと思っていた」

タターシャルはそこで口をつぐみ、次の言葉に最大の破壊力を持たせようと力を溜めていた。

「あのとき彼女と別れたのは、肉体関係を強要されそうになったからだ。わたしたちは口喧嘩などしていない。彼女の誘いをわたしが単に笑い飛ばして、もっと自分を大事にしたほうがいいと言ってやっただけだ――ああ、ばかばかしい！」

探検家のタターシャルは大声を上げたが、その口調は面白がっているようにも聞こえた。「こんな話、これ以上はしたくないね！　どちらにとっても、あまりにも屈辱的だ。彼女が怒りにまかせてあんなでたらめさえ言わなければ、わたしもけっして口外するつもりはなかったのに」そう言って、弱々しい笑みを浮かべた。「本物の紳士なら、こういうときは〝泥をかぶって〟口をつぐんだのだろうがね」

「本物の紳士なら」オズグッドがからかうように言った。「そもそもレディの誘いを断わったりしなかっただろうよ。情けないな、タターシャル――」

「やめろよ、セルドム」ハワード・ピルグリムが言った。セルドム（〝めったにない〟の意味）というのは、セルデン・オズグッドがめったに《セルドム》黙らないほど饒舌なことをもじったあだ名だ。

ブランシュ・ウィンダムは何も言わなかった。ただ口角を小さく上げて、恨みと可笑しさの入り混じった笑みを浮かべた。これ以上何も言う必要はない。オリン・タターシャルはすでに充分すぎるほど好奇の目にさらされている。

アン警部は首を振ってから、不機嫌そうな探検家に向かって鳥のように首をかしげて見せた。「どうやら、話が横道にそれてしまったようですね」しばらくしてからつけ加えるように言った。「では、あなたの話の続きを聞かせてください」

「聞きたいことがあるなら、そっちから質問してくれ」タターシャルは冷たい声で言った。

「そうですね！　では、わたしから質問します。あなたはこちらのレディと午前零時に別れた。ここまではまちがいないですね？」

「ああ、別れる直前に腕時計を見たから」

「なるほど——腕時計を！　それで、別れた後はどうしました？」

「その後は、一時半ぐらいまでひとりでいた。そんな馬鹿なと思われるかもしれないがね。ともかく、この寺の裏手の、僧たちのいる小さい寺まで行ってみたんだ。あそこに石碑が立っているのを思い出して、ちょうど月も明るかったから、もう一度見てみたくなったんだよ。それで石碑のところまで行って、そこに彫られた文字を書き写していた」

「月明かりで？」

「頭がいかれてると思われてもしかたない。でも、本当にそうしたんだ。全然眠くなくてね。ベッドに入る気にもならなかった——ほかにすることもないし、あの碑文でも書き写そうかと思っただけだ。ここに戻ったって、どうせ何人かがブリッジに興じている予感がして、そこには巻き込まれたくなかった。たぶん、あそこに——小さな寺の中庭に——一時間以上いたんじゃないかな。一時間半ぐらいか。もちろん、そのうちのいくらかは、ただぼんやりしたり、煙草を吸ったりしていた。それを見ていた人間がいるかどうかはわからない。あそこの僧がたまたま外へ出て来たとすれば、見られていたかもしれないがね」

「でも、あなたはお寺に——こちらの寺へ——ミセス・ウィンダムと一緒に、午前二時半頃に戻って来たと言われましたね。これは本当ですか？」

「ああ、本当だ。僧たちのいるあっちの寺を出てから——いや、どっちも同じひとつの大きな寺院の一部なんだがね、知ってると思うが。ここと一直線上に並ぶように裏手を少しのぼった先に、別の中庭を囲んだ建物があるだけで——なにせ、わたしはその小さい寺を出て、こっちへ戻ろうと思った。

その途中でまたミセス・ウィンダムに出くわしたわけだ。彼女がそれまでどこにいたのかはわからない。とにかく、彼女と一緒に斜面を降りて来た。こっちの寺のすぐそばまで戻って来たときに、ミス・リーと会った。彼女はひとりで、そこからは三人一緒に歩いてきた」

「こちらの中庭に入ってから別れたんですか？」

「中庭のちょうど中心で解散した。もう寝ることにして、それぞれ自分の寝室に引き上げたからね」

「でも、ミス・リーが大声で助けを呼んだとき、あなたはまだ寝ていなかったのですね？」

「ああ、ベッドに座って煙草を吸っていたから、まだ着替えてもいなかった」ホープ・ジョンソンはそんなことまで警察に報告したのか、と探検家は苦々しく思った。

「正確に言うと、ミス・リーは助けを呼んだわけじゃない――金切り声を上げたんだ、バンシー（アイルランドなどに伝わる妖精。近いうちに死者が出る家に現れ、その者を悼んで叫び声を上げると言われている）のようにね」

アン警部には最後のたとえが理解できなかったようだったが、聞き流すことにしたらしく、愛想よくほほ笑んだ。

「どうもありがとうございました。これで、まだはっきりしないのはあと一点だけになりました。あなたと別れているあいだ、ミセス・ウィンダムがひとりで何をしていたのか、という点です」

横柄な態度のミセス・ウィンダムは、警部の問いかけるような視線に臆することなく答えた。

「散歩していたのよ。そこら辺を、ただ散歩していただけ。さっきもそう言ったと思うけど」

「ああ、なるほど。そこら辺をただ散歩していたんですね！　では、ミス・リー、訊いてもかまいませんか？　あなたも同じように、そこら辺をただ散歩していたわけですか？」アン警部は同胞である彼女に向かって、無邪気な笑顔を向けながら尋ねた。

イ・リーは黙っていた。やがて、力なく肩をすくめながら、アン警部と同じような笑顔を返した。

「わたしも奥の小さな寺に行っていたの。あそこで何人かの僧たちと話をしたわ。彼らに訊いてみて。そう証言してくれるはずだから。ついでに、ミスター・タターシャルもあっちの中庭にいたこと——彼の言ってたとおりの行動をしていたことも、証言してくれるはずよ。ミスター・タターシャルが来ているのを見たと、あのとき僧たちから聞いたから。わたしは彼の姿を直接見なかったけどね。その後になって、こっちの境内の壁の外でばったり会うまでは」

「これは素晴らしい情報です」アン警部は思わず有頂天になって声を上げた。「あなたがたの言うところの〝アリバイ〟が成立したわけですね！　それで、ミス・リー、あなた自身があちらの寺を訪ねたのは——やはり石碑の文字を書き写すためですか？」

「わたしがアリーを殺したはずはないんだから、何をしに行ったかは関係ないんじゃないの？」

「関係はあるかもしれませんよ」アン警部はそう言うと、肩をすくめてほほ笑んだ。「今のところは、関係がなさそうだということにしておきましょう。残念ながら、そこら辺を散歩していたというミセス・ウィンダムにはアリバイがありませんね。不明な点を残したまま報告書を出したくはないのですが」

　そのとき、イ・リーの目が嬉しそうに輝いた。かすかな悪意が混じった光だ。

「ミセス・ウィンダムのアリバイなら、わたしが喜んで証言するわ。彼女はね、ミスター・タターシャルの後を尾《つ》けて小さな寺まで来ると、ずっと嫉妬に狂った目で彼を見張っていたのよ。寺を出るときに見かけたわ。この人ったら、ミスター・タターシャルに見つからないように、壁の隅に隠れて覗いてたのよ。わたしに見られていたことにも気づかずに」

「けだもの!」ブランシュ・ウィンダムが叫んだ。「なんて邪悪でいまいましい女なの——そんな話を告げ口するなんて!」

二

ホープ・ジョンソンとローラ・ピルグリムは小さな東屋に並んで立ち、東側の広大な渓谷と、その奥のきらきら光る埃っぽい平野を見やった。はるか下では、一本の白いリボンのような車道がくねくねと曲がりながら、時が止まったような宮殿やあばら家の残る古い首都に向かって伸びている。ラクダ色の列車も首都を目指してゆっくりと進んでいたが、目的地があまりにも遠すぎて、主だった建物がぼんやりとしか見えていないだろう。ふたりが列車を見ているうちに、ひどく乱暴な運転の自動車が一台、猛スピードで列車を追い越したかと思うと、遠くへ消えていった。

「見てごらん、アン警部が大急ぎで帰って行くよ」ジョンソンが言った。「本当のところ、わたしたちのことをどう思っているんだろう?」

「きっと、わたしたちの中の誰かが、あの殺人を犯したと思っているのでしょうね」ローラ・ピルグリムがにっこりほほ笑んで答えた。「あなたはどう思ってるの?」

ジョンソンは感服したようにローラを見つめた。こんな災難に遭遇しても、この人は、少なくともいつもの習慣が崩れることはないのだな。きちんと化粧や髪を整えているのは、ひとりでいる時間にも動じることなく悠然としていた証拠だ。ジョンソンには彼女がとても魅力的に見えた。

「どうだろうな」ジョンソンは肩をすくめた。「最初はわたしもそう思った。だが、だんだんとちがうんじゃないかと思えて――そして今は、どうにもよくわからない。これまでサーストンの身に起きていた数々の出来事を考えれば、今回のことにも中国人の暗殺者が関わっていると考えるのは自然なことだ。だがその一方、いくら暗闇の中とは言え、男とまちがえて女を絞め殺したとは考えにくい。泊まる部屋を替わったら人まちがいで殺されたなんて、あまりに単純すぎる――都合がよすぎる！仮に中国人の暗殺団が関わっているのだとしても、真相はもっと複雑にちがいない。サーストンをつけ狙っている連中は、明らかに何かを探しているんだ。だが今回の件では、部屋の中は荒らされていない。どう見ても、無残に人を殺しただけだ」

「もしかしたら、殺した後にマッチを擦って、相手を取りちがえたことに気づいたとか？」

「それですぐにその場を逃げ出したって？　たしかに考えられるね」ジョンソンは認めた。「だが、犯人は初めから彼女を殺しに来たんだと思う。なんとなく、そのほうが理にかなっている気がする。たとえば、ゆうべこの東屋でミス・コルキスとサーストンがふたりきりで話しているのを犯人が目撃したとしたら、彼女もサーストンの仲間だと思われたかもしれない」

「仲間って？」

「ごめん、裏にどんな事情があるのか、まるで想像がつかなくてね。何があったかは、勝手に空想を膨らませるしかないんだ。連中が何を狙っているのか、サーストン本人も教えてくれないんだからね」

「じゃ、暗殺者たちが何を狙っているのか、サーストン博士は知っていると思うの？」ローラの目が興味と好奇心で煌めいた。

「知っているはずだ」ジョンソンは苛立たしげに言った。「少なくとも、心当たりぐらいはあるにちがいない」ジョンソンは何かを考えるように彼女をじっと見つめてから、いきなり尋ねた。「ねえ、昔の中国人が指先にはめていた獣の爪みたいな飾りって、知ってるかい?」

「ええ、知ってるわ」彼女は答えた。「わたしのコレクションにもあるもの」

「きみも持ってるのか! いったいどんなコレクションをなさってるのか、差し支えなければお聞かせいただけないだろうか、ミス・ピルグリム」

ジョンソンが急に口調を変えたことに驚いて、ローラは笑い声を上げた。「そうね、雑貨をあれやこれやと集めてるの——と言っても、小さなものだけよ。刀とか獅子像には興味ないわ」

「当然そのコレクションは、ふだんは持ち歩いたりしないのだろうね。つまり、その爪カバーは持って来てないんだろう?」

「もちろんよ! でも、同じようなものならここでも見られるんじゃないかしら。ケイト・ウェバーもきっと、あのお寺のあちこちに一ダースほど置いてると思うの。ありふれたものだし、高くもないのよ——装飾品として、誰でもいくつか持ってると思うわ。でも、どうして指甲套にそんなに興味があるの?」

ジョンソンが説明すると、彼女の顔から血の気が引いていくのが目に見えてわかった。

「なんて恐ろしい!」

「むごい話だ」ジョンソンも認めた。「それに、もちろん、警部の意見にも一理ある」

ローラはしばらく黙ったまま彼を見つめていた。

「指甲套を持っているかどうか訊くなんて、まさかわたし、わたしが犯人だと——?」徐々に腹立たしさがこみ上げてきて、途中で言葉が出てこなくなった。

ホープ・ジョンソンは笑いだした。

「そんなはずないだろう。でも、そういう爪飾りがあちこちに――きみの言うように、ごくありふれた装飾品として――置いてあったのなら、誰にでも簡単に持ち去ることができたわけだね」

「やっぱり、わたしがやったと思ってるのね――!」

「馬鹿なことを言わないでくれ。どんな犯罪であれ、誰かを疑うとしたら、きみは最後のひとりだよ」

「誰かを疑うなんて！　ミスター・ジョンソン、あなた、本物の探偵なの？　ミスター・オズグッドはそうおっしゃってたけど」

「本物かもね」ジョンソンはにやりと笑いながら言った。「きみ、探偵は嫌いかい？　だったら、やっぱり本物じゃないのかも」

「探偵なんて、今までに会ったこともないわ。小説の中の探偵は、みんな好きだったけど」

「それなら、きみの叔父さんの小説は、是非読ませていただかないと」ジョンソンが、からかうような目をして言った。「ところで、さっきのアン警部の聞き取り調査だけど、きみは正直に話していないことがあるんじゃないかと思ったんだ。何かを隠しているような。もちろん、わたしの思いちがいかもしれないが。でも――もしそうなら――深刻な秘密じゃないことを祈るよ」

「わたしもそう祈っているの、ずっと」

「ということは、やっぱり何か隠しているんだね。どうせきみには嫌われたようだし、どうだい、すっかりわたしに話してみたら？」

「それじゃ、わたしが何を隠しているか、あなたには全然わからないって言うの？」

ジョンソンはにっこり笑ってうなずいた。「まるでわからないな——きみが誰かをかばっているらしいことしか」

「殺人が起きて——その後の騒動も収まって——警察官たちも帰って、みんなそれぞれの寝所に引き上げた後——わたし、中庭に誰かがいるような物音を聞いたの。ベッドから起きて覗いてみたのよ。男がひとり、中庭を歩いていたわ——手に何かを持って。たぶん、あの部屋——死体のある部屋から出て来たようだった。その男が何者なのか、わたしは見て気づいたの」

ホープ・ジョンソンが興奮して言った。「すごいじゃないか。いったい誰だったんだい、ローラ?」

「あなたよ」

「何だって!」ジョンソンが驚きの声を上げた。一瞬あっけにとられていたが、すぐに大笑いを始めた。とは言え、がっかりしてもいた。知りたくてたまらなかった答えが聞けると期待していたからだ。しかめっ面でローラを見下ろした。

「じゃ、あのもうひとりの男は見てないのか?」

彼女は当惑しきった表情を浮かべた。

「それは残念だ。わたしもゆうべ、中庭に誰かがいる音に気づいて——だが、逃げられたんだ」

ジョンソンは昨夜の冒険談を全部話し、その皮肉な結末も伝えた。「もちろん、自分の行動を恥じているよ。今朝になってリビングルームで目を覚ましたときは、なんて馬鹿なんだと自分を罵った。わたしが寝ているのに気づいたチャンが、起こさないようによけて通ろうとして足載せ台を蹴飛ばした音で目が覚めた。あの鍵はテーブルの上にあったよ。わたしのすぐ目の前で、誰かが鍵を戻しに来ていたはずなんだ」

突然、皮肉なことに気づいた。自分のせいでローラに情報を隠匿させてしまっていたのだ。

「それじゃ、きみがずっとかばおうとしていたのは、わたしだったのか」ジョンソンは自分を責めるように言った。

「ええ」ローラが認めた。

「わたしが殺人犯だとは思わなかったのかい？」

「あのとき何を考えていたのか、自分でもよくわからないわ。わたし、夢にうなされて、何もかもが恐ろしくて――何かを暗示しているように思えたの。夜って、そんな気持ちになることがあるでしょう？　でも朝になったら、ああ、くだらないことを考えてたんだなって思ったわ」彼女はうっすら赤面し、視線をそらしたが、しばらくしてジョンソンにほほ笑みかけた。

「お話を伺ってみたら、あなただって何もかも正直に話していなかったことになるわね、ミスター・ジョンソン！」

「ああ、そうだね」ジョンソンは率直に認めた。「この小さな失敗談については、アン警部に黙っていた。そして、当然ながら、鍵を持ち出した男のほうからも、その話は出なかった」

「それが誰なのか、まったくわからないの？」

「わかるよ、ある程度までは――この寺に泊まっている男たちの誰かだよ。そんな絞り込みじゃ、何の役にも立たないけどね！　そもそも、その男が殺人犯とは限らないし。わたしが一番気になるのは――そいつが誰かということよりも――あの部屋に何をしに戻ったのか、という点だ」

「何かを探しに行ったに決まってるじゃないの。あの部屋はやっぱり荒らされていたんだわ」ローラは急いで説明した。「さっきはあなた、部屋の中が荒らされてなかったって言ってたでしょう？　探しに行くのが遅れただけなのよ」

　ジョンソンは首を振った。「いや、殺した後にだって部屋の中を探す時間はいくらでもあったはずだ。邪魔が入った形跡はない。もう一度探しに戻る必要なんてなかったんだ。わたしはむしろ、犯人は何かを置きに行ったんじゃないかと思うんだよ――後でわたしたちに発見させるために。だから、今朝もう一度あの部屋に入ったとき、何かが見つかるんじゃないかと注意を払ったんだ。でも、何も変わっていなかった。初めて見たときと何もかも同じだったよ」

　ジョンソンはしばらく黙って考え込んでいたが、ようやく口を開いた。

「あのアリー・コルキスっていうのは誰だ？　つまり、どういう人間だい？」

「さあね。北京に来ている人なんて、みんなどういう人間かわからないものでしょう？　とにかく、素敵な人だったわ。わたし、アリーが大好きだった――みんな彼女が大好きだったわ。こっちへ来たのは、たしか二、三ヵ月前だったかしら」

「仕事は？　どういう人たちと交流をしていた？　酒やダンスに浮かれた連中かい？」

「全然ちがうわ！　アリーはまったくそういうタイプの人じゃなかったのよ。もちろん、〈ホテル・マジェスティック〉の屋上のクラブでは、ときどき見かけることもあったわ。あちこちのカクテルパーティーにも、顔は出してたみたいだけど、そんなにしょっちゅうじゃなかった。わかる？　彼女の場合、あくまでも観光が主な目的だったんじゃないかしら。お墓とかお城とかお寺とか、そういうところを訪れるのが本当に好きだったらしいのよ。ケイトが言うには、国立図書館に一日じゅうこもることもあったんだって」

「男の友人は？」

「大勢いたと思うけど、特に決まった人はいなかったみたい。大使館の人たちからは人気があったわね」

「アメリカ大使館のことかい？」

「アメリカだけじゃないわ、イギリスやイタリアの大使館も。それにデンマーク――あ、デンマークは公使館ね。どこの国の人だろうと、みんな彼女のことをよく知ってたわ」

「ずいぶん国際交流が盛んなんだな。しがないアメリカ市民のわたしには、ついていけそうにないや」ホープ・ジョンソンは肩をすくめ、少し皮肉っぽい笑みを浮かべた。「彼女が殺された件について、きみなりに何か考えがあるのかい？」

「あるわよ」思いがけないことに、ローラは断言した。「この恐ろしい出来事は全部中国人のしわざだと思うの。その可能性を早々に排除するのは大まちがいだわ。ハワード叔父さんとも、それですぐ言い合いになるの。叔父さんはね、犯罪は見えるままを鵜呑みにしちゃいけないって言うの――一見して明白であってもよ。何が何でも、警察の目を騙そうと巧妙に仕組んだ悪党がいることにしないと気が済まない人なの、自分と読者のためにね」

ローラの生き生きとした話しぶりに、ジョンソンは笑いだした。

「わかるよ」ジョンソンがうなずいた。「複雑な事情が絡み合ってたりしてね。でも、実際の事件じゃよくあることなんだよ。もちろん、わたしがフィクションにかぶれてるとは思わないでほしいけど。きみの言うとおり、どんな可能性も残らず調べてみるべきだよ。でも――訊いてもかまわないかな――どうして今回のことが中国人のしわざだと言い切れるんだい？」

彼女はためらいながら答えた。

「こんなこと言いたくないけど――わたしには、イ・リーが何か隠しているような気がしてならないの。一見アリバイはあるようだけど――それに、ああいう殺し方は彼女には無理だったとは思うけど――でもね、あんな非常識な時間に裏の僧院まで行って、いったい何をしていたのかしら？　たしかに、死体を発見したのはイ・リーよ。でも、どうしてアリーの隣の部屋に泊まったのが、ほかの誰でもなく彼女だったの？　偶然じゃないのよ。部屋の割り振りを変更したほうがいいんじゃないかって話が出たとき、わたしもそばで聞いてたんだから。ケイトがアリーに、あの宿坊に移ってちょうだいって言ったとき、イ・リーが、それなら自分も一緒に移るって言いだしたのよ」

「だって、ふたりは友人だったんだろう？」

「そうらしいけど。そうね、たしかにわたし、あんな事件が起きた後だから、こういう見方をしてしまってるのね。殺人さえなければ、あれこれ考えることもなかったわ」

ホープ・ジョンソンがうなずいた。

「あれこれ考えるのはいいことだと思うよ」そう言うと、突然面白いことを思いついたように尋ねてみた。「ひょっとして、あそこの僧たちまでが共犯者だったなんて考えてるのかい？」

「ありとあらゆる人が共犯者じゃないかって考えてるわよ、わたしの勝手でしょう」ローラ・ピルグリムが熱っぽく言った。

「素晴らしい！」ジョンソンは拍手を贈った。「それじゃ、今回のミステリーの中で一番奇妙な点についてはどう思う？　つまり、サーストンが彼女に結婚を申し込んだっていう点だよ」

「どうしてそれが奇妙なの？　ふたりはいくつもの意味でお似合いだったわ。独身男性ならアリー・コルキスとの結婚を望まないはずがないでしょう？　あなた自身がそう思わなかったのが不思議なぐらいだわ」

「わたしの好みはもっと小柄で肌の浅黒い子だから」

ジョンソンはにっこりほほ笑んで言った。が、ローラはそのおだてには乗らずに言い返した。

「本気で言ってるのよ。わたしがどんなことを考えてるのかって訊かれたから、答えているの。こうやって好き勝手に想像を膨らませた挙句に、万一サーストン博士の身に本当に何か起きたら、わたしたち、サーストン博士に対してひどいことをしたことになるわね」

「いや、どうせひどいのはわたしひとりだって言いたいんだろう？　ある意味では、そのとおりかもしれない。わたしはこの事件を正式に捜査しているわけじゃないが、ずいぶん派手に首を突っ込んでいるのはまちがいない。どうにも興味を掻き立てられてね。よし、約束しよう。きみがわたしを探偵として雇ってくれるなら——誰にも雇ってもらえないんだ——それなら、わたしも真相を突き止めるよう、最大限の努力をするよ」

「あなたに頼むと、高くつくんじゃないの、ミスター・ジョンソン？」

「それは請求書を見てのお楽しみだ」ジョンソンが笑いながら答えた。

## 三

古い住人たちからは単に〝ルーシー〟と呼ばれているフォン・スタック伯爵夫人は、山の上の自分だけの砦から出てきて斜面の小道をずんずん降りると、いきなりケイト・ウェバーのリビングルームに現れた。とたんにその細長い部屋が狭苦しく感じられた。伯爵夫人は大柄な女性だったが、周りの視線を集めることで、その存在感はますます大きくなるのだった。鷹のような顔、鋼鉄製の眼鏡、ぼさぼさの白い髪――鏡を見ながら自分で髪を切るため、いつも不揃いなおかっぱ頭をしている――といういでたちは、相手に恐怖と畏怖を抱かせた。そして儀礼的な場に出ないときの普段の服装は、さらに衝撃的な印象を与える。というのも、ジョッパーズ（ぴったりとした乗馬用ズボン）に重そうなブローガン（足首まである丈夫な作業靴）を履き、シャツの襟のボタンを開けたまま着るからだ。

「あれはダニエル・ブーン（数々の冒険談が残るアメリカの初期開拓者の男性）だね」セルデン・オズグッドは、彼女のことをそう呼んでいた。

「誰かが死んだって聞いたけど、どういうこと？」伯爵夫人は前置きもなしにいきなり核心に迫った。自分を騙そうとする者がいないか威嚇するように、鋭い目でその場の全員を見回す。

「本当なのよ」ケイト・ウェバーが情けない声で言った。「アリー・コルキスが亡くなったの――あなたとは面識のない子よ。彼女が死んだって、いったい誰に聞いたの？」

「ちょっと前に、うちのアマ（中国人家政婦）がそう言ってたのよ。わたしは朝から碧雲寺まで歩いてきて、たった今戻ったんだけどね。留守中に警察官がわたしを訪ねて来たってアマに言われたの。この辺り一帯を嗅ぎ回ってたそうじゃないの」

「それならきっと、アン警部でしょうね」ハワード・ピルグリムがほほ笑みながら言った。「彼の捜査方法には驚かされるばかりです。ミス・コルキスが殺されたことは言ってませんでしたか？」

「殺されたですって！　まさか、そんな！　あり得ないわ！」

「あり得なくても、実際に起きたのです。ここで。ゆうべ」

「殺されたですって！」ルーシー・スタックは同じ言葉を繰り返した。「なんてひどい！　あなたも

「大変だったわね」思いのこもった強い視線をケイト・ウェバーに向け、つけ加えるように訊いた。

「誰が——もうわかってるの? 誰が——」

「残念ながら、まだわからないのです」ピルグリムが言った。「それにしても、いったい何だってあなたのところにまで行ったんでしょうね! ああ、アン警部のことです」

「わたしたちの何人かがゆうべ訪ねたと聞いて、噂話のひとつでも拾えるんじゃないかと思ったんだろうね。大した楽観主義者じゃないか！」

　オズグッドはそう言って笑うと、苦しそうに息をゼイゼイさせた。

「もしかすると、ルーシーが犯人だと思ったのかもしれないな。どうなんだ、きみがやったのかい、ルーシー・ダーリン？　今日の未明のアリバイはおありでしょうか、伯爵夫人《マダム・ラ・コンテス》？　午前一時から二時のあいだは何を？」

「その警察官、たしかにあんたたちがうちに来たことは知ってたみたいだね」伯爵夫人が言い返した。「でも、いったい何を探りに来たんだろう」

「そして何を聞き出したんだろう」オズグッドが言った。「ゆうべお宅に行ったのが誰だったかは、すでにこの若きジョンソンが全部警察にしゃべってくれたからね。そうだろう、少年探偵のホープ・ジョンソンくん！　今朝はあの警部とすっかり親密そうだったじゃないか」

「もちろん、うちじゃ何も聞き出せてないわよ！　でも、どうやらわたし自身について、あれこれ尋ねてたらしいの。なんでそんなことが知りたいのか、さっぱりわけがわからなかったんだけどね。わたしがどういう人間なのか。いつからあの寺を借りてるのか。夫はいるのか、独身なのか、未亡人なのか。それから、特に詳しく訊きたがったのは、ゆうべ下の寺から来ていた客人たちとどんな話をしたのか」

「いったいどんな話をしたんだっけ？」オズグッドが思い出そうとした。「まったく覚えてないな」

「でも、一番奇妙だったのは」伯爵夫人がオズグッドを無視して続けた。「爪飾りについて訊いてたことよ！　ほら、知ってるでしょう？　動物の鋭い爪みたいな形をした飾りで、昔この国の身分の高い人たちが指に着けてたの。わたしはね、そんなものは持ってないのよ。うちのアマもそう答えたらしいし、もしわたしが家にいたら、直接そう言ってやったはずよ。ところがね、ちょっと前に見つけちゃったのよ！」

ピルグリムは驚いた。「まさか、そんなことが！」

「忘れ物のバッグの中に入ってたの」伯爵夫人が言った。「あんたたちのひとりが、ゆうべうちに置いて行ったみたいで――ミセス・ミラムって言ったかしら？　あのとき彼女、中国に来てからどんなものを買ったかをみんなに見せてくれてたじゃない？　さっき、誰のバッグなのか調べようと思って開けてみたら、その爪みたいなのが出てきてね。それでわたしは、警察が探してた爪飾りっていうのは、このことだったんだって思ったのよ――警官は紛失したバッグを探しに来たのに、うちのアマが何か勘違いしたんだろうって。訪ねてきたのは、この寺の警官だったんだろうって」

「わたしのバッグ！」カルロッタ・ミラムが言った。「やっぱりそうだったのね！　あなたが入って来られたときから、手に持ってらっしゃるのがわたしのバッグなんじゃないかと思ってたの。わざわざ届けに来てくださるなんて、ご親切にありがとうございました」

カルロッタは立ち上がって、伯爵夫人が伸ばした手から小さなハンドバッグを受け取った。そのあいだも、ピルグリムは困惑していた。ゆうべ話に出た爪飾りのことをすっかり忘れていたのだ。事件とは無関係で、重要でないことだと思っていた。だが今は、このカンザスから来た顔色のいい小柄な女性に、急にひどく興味を引かれていた。

彼の視線に気づいて、カルロッタはほほ笑みを返した。「バッグをどこへ置き忘れたのか、さっぱりわからなくて。そのうえ、今日になってこの騒動だったものだから、バッグのことさえ忘れていたの。それにしても、どうしてあの警察官はわたしが買った爪飾りなんかに興味を持ってたのかしら？わたしがそんなものを持ってるって、どうして知ってたんだろう？　昨日買ったばっかりなのよ、こちらのお寺に伺う前に」

それを聞いたピルグリムはあきれ返っていたが、ようやく口がきけるようになると、「いえ、あの警部が探していた爪飾りは、あなたとはまったく無関係のものですよ」と言った。「どんなものであれ、爪飾りはないかと探していただけで。つまり――ミス・コルキスを殺した犯人が爪飾りをはめていたと考えられるのです」

「何ですって！」

「そんなことが！」

「ああ、なんてひどい！」

ショックを受けた言葉が口々に飛び交い、ピルグリムは自分の引き起こした反応にある種の満足感を得ていた。

「いや、ジョンソンがそう言っていたんです」ピルグリムは説明を続けた。「それを聞いたアン警部も同意していた――いや、逆だったかな？　とにかく、そういうわけで、警部は爪飾りを探しているのです」

伯爵夫人は長い顎で歯を食いしばった。「それじゃ、あの警察官はやっぱりわたしのことを疑ってたわけね？」

「そうとは限りませんよ」ピルグリムがなだめた。

ケイト・ウェバーが口を開いた。「まったく馬鹿げた話じゃないの。爪飾りですって！　そんなものなら、このお寺のあちこちにいくらでもあるわ！　何十個としまってあるの。遊びに来てくれた人に、中国のお土産にどうぞって渡してるのよ——親指にはめる指輪とか、古い櫛とか、そういう安物と一緒にね」そうわめくと、苦々しそうにつけ加えた。「もしあの警部に、がらくたばっかり放り込んである引き出しの中身を見られていたら、きっとわたしも犯人だと疑われたでしょうよ」

ケイトはいきなり立ち上がって、大股で引き出し付きのテーブルへ向かい、最初の引き出しを開けた。すると、滑稽なほどぽかんと口を開けた。

「あの人、持って行ったのね」彼女はささやくような声で言った。「ここに入ってたものを誰かが持ち去ったみたいなの。ひとつ残らずなくなってるわ！」

# 第四章

ピルグリムが神聖な境内に向かって斜面をのぼっていると、僧院の中から銅鑼を打ち鳴らす音や、鐘の響きが聞こえてきた。これから読経の時間らしい。まるでチャペルに向かう寄宿舎の生徒たちのように、それぞれの僧房から出て来た修行僧たちが一斉に本殿を目指し、慌てて僧衣に袖を通しながら早足で歩いている。一様にくすんだオレンジ色のたっぷりとした布を古代ローマのトーガのように片方の肩からかけ、喉元のボタンで留めている。おかげで灰色の僧服は覆い隠され、みすぼらしい祭事にふさわしい雰囲気を醸し出している。その姿は小説家のピルグリムの目に、まるでアメリカの片田舎の催し物に出てくる二流役者たちのように映った。

僧たちが次々と中央の〝仏殿〟の中へと、入り口の長い竿にかけられた帳《とばり》をくぐって入って行くのを、ピルグリムは中庭に立って待っていた。何度か周辺を見回して確認してみる。イ・リーの姿はどこにも見えない。だが、彼女が自分より先にこの寺に向かったことはまちがいないのだ。少し待ってから、彼も本殿に足を踏み入れた。

中庭のまぶしい光に慣れていた目には、扉を閉め切った暗い室内の様子はほとんど見えなかった。やがて巨大な仏像の前に一列に並んだ黒っぽい人影が徐々に見えてきた。不揃いな読経の声が館内に響き渡り、香を焚く強い香りが立ち込めている。巨大な仏像の顔は、室内の上部に何本も横にわたされた垂木に隠れて見えない。やがて儀式を取り仕切っていた僧たちが一列になって祭壇の前へ進み始めた。中をくり抜いた木片を蟹の形に彫刻した打楽器のようなものを、仲間のひとりが単調に叩き続ける音を伴奏代わりに、僧たちは前へ歩いていった。ずらりと並んだ経机の前で時おり立ち止まっては仏像に向かってお辞儀をするたびに、読経の声がささやき声ほどに抑えられ、伴奏も小さくなった。僧たちが再び歩きだすと、音もうるさいほど大きくなって波打つのだった。

　その壮観を十分間ほど鑑賞した後で、ピルグリムは再び太陽の下へ出て行った。ちょうどそのとき、僧院の使用人が急いでドアから出て来て、彼を呼び止めた。

「あの、お願いあります」若い男は片言の英語で言った。「あなた、ミス・リー探しますか？」

「ああ、探している」ピルグリムが言った。

「では、お願いあります、わたしへ来てください」

　ふたりは僧たちの暗い住居棟へ入り、中央の大きな建物を抜けて小さな離れへと向かった。その離れでは、境内を囲む外壁の隅にある小さな庭に面して窓が開いていて、そこからまぶしい日の光が差し込んでいた。窓のそばの壁には〝炕《こう》〟（下から温めることのできる、レンガ製のベッドのような台。昼は作業や団欒に、夜はマットなどを敷いて就寝に使われた）が設置されていた。細い藁を編んだだけの質素な茣蓙を敷いた上に――日の光を頬に受けて――イ・リーが座って煙草を吸っていた。

「こんにちは、ミスター・ピルグリム」彼女は愛想のいい笑みを浮かべて彼を出迎えた。「中庭に〝外国人〟が来てるって教えてもらったの。誰のことだろうって思ってたのよ。ひょっとしたらミスター・ジョンソンじゃないかってね」

　小説家はクックッと笑った。「現れたのがわたしで、がっかりしてなきゃいいんだがね！」

「大歓迎よ。わたしたち、もう長いお付き合いですものね。初めて会ってから、そうね、一年以上かしら――あなたが中国へ来てからずっとだから」

イ・リーは首をかしげて、もう一度彼にほほ笑みかけた――ゆっくりと、誘惑するように浮かべた笑みは、実際の東洋人ではなく、フィクションに描かれるイメージを思い起こさせた。

「ここにわたしがいて、驚いた?」

「い、いや、別に」ピルグリムは正直に言った。「こんな部屋にいることには、少し驚いたかもしれないが。この僧院に来ていること自体は、驚きでも何でもないよ――きみはゆうべもここへ来ていたんだし、今朝はきみの後を追って来たんだからね」

彼女は純粋に面白がっているように笑い声を上げた。

「やっぱり、そうじゃないかと思ったのよ――ただ、さっきも言ったけど、わたしを尾《つ》けて来るならミスター・ジョンソンだろうと思ってたわ。ひょっとして、あなたは彼の助手なの?」

「いいや、わたし自身の考えがあってきみを尾《つ》けた。もっとも、ジョンソンも同じことを思いついているかもしれないがね」

「ええ、わかってるわ」イ・リーはため息をついたが、ピルグリムにはそれがわざとらしく思えた。「アリー・コルキスが殺された件について、わたしが何か知ってると思ってるんでしょう?」

「知ってるのかい?」ピルグリムは炕《こう》に腰を下ろし、彼女のすぐそばに座った。

「たぶん、あなたが知っている以上のことは何も。ひょっとしたらって疑ってることはあるけど、確実じゃないわ。その推理が当たっていてもまちがいだとしても、今わたしが何を疑っているのか、いつか話してあげるわね。その日が来るまでは、わたしを信じてもらうしかないわ。今からわたしの本心を言うわよ――相手がミスター・ジョンソンでもきっと同じことを言っていたわ。わたしを尾行しても、余計な面倒事を引き起こすだけだって」

「誰にとっての面倒事？」

「あなたじゃないわ」イ・リーがピルグリムを安心させるように答えた。「わたしにとってよ」

「きみに面倒をかけるようなことはしたくないな」ピルグリムは楽しそうに言った。「だが――きみとは〝長い付き合い〟だから言うが――そろそろお互いの秘密を打ち明け合わないか？」

「だめだめ」イ・リーは声を高めた。「今はまだ無理！」

「今のきみは、遅かれ早かれ誰かに誤解される立場にいるんじゃないのか」

「そうかもしれないわ。でも、それはどうでもいいの」

「それに、そのまま誰とも組まずにひとりで行動していたら、危険な目に遭うかもしれない」

「そうかもね。でも大丈夫、守られてるから」

彼女はいったいどんな秘密を隠しているんだろう？　あるいは、本当は何も知らないのか？　これまでは、彼女が殺人に関わっているとは本気で考えていなかった。アリー・コルキスが生前どんなことを考えていたのか、イ・リーならひょっとして何か聞いていたんじゃないかと思っただけだ。彼女とアリー・コルキスは友人だった。殺人に繋がるようなことを、互いに話していなかっただろうか？もし話していたのなら、はたしてそれはこのカビ臭い寺とどう関係しているのか？

ピルグリムはにっこり笑った。

「この事件には、探偵役が多すぎる気がしてならないんだ。アン警部は、もちろん関わらざるを得なかった。だが、若きジョンソンとわたしは頼まれもしないのに勝手に首を突っ込んでる――趣味として楽しんでいる。きみとわたしが手を組むのは、お互いのための有効な手段になるだろう――そして正義が執行されるためには、計り知れないほど有効な手段となるはずだ」

イ・リーが笑った。「なかなかの説得力だわ。でも、あなたが誰を疑っているのかは言わないのね」

「交換条件を提示してるのかい？」

「ちがうわよ！　やんわりお断わりしたつもりだったの」

「うまい断わり方だな」ピルグリムがあきらめたように言った。「ところで、この秘密の部屋は何なんだい？　あの若者に呼ばれたとき、何かの罠にかけられるのかと思ったよ」

「こうして座って待っているのを見て、次にわたしの手にかかって死ぬのは自分だと思ったわけね？ここはね、この僧院の住職の事務所と休憩所と私室を兼ねた部屋よ。住職は、今執り行ってる勤行が終わったらここへ戻って来るから、あなたと話がしたいそうよ」

ピルグリムが眉を上げた。「どうして住職が？」

「今日、彼に証言してもらうことになるかもしれないって伝えておいたの」

「証言？」

「わたしが昨夜、まちがいなくここへ来てたという証言。わたしの言ってたとおりの時間帯に、ずっとここにいたという証言よ」

「その話なら、初めから疑ってないよ」ピルグリムが優しい口調で言った。

「そうかもしれないわね。でも、何度も言うようだけど、ここに現れるのはミスター・ジョンソンだと思っていたのよ」

「ああ、そうだったね！　ここの住職のことはよく知ってるのかい、ミス・リー？」

「よく知ってると言えるでしょうね。わたしの叔父なの」

「へえ！」

ピルグリムは驚いたが、別に寺の住職に姪がいてもおかしくないのだと思い直した。

「変なことを訊いて悪かったね」そう言って、すぐにちがう質問をぶつけた。「ミス・コルキスがまちがって殺されたっていう仮説は、きみはどう思うんだい？」

「それって、つまり――？」

ピルグリムは満足そうにうなずいた。「そう、本当はサーストンが狙われていたことになる」

イ・リーは首を振った。「そんなこと、信じられないわ」

「実は、わたしも信じられないんだ。たしかにサーストンには、いくつか驚くべき冒険談があった。だが、どれも殺人とは繋がらない出来事だった。あの話自体、彼が大げさに膨らませているんじゃないかとも思う」

イ・リーはしばらく黙っていたが、突然、決心を固めたように口を開いた。「思いきって言ってしまうけど、わたしが疑っているのはサーストン博士よ」

ピルグリムはさほど驚かなかった。一般的に怪しいと思われる何人かの中に、サーストンが含まれないはずはない。だが、この中国人娘がほかの人間をさし置いてサーストンを名指しするのは、興味深いことだと思った。ようやく聞けたイ・リーの告白に、ピルグリムはかなり困惑した。あくまでも彼女が勝手に疑っているだけなのだろうか、それとも、何かしら秘密の情報に裏付けられているのだろうか。

ピルグリムはすぐには何も返さなかった。やがて、すべての好奇心を集約した質問を投げかけた。

「どうしてそう思うんだい？」

「さあ、どうしてかしら」

イ・リーは一瞬ためらった後で、そう答えた。だが、彼女は何かを隠しているにちがいないとピルグリムは確信していた。

「そう言うあなたはどうなの？　博士のことを疑ったことはないの？」

「当然ながら、われわれ招待客のうちの何人かについて考えてみたよ。だが、きみがサーストンを疑う根拠は、とうてい強固とは言いがたい。ふつうは結婚を断わられたからと言って、相手の女性を殺したりはしないし、それ以外の動機は単なる憶測に過ぎない、そうだろう？　ただ、ミス・コルキスとサーストンが、実は以前からの知り合いだったんじゃないかと、一、二度疑ったことは認めるよ」

ピルグリムは問いかけるような視線をイ・リーに向けた。「まさか、サーストンが上海の船で出会ったロシア人女性が、実はミス・コルキスだったなんてことはないだろうね？」

「何ですって！　それは考えてもみなかったわ！　でも、もちろん、そんなはずはないわ。タイミングが合わないもの。アリーはこの数ヵ月ずっと北京《ペキン》にいたのよ。サーストン博士の船の冒険談は、つい数週間前の出来事でしょう？」

「たしか、そうだったと思うね。でも、彼女はそのあいだ一度も北京を離れなかったのかい？」

「そりゃ離れることもあったわ——ときどきは。でも、そう長くはなかったはずよ。後でもう一度じっくり思い出してみるけど。何にしろ、アリーがその女だったはずはないと思う」

「わたしだって真剣にそう考えてるわけじゃないよ」ピルグリムが認めた。

話すべきことはそろそろ終わりに近づいていた。完全に満足な結果とは言えないな、とピルグリムは思っていた。はっきり答えてもらいたい質問がいくつか残ってしまった。可能性は低いものの、アリー・コルキスとイ・リーのあいだに秘密の会話がまったく交わされなかったことも考えられる。その場合、イ・リーには打ち明けられるような重要情報は何もないことになる。単に直感に従っているだけのことだ。

「ほかに、わたしに伝えておきたいことはないかい？」ピルグリムは親しげな口調で尋ねた。

「わたしから話せることは、本当に何もないのよ」

イ・リーは首を振って、そう言い張った。ピルグリムには、それが含みのある返事のように思えた。

「何にしても」ピルグリムは、脱いでいた白い日よけヘルメットに手を伸ばして立ち上がり、にっこりほほ笑んだ。「これでわたしたちは味方どうしだ！」

「素敵ね。とても素晴らしい関係になるわ」

イ・リーとともに中庭に出ると、本殿の階段の上で三人の男が何か話していた。くすんだオレンジ色の僧衣を着ているのは、この寺の住職にちがいない。あとのふたりはホープ・ジョンソンとオリン・タターシャルだった。

「もうひとりの探偵のお出ましだ！」ピルグリムが笑いながら言った。「みんなで一緒に歩いて帰ろう。やあ、ジョンソン」

ふた組が合流したところで彼は声をかけた。「日が沈むまでに事件が解決できる見込みはありそうかい？」

若いアメリカ人は苦笑いを浮かべ、渋い表情で言った。

「ちょっと難しそうですね。この一件は時間を追うごとに、中国独特の謎が深まっていくようです。

ところで、こちらの、ミス・リーの叔父さんにはもう会われましたか？　この僧院の代表者だそうですよ」

ピルグリムと住職は厳かにお辞儀を交わし、タターシャルが横で何やら中国語を二言、三言伝えた。

「住職との面会で何か成果は得られたのかい？」小説家が尋ねた。

「ええ、成果は大いにありましたよ！　昨夜ミス・リーはこちらのお寺へ叔父さんを訪ねて来て、お茶を飲んでいた。ミスター・タターシャルは月明かりの下で石碑の文字を書き写していた。どちらも起訴に値する行為ではありません」

ジョンソンは容疑者たち一人ひとりに煙草を差し出した。

「ミセス・ウィンダムについては？」

「それも一応確認したほうがいいのでしょうね、彼女がひそんでいたという具体的な場所を、ミス・リーが教えてくださるなら」

イ・リーは先に立って、外の庭の一角へ案内した。そこは木々が生い茂り、ツタに覆われて暗かった。夢中になってアメリカ煙草を吸っていた住職が、茂みの下の乾いた土の上に、まったく同じ銘柄の煙草の吸殻が踏みつけられているのを真っ先に見つけた。

「アイヤイ！」住職は甲高い声を上げ、茂みの中を震える指でさし示した。ホープ・ジョンソンがステッキで地面を掻き回すと、とっくに火の消えた吸殻がさらにふたつ出てきたので、全部拾い上げてポケットにしまった。

「お見事です、シャーロック」ジョンソンは喜んでいる住職に向かって言った。「われわれの捜査法をあっという間にマスターされましたね」

タターシャルはご丁寧にもその言葉を中国語に訳した。「このアメリカ人は、あなたのことを偉大なる〝福爾摩斯（中国語でホームズのこと）〟と並ぶ方だと言っている」

中庭の門に向かっていくらか歩いたところで、彼らは住職に手を振って別れを告げようと振り向いた。ところが、彼らの目には住職の足の裏しか見えなかった。伝統ある寺の総責任者は、茂みの中に四つん這いになり、ほかにもまだ吸殻が落ちていないかと探しているところだった。

## 二

ケイト・ウェバーの借りている寺の一画では、無感動な哀愁が顕著に漂っていた。午後遅くなってもアリー・コルキスの遺体はそのままベッドに放置され、ともあれ処分されるのを待っていた。不機嫌に黙り込んだサーストンは、ケイトの書斎にあった数少ない本の中から回顧録を一冊持ち出して、自分の部屋で読んでいた。アン警部が帰ってからというもの、ほとんど口をきいていない。ストリートはそわそわと落ち着かず、少し気分が落ち込んでおり、火のついていないパイプを口にくわえて中庭をうろうろと歩き回っていた。寺に残っている女性たちを元気づける役目は、リレソーとオズグッドに任されていた。報われることのない役回りだった。

それでも、ふたりは精いっぱい力を尽くした。お茶の用意が運び込まれると、女性たちの気分も少し明るくなった。ブランシュ・ウィンダムが読んでいた小説を置くとほぼ同時に、上の僧院に行っていた四人組が帰ってきた。

ピルグリムは、サーストンと一緒に泊まっている小さな僧房で手を洗い、みんなが集まっているリビングへ行こうと、促すように声をかけた。

「ケイトが頑張ってくれているんだ。わたしたちのために、できる限りの気遣いをしている」

「わかってる。わたしだって同情を引きたいわけじゃない――それに」とサーストンはほほ笑みながら加えた。「疑いの目も向けられたくない。先に始めてくれるようにみんなに伝えてくれないか。五分ほどしたら、わたしも行くよ」

ピルグリムはひとりでリビングルームに戻ると、「ローラはどこですか?」と尋ねた。

ケイト・ウェバーが言った。「ちょうどミスター・ジョンソンにも、その話をしていたところなの。ローラなら、伯爵夫人を送って行ったわ。リンダ・ルーカスも一緒にね。そろそろ戻って来る頃なんだけど」

「まさか、彼女たちの身に何かあったということはないでしょうね?」ジョンソンが喰らいつくように言った。

「そんな、まさか! この辺りの山は寄宿舎よりもよほど安全よ」

「そんなはずはないでしょう」ジョンソンは顔をしかめながら言い返した。「なにしろ、すでに人がひとり殺されていて、犯人はまだ捕まっていないんですから」

「まだ捕まっていないんじゃなくて、誰が犯人かわからないんだ」オズグッドがクックッと笑いながら修正した。「でも、今はみんなここにそろっているから心配ないよ。サーストンだけが来てないけど、どこにいるかはわかっている。中庭を通ってこっちへ来る彼の足音が、今にも聞こえるはずだ」

だが、境内の中を急ぎ足で近づいてきた足音は、サーストンではなかった。入って来たのはリンダ・ルーカスだった。そして彼女がひとりきりだということに、誰もが気づいた。ホープ・ジョンソンは急いで立ち上がり、戸口にいる彼女のもとへ向かった。

「何があったんです?」ジョンソンがそっけなく尋ねた。

リンダは彼を押しのけるように部屋に入って来ると、椅子にドサリと腰を下ろした。頭の麦わら帽子はかしげ、靴は土埃にまみれている。それなのに、顔はにこにこと笑っていた。

「大丈夫よ」リンダは息を切らしながら言った。「そんなに大騒ぎしないで——わたしなら大丈夫だから! 走ったせいで少し息が上がっちゃっただけよ。それより、ローラよ——彼女、小道を降りてくる途中で足首をひねっちゃったの。歩こうとしたけど、痛くて無理だって。わたしには彼女を担いで来られないし——だから、助けを呼ぼうと思って走って来たわけなの」

「何てことを!」ジョンソンが怒鳴った。「彼女、どこにいるんです? ここから遠いんですか? 今はひとりきりなんですか?」

目は怒りに燃え、訊きたいことが多すぎて舌が追いつかない。

「ミス・ルーカス、申し訳ありませんが、今すぐわたしをそこまで連れて戻ってください、あなたの体調が大丈夫なようなら」リンダに答える余地を与えず、ジョンソンはさらに続けた。「わたしひとりで行って、彼女を見つけられなかったら大変なことになりますので」

心の中ではひそかに、目の前の赤毛の婦人を激しく、いくぶん理不尽に罵っていた。どんな理由があろうと、ローラをひとりきりで置き去りにするなんて。

「まあ、ローラったら、かわいそうに」ケイト・ウェバーが声を上げた。「ねえ、ちょっと待ってて、わたしもお湯の入ったやかんを持って一緒に行くから」

ケイトは大声で使用人を呼びながら部屋を出て行った。

ピルグリムは姪に同情はしていたものの、動揺はしていなかった。

「ローラなら、きっと大丈夫だよ、ジョンソン」彼はなだめるように言った。「わたしが一緒に行こう。ケイトがどうしてもと言うなら、後から使用人と一緒に包帯を持って来てくれればいい。誰かもうひとり一緒のほうがいいな、ローラを担いで降りなきゃならない場合に備えて」

山の小道に詳しいという理由で、タターシャルが四人めに選ばれた。

「いや、それなら、ローラのいる位置だけ教えてもらって、ミス・ルーカスには残ってもらったらいい」探検家のタターシャルが言った。「そんなに遠いはずはないから」

「行けば、いやでも見つかるわよ」リンダが言った。「上の僧院と伯爵夫人の寺のちょうど中間辺りだから。谷間にかかった小さな橋があるでしょう？　そのちょっと手前よ。大きな岩があって――」

「ああ、どの辺りかわかるよ」タターシャルが言った。

日暮れまでまだ一時間以上あるものの、昼間の暖かさはすでになくなっていた。急ぎ足で向かった一行は、十五分で目的地の半分まで到着した。杖で地面を鋭く打ち鳴らす音が小道の上まで響き、野生の鳥たちがやかましく鳴いていた。アカシアやカエデの雑木林の奥から、スズメの甲高いさえずりや、カケスの絞り出すような鳴き声が聞こえた。コウラウグイスが金切り声を上げながら、緑の暗がりの中へと彗星のように素早く飛び去った。だが、周りの自然の美しさはジョンソンの目にも耳にもまったく届いていなかった。彼はもはや、心のすべてを不安と怒りに交互に支配されたひとりの若者に過ぎなかった。その不安の源を取り払うことができるなら、喜んでそうしたかった。

「もうそろそろ見えてくるはずだ」タターシャルが言った。

その瞬間、まるで映画のような絶妙のタイミングで、ローラの声が聞こえた――斜面の百ヤードほど下から短い悲鳴が上がったかと思うと、途中で不自然に遮られたかのように、唐突に静寂が戻った。西側に連なる山際を燃え上がらせるようなまぶしい夕陽を目に受けながら、ホープ・ジョンソンは杖を捨てて小道を駆けだした。ダーツマスであれ、ほかのどこであれ、そんなスピードで走った記憶は一度もなかった。

ローラ・ピルグリムは上り坂の小道の脇で、絡み合う蔓草の上に静かに横たわっていた。目は閉じているが、明らかに気を失っているだけのようだ。すぐ近くでは、小さめのおとなしいロバがまばらに生えた草を食《は》んでおり、オレンジ色の蝶たちが夕日の中を飛び回っている。だが、ぐったりとしたローラの上には、奇妙な幽霊のようなものが屈み込んでいた。ジョンソンが足音を響かせながら走って来るのに気づいて、おびえたように立ち上がる。

男だ。異常なほど太っていて、滑稽にさえ見える。太鼓のように前に突き出た丸い腹は、はちきれそうに膨らんでいる。何重にも層になった首の肉は、波紋が広がるように波打っている。小さな目は肉に埋もれて見えない。女性のように曲線的でやわらかい肉づきの肌は、青白くて不健康そうだ。その一方で、幼児のように愛らしい唇に笑みを浮かべ、奇妙で甲高い、子どものように短く連続する笑い声を立てていた。

ジョンソンは驚きのあまり、一瞬立ち止まった。だが、すぐにまた駆けだし、ぶよぶよとした男の腕を掴んだ。ぬめりのある溺死体のような感覚だ。ジョンソンは困惑した表情で顔をそむけ、気を失っているローラのそばにしゃがみ込んだ。

小説家と探検家が息を切らしながら走って来た。

「信じられない！」ピルグリムが驚いて叫んだ。「こいつは〝笑う仏《ラッフィング・ブッダ》〟じゃないか！」

タターシャルの存在に気づいた男が、何やら親しげな声を上げた、タターシャルがほっとしたように説明した。

「ああ、この男は宦官《かんがん》のファンだよ。まったく無害なやつさ――とは言え、どうやらローラをひどく怖がらせてしまったらしい」

タターシャルは、倒れているローラと、そのそばで膝をついているジョンソンを見て、男に向かって何やら中国語で鋭く質問した。

宦官の男は両手を高く上げ、堰を切ったように熱っぽく答え始めた。ピルグリムはその奇妙な甲高い声を、まるで悪夢を見ているような不安な気持ちで聞いていた。姪がどうやら意識を取り戻しそうなのを見て、安堵した――有能なホープ・ジョンソンのおかげだ。

「思ったとおりだよ」話を聞き終えたタターシャルが説明した。「ファンがロバに乗ってのんびりと寺へ向かっている途中、ここでローラを見つけたのだそうだ。彼女は目を閉じていたので――たぶん、ひと休みしていたんだろう――具合でも悪いんじゃないかと思った。それで、助けようと思ってロバを降りて様子を見に行った。近づいている途中で、彼女が目を開けて――一瞬、ぎょっとしたような表情を彼に向けて――それから悲鳴を上げて気を失ったそうだよ」タターシャルはおかしそうに笑った。「どちらも責めることはできないな。ファンは、あくまでも善意で動いた。ただ、自分がどれほど人に恐怖心を抱かせるか、自覚がないんだ。ジョンソンに殴られなくてよかったよ」

ビルグリムはまだ少し愕然としていた。「宦官だって？　それで、この辺りに住んでるっていうのか？」

「彼は〝剛鉄墓〟という別の寺（現在の北京の八宝山革命公墓内に当たり、宦官を庇護した明王朝時代の武将〝剛鉄〟の墓がある）に住んでる――かつて宮廷を追われた宦官たちの避難所のようなところだ。実を言うと、今日にでもみんなでロバに乗ってそこを見学しに行こうかと考えていたんだ――あの気の毒なお嬢さんの一件さえなければね。実に興味深いところなんだよ」

ピルグリムの頭はすっかり混乱していた。「宦官っていうのは――その――すまない、本物には会ったことがないものでね。みんな彼みたいな外見をしているのかい？」

「宦官が？　とんでもない！　身長も体重も、みんなばらばらだ。それで言うなら、ファンほど太っているのはめったにいないね」

タターシャルは、片眼鏡をしっかりはめ直した。

「これまでの苦労が、いろんな形で体に表れるんだろうな！　宦官たちはたぶん、みな同じぐらいの年齢じゃないかと思う。辛亥革命勃発後、多くは退官に追い込まれた。今はほとんど生き残っていないんじゃないかな。ファンもかなり年老いているはずだよ、そうは見えないだろうけど」

タターシャルが自分の太腿を叩いて、鼻で笑った。「そうか、わかったぞ！　サーストンの話に出てきた〝笑う仏《ラッフィング・ブッダ》〟だと思ったんだな？　こりゃ最高におかしい」

「これだけ似ていたら、わたしが勘違いするのもしかたないだろう」ピルグリムが言った。

上体を起こして話を聞いていたローラが口を開いた。「その人を見て、びっくりして死ぬかと思ったわ。わたしも真っ先にサーストン博士の話が頭に浮かんだものだから。失敗ばっかりでごめんなさい――足首をひねったうえに、怖くて気を失うなんて」

ローラはそう言いながらも、ロバのそばで静かにたたずんでいる奇妙な男のほうを、まだ不安そうに見ていた。

「すぐにあいつを追い払ってあげるよ」ホープ・ジョンソンが言った。「きみには、常にそばで守ってくれる人間が必要だ――体が大きくて、荒っぽくて、身長六フィートの男が。偶然にも、わたしの身長とぴったり一致するんだけどね」ミスター・タターシャル、その男とは知り合いなんですか？」

「ああ、よく知ってるよ。このファンって男はこの辺りじゃ有名でね。ちょうど今もミスター・ピルグリムにその話を――」

「ええ、聞こえていました。それにしても、ずいぶん興味深い話ですね。――その宦官は――わたしたちの滞在している寺をロバで訪れようとしていたわけですか？」

「いや、上の僧院から帰ろうとしていたんだよ。彼はあそこの住職とは友人どうしなんだ。たびたびこうして訪ねているらしい」

「昨夜どこにいたのか、訊いてみてください」

宦官はまたしても、何やら長々と説明していた。

「あの僧院にいたそうだ。ゆうべひと晩、僧院内に留まる許可を住職からもらったとかで」

「信じられるものですか！　それなら、今朝、アン警部と顔を合わせたはずですよね。警部はまちがいなく僧院に行っていたのですから」

「ファンによれば〝正午の快適な時刻の直前に、尊敬すべき警部と面会および会話をすることができて光栄だった〟そうだよ」

タターシャルは軽くほほ笑みながら伝えた。通訳するのはやめて、少し苛立ったように言い添えた。

「なあ、この男なら心配要らないぞ、ジョンソン。やろうと思っても人を殺せるわけがない」

「彼の両手を調べさせてくれるように伝えてください」ホープ・ジョンソンは急いで立ち上がり、宦官のもとへ駆け寄った。

男の爪は伸びていたが、長すぎるというほどではなかった。指甲套をはめたような形跡はない。

ジョンソンは少し考え込んだ。それからローラ・ピルグリムのほうを向いて決断した。

「やはり、今はすぐにローラを連れて帰るべきですね。この男にあらためて話を聞く必要があれば、いつでも会いに行けるというあなたの言葉を信じましょう。さっさと立ち去るように言ってください」苛立たしげにそうつけ加えた。

タターシャルはうなずいて、再び中国語で宦官に話しかけた。ジョンソンが疑わしそうに目を光らせながら聞いているのを見ると、気分がよかった。

小道の少し先に、三人の人影が近づいてくるのが見えた――ケイト・ウェバーとリンダ・ルーカス、それに大きなやかんを提げた使用人だ。

ホープ・ジョンソンがしゃがみ込み、ローラが立ち上がれるように手を貸した。

「ミスター・ピルグリム、ローラを抱え上げて、わたしとミスター・タターシャルの腕の上に乗せてください。そうしたら、出発しましょう。ミスター・タターシャル、準備はいいですか？　よし――では、出発！」

彼らの先頭に立ってひとりで小道を歩くハワード・ピルグリムは、体は身軽でも、頭の中は考え事でいっぱいだった。とらえどころのない考えばかりで混乱していた。だが、イ・リーに関する謎が深まったことはまちがいなかった。なぜなら、偶然にも、彼女が僧院を訪ねたのと同じ夜に、あの宦官がきわめて例外的に同じ僧院で一夜を過ごしていた――さらには、そのすぐ数百ヤード下で女性がひとり殺されていた――からだ。

あの男の顔は、まさしくサーストンの言っていた〝ぼんやりとした白いもの〟じゃないか！　あれを見て、列車の中での一件を連想しない人間はいないだろう。だが、そこまで繋げて考えるのは難しそうだ。そう言えば、イ・リーもこんなふうに気絶していたな――まったくちがう状況ではあったが。もしや彼女が気を失ったのは、マクベス夫人と同じ手を使ったのでは？

だが、そんなふうに考えるのはよくないと思った。イ・リーは、サーストンを疑っていると言っていた。ひょっとして、サーストンが犯人だと知っているんじゃないだろうか？　もっと言うなら、彼がミス・コルキスを殺すところを目撃したとか？　だが、今回の一件ですでにわかっていることと照らし合わせれば、それは非常に考えにくい。ジョンソンの言葉を信じるなら、アリー・コルキスが殺されたのは、イ・リーが悲鳴を上げて気を失う一時間以上も前のことだ。それなら、イ・リーはいったいなぜサーストンを疑っているのか？

ピルグリムは宦官のことを思い出し、頭がくらくらした。あの不気味な男は、自分がたびたび小説の中で描く想像上のキャラクターのようだ。ストーリーを混乱させるためだけに登場し、作家を悩ませる存在だ。

同じ頃、ホープ・ジョンソンも頭の中であれこれ考えていたが、ピルグリムとちがって、イ・リーが誰を疑っているのかを僧院で打ち明けられたわけではなかった。ピルグリムと同様、あの宦官と、サーストンの乗っていたコンパートメントに夜中に侵入した男がそっくりなことに頭を悩ませていたものの、昨夜偶然にもいくつかの出来事が重なっていた点は、さほど気にならなかった。とは言え、イ・リーのアリバイが、実は住職である叔父の証言によってのみ成立していたこと、そしてさらにはタターシャルのアリバイが、イ・リーの証言にいくらか支えられていることは、意識しないわけにはいかなかった。

彼女が疑わしいというなら、ターシャルもそうじゃないのか？　どういうわけか複数の人間が偶然あの僧院に居合わせた同じ夜に、彼もそこを訪れていた。そして、明らかにあの宦官とは親しい間柄のようだ。

だが、ジョンソンは結局、帰るまでに重要なことは何も言い出さなかった。たったひとつの質問を口にしただけだった。

「ローラ、乗り心地は悪くないかい？」

「ありがとう。とってもいいわ」ローラが答えた。

三

寺では、デンマーク公使館から来たという若い男がジョンソンたちの帰りを待っていた。金髪の公使館員は同情的で、実のところ、大きな力になってくれた。

「ご遺体は問題なく運び出せるはずです」その公使館員は言った。「中国警察の捜査はまだ完了していませんが、少なくとも継続中です。当然、お決まりの手順がいくつも待っていると思われます。残念ながら、こちらのみなさんにも、さらなる取り調べを受けていただく必要があるかもしれません。でも、犯人はいずれ逮捕され、罰を受けるはずです。それまでに自分たちがすべきことは、被害者の親族を探し当てて、この一件を報告することです。ミス・コルキスの家族についてご存じの方はいらっしゃいませんか？」

だが、誰も何も知らなかった。

「ミス・コルキスはコペンハーゲンから来ていたはずよ」ケイト・ウェバーが言った。「でも、残念ながら、わたしはそれ以上何も知らないわ。デンマークにお姉さんか妹がいるって言ってた気もするけど。プライベートな話はほとんどしない人だったから。ごめんなさいね」

その発言以上の情報を持っていたのはサーストンだけだった。

「ミス・コルキスは、非常に美しい女性だったと同時に、非常に素晴らしい研究者だった。最後に話したとき、中国古代の磁器についてあまりにも詳しいので驚いたと彼女に伝えると、コペンハーゲンにある東洋博物館で助手をしていたのだと言っていた」

「ありがとうございます」サーストンの言葉に、若き公使館員はほほ笑んだ。「今のお話から何かわかるかもしれません。彼女の北京での住所はもちろん把握しています。登録情報などを調べれば、必要なことはわかるでしょう。何にしても、今後の捜査は北京に移ります。ミス・ウェバー、今回のことはたいへんお辛かったこととお察しします。でも、みなさん、もうご自由にそれぞれの生活に戻っていただいて結構ですよ。とは言え、この不幸な一件が解決するまで、どなたも出国はなさらないでください」

リレソーが、小さく眉をひそめた。

「それは不都合かもしれないな」リレソーはかすかな笑みを浮かべながら言った。「だって、その捜査はいつまでも終わらないかもしれないじゃないか。ここにいる〝容疑者〟のほとんどは中国に住んでいるからいいだろうが、おれは遅かれ早かれ、ハリウッドへ戻らなきゃならないんだ」

「もちろんです」若きデンマーク人は非の打ちどころのない礼儀正しさでそう言うと、お辞儀までしてみせた。「どなたにとっても、ひどく不都合な事態にまでならないといいのですが。中国警察も、デンマーク公使館も、この捜査が一刻も早く終わるように精いっぱいの力を尽くすものと確信しています。ご遺体の搬出についてはわたしに任せてください、ミス・ウェバー。必要な手続きはすでに済ませてあります」

誰もが胸を撫でおろした。アリー・コルキスは、生きているうちは誰にも好かれる、かわいらしい女性だった。だが、週末に呼び集められただけの小さな集団の中で、二十四時間も経たないうちに死んだ——殺された——彼女は、身の毛もよだつおぞましい物体と化してしまった。ケイト・ウェバーの招待客たちはここを出られると聞いて、正直なところ大喜びしていた。もっとも、誰より喜んでいたのは、女主人その人だった。

それぞれにハンドバッグやスーツケースを大急ぎで荷造りし、八時に迎えを頼んだ。ところが、ようやく彼らが夕食——ひとり減って〝十三人の晩餐〟だと、オズグッドが嬉しそうに指摘した——の席に着いたのが八時で、寺を出発できたのは九時を回ってからになった。一列に連なって、堂々と椅子駕籠で山を降りる一行の気分は、ほとんど浮足立っていた。

駐車場には車が四台駐まっていた。オズグッドはさっさとその一台に乗り込み、タターシャル、イ・リー、そしてリンダ・ルーカスを乗せて出発した。

「刑務所で会おう」

いつものようにゼイゼイと苦しそうな高笑いをしながらそう言い残し、タターシャルは街に向かう暗い小道に消えて行った。

お抱え運転手に出迎えられたケイト・ウェバーは威厳を持って後部座席に乗り込み、ブランシュ・

ウィンダムとカルロッタ・ミラムがお供した。ジェリー・ストリートは折り畳み式の補助席に浅く腰かけ、リレソーが助手席に座った。

ピルグリムとサーストンは、来たときと同じく、ピルグリムのロードスター（二人乗りのオープンカー）に乗った。最後の一台に乗ったローラとジョンソンは、だが、来たときと何もかも同じとはいかなかった。なぜなら、その車はローラのもので、来るときには彼女自身が運転し、ジョンソンは車体の揺れに何度も体を跳ね上げられながら助手席に乗ってきたからだ。

「ローラから目を離さないでくれ」姪を車に乗せているジョンソンに手を貸しながら、ピルグリムは明るく声をかけた。

「わたしにお任せください」ホープ・ジョンソンはそう言って、低い声でつけ加えた。「あなたも、サーストン博士から目を離さないでくださいね」

ピルグリムはうなずいた。「それはわ、た、し、に任せておけ」

同じく低い声でそう答えたものの、ジョンソンがどんなつもりでそんな忠告をしたのかはまるでわからなかった。サーストンを疑っていると伝えたかったのだろうか？　あるいは、サーストン自身の命が危ないという意味なのか？　サーストンが何者かにつけ回されたと言っていた話を、ジョンソンはどこまで真剣にとらえているのだろう？　これまでの件と今回の殺人に、どれほど深い関係があると考えているのか。ピルグリムはアメリカから来たこの若者と、もっとゆっくり話す時間を作ればよかったと後悔した。お互いに怪しいと感じている点を洗い出せただろうに。

何にせよ、ピルグリムは今日出会ったあの〝笑う仏《ラッフィング・ブッダ》〟に似た男やほかのことについても、サーストンに話してみようと思っていた。街に入るまでに、時間はたっぷりとある。

ドライブの大半の時間は沈黙のうちに過ぎた。グレイのロードスターは、まるでマルタ猫の子猫のように、中国の田舎道を疾走した。目の前には、発育不良のトウモロコシとしおれた麦の畑に挟まれた長い一本道が伸びている。道は壁に囲まれた村の中をくねくねと走り抜けた。かのクビライ・ハーンの時代にはすでに古びていた村（一二七一年に〝元〟の首都が現在の北京に移され、一九六〇年頃までその城壁が一帯に残っていた）だ。やがて道の脇に背の高い木々が並ぶようになり、北京の西の郊外に広がる豊かな植物が増えていった。遠くまで照らすヘッドライトが運河の水面に反射して光り、柳の並木を青白い光が煙のように走った。

「ひどいことが起きたな」長い沈黙を破ってサーストンが言った。「本当にひどい事件だった！」

「そのとおりだね」ピルグリムが、サーストンよりは明るい調子で言った。「だが、そういつまでも気に病んでもいられないだろう」

「わたしもそうは思うが、それでもやはり、あのときあの部屋にいたのがわたしだったらよかったのにと思えてならないんだ。少なくとも、わたしなら大声でわめいただろうに。かわいそうに、あの子にはそんなチャンスさえなかったのだろう」

「馬鹿なことを言うなよ」ピルグリムが言った。「まさか、まだそんなことで自分を責めてるのかい？」

「ああ、そうだよ。あれはわたしのせいじゃないって、何度も自分に言い聞かせているんだがね。わたしとはまったく関係のない理由で殺されたのかもしれないって。それでも――」

「あの子はきっと、きみと関係なく殺されたんだよ」

「そう思うかい？」

「確信している」

「そう言ってもらえるとほっとするね」

サーストンは少しのあいだ黙り込んだが、いきなりまた口を開いた。

「でも、それじゃいったい何があったんだ？　きみとジョンソンなら、今頃とっくに犯人を突き止めてくれていると思ったのに」

「残念ながら、きみはわたしたちを買いかぶっているよ」ピルグリムが小さな笑い声を上げながら反論した。それでも、自分がその午後僧院で見聞きしてきたことをかいつまんで報告した。

「結論としては、タターシャルとミス・リーのふたりは、どうやら容疑者からは外れるようだ。彼らのアリバイは僧院の――少なくとも、住職の――お墨付きだからね。ついでに言えば、言葉にするのも畏れ多い〝無慈悲な美女〟――ブランシュのことだよ――は、あの吸殻のおかげで疑いを免れた。それとも、やはり彼女は怪しいと思うかい？」

「この件に関しては、誰が怪しいかなんて考えたこともない。わたしにはさっぱりわからないからね。ただし、あれが――」サーストンは急に口ごもった。

「あれがきみ自身を狙った陰謀でなければ、ということか？」

「そう考えずにはいられないんだ。なあ、ハワード、きみはその可能性をまったく考えないのか？」

ピルグリムは黙っていた。そうだ、山で宦官に会った一件については、サーストは何も知らないんだったな。あの若いデンマーク公使館員が訪ねて来てからは、みんなで寺を出発することに気を取られて、その件はすっかり忘れていた。夕食の席では話題にのぼったはずだが、サーストンは食事の途中で――その話が出る前に――部屋に引き上げていたのだ。友人を試してみるには、今が絶好の機会だ。

「たしかに、その考えを後押しするような新しい局面があったんだ」

ピルグリムは少し間を置いてから、ゆっくりと続けた。

「今日の夕方、なんとも奇妙な男が、これまでの――疑わしい人間の輪とでも言おうか――に加わったんだよ。宦官だ」ピルグリムは、きっぱりと言いきった。

「宦官だって！　宦官なんかがこの件に、いったいどう関わってくるんだ？」

「さあ、わからないな。ただ、驚くべきことにその宦官というのが、きみの見た〝笑う仏《ラッフィング・ブッダ》〟にそっくりなんだ」

「あの仏像みたいな顔の男に！　まさか、冗談だろう、ハワード」

「とんでもない、これほど真剣になったことはないぐらいだ。何があったか説明しよう」

ピルグリムが説明を終える頃には、車は北京市のすぐ外れまで来ていた。エリス・サーストンはその話にすっかり打ちのめされていた。気ばかり焦って言葉がうまく出てこない。

「そんなことがあっても、きみはまだ――その――まだ疑うのかい、わたしがこれまで、誰かに――」

「たしかに、初めはきみの話がなかなか信じられなかったよ。ロシア人の美女や、邪悪な東洋人が登場して、尾行や窃盗を試みる話にはわくわくした。だが、こうして実際に殺人まで起きると、矛盾するようだが、逆に嘘っぽく思えてきたんだ」

「大変だ。これが何を意味するか、わかるか？　つまり、彼女はやっぱりまちがって殺されたんだ――狙われたのはわたしだった――そしておそらく、次はわたしが殺されることになるんだ！」

サーストンの声はどんどん高くなって金切り声になり、ピルグリムは不安になった。

「そんなはずがあるものか、サーストン」ピルグリムは彼の袖に手を置いた。「そんな大げさにとらえるのはよせ。しっかりしろ、もうすぐホテルに着くから」

そう言いながらも、サーストンが急に怖気づいたことにがっかりしていた。

車は西直門を通って城壁に囲まれた市街地へ入り、東へ、さらに南へと進みながら〝北京のシャンゼリゼ通り〟の別名を持つ〈長安街《ちょうあんがい》〉という広い幹線道路に入った。時刻は午後十一時を回っている。〈長安街〉の交通量は徐々に少なくなっていた。市内に戻ったと同時に、蒸し暑い夜気に乗って、さまざまな匂いが入り混じったような悪臭と、周辺に広がる無数の〝胡同《フートン》〟（旧城内の名残の細い路地や横丁）のどこか遠くから奇妙な叫び声が運ばれてきた。時おり別の自動車がスピードを上げて彼らの車を追い抜き、重い足取りで人力車を引いていた車夫たちはそのヘッドライトに驚いて、脇へどけて道を譲るのだった。

車の右手に、イギリス軍駐屯地の斜堤が暗く長く伸びているのが見えた。左手の少し先で、木々のあいだから見えている光が、広い庭園の奥に鎮座する〈ホテル・マジェスティック〉だ。車は今、その西側の私道に差しかかっていた。

そのとき、ロードスターのヘッドライトの光の中に、何やら黒いものが一瞬映し出された——中国人の一般市民らしい服装の男がひとり、周りを確認もせずに車道を渡ろうと足を踏み出して来たのだ。今にも轢いてしまいそうだ。

「危ない！」

サーストンが即座に声を上げた。反射的に近いほうの手でハンドルを握った。

小さな罵声を上げながら、ピルグリムは衝突を避けようと車を方向転換させた。ブレーキが長くきしむ音がして、中国人がおびえたように金切り声を上げた。一瞬、事故は無事に回避できたかに思えた――が、それを否定するように不気味な衝撃音が響き、中国人の姿が見えなくなった。蒸し暑い暗闇を、男の甲高い叫び声が引き裂く。

ピルグリムは力いっぱいブレーキを踏み、さらに数ヤード先でロードスターを停車させた。すぐに勢いよくドアを開ける。突然、ある考えが頭に浮かんだ。

「きみはここで待っててくれ、サーストン」ピルグリムは動揺した様子で言った。「こんな場面に、きみまで出て来ることはない……ああ！……いや、ほんの軽くぶつかっただけのはずだ」

ぶつぶつ言いながら車を降りる。

倒れている男のそばまで急いで駆け寄ると、男が目を覚まして起き上がろうとしたので、そのまま道路に横になっているようにと優しく上体を押し戻した。

「まだ動いちゃいけない」ピルグリムはそう忠告した。「今、医者を呼んで来るから。どこかひどく痛むかい？」

気が動転するあまり、その男にはおそらく英語が理解できないこともすっかり忘れていた。

ついさっきまでほとんど人気《ひとけ》のなかった幹線道路が、急に息を吹き返したかのようだった。被害者の甲高い叫び声と自動車の急ブレーキの音を聞きつけて、道路の周りの暗がりから大勢の人が事故現場に駆け寄って来たのだ。ホテルの入り口に人力車を置いたまま、車夫たちが何人も走って来る。興奮したように飛び交う彼らの声が、現場の混乱に拍車をかけた。提灯を持った人々が集まり、その赤い光を負傷した男の顔にかざした。男は声を出さずに何やら唇を動かしている。あっという間に、手でしきりにジェスチャーをしながらしゃべる人の群れが周りにできていた。

ピルグリムはその一人ひとりに声をかけていった。

「頼む、誰かホテルから医者を呼んで来てくれ。この中に英語が話せる人間はいないのか？」

通りかかった自動車が止まって、騒ぎを見学しようと中から何人か降りて来た――夏用のフォーマル・スーツを着た背の高い若者と、目を丸くしている若い娘が三人。

「何かお困りですか？」

若者は親しげに声をかけた。間延びしたようなアクセントは、まちがいなくアメリカ人だ。

それを聞いたピルグリムが立ち上がり、大声で言った。

「その声はひょっとして、キャメロン、きみなのか？　車で男を轢いてしまったらしいんだが、集まって来たおしゃべり猿どもに言葉が通じなくて困っている。医者を呼んでほしいんだ。わたしの車で病院まで運んでもいいんだが、動かしていいものかどうか心配なんだよ」

若い男がうなずいた。「ホテルに医者がいるはずです」

彼が早口の中国語で何やら声をかけると、車夫がふたり、その重要な任務を果たすために駆けだした。キャメロンと呼ばれた男が道路に膝をついた。

「死んではいないようですね」

冷静に観察してそう言うと、さらに中国語をいくつか発した。

被害者の男はうめき声を上げて、自分の両脚を指さした。車で自分を轢いた憎らしい外国人を、目をらんらんと輝かせて凝視している。これは幸運が舞い込んできたぞ。男は早くもそう予測していた。命に別状はなさそうだし、この憎らしい外国人は明らかに金を持っている。

「両脚が痛いそうです」キャメロンが言った。「車の泥よけが膝の辺りに当たったのでしょう。どうしてぶつかったんです？」

ピルグリムは事故のいきさつを説明した。「車のすぐ前に出て来るまで、この男の姿が見えなかったんだ。よけようとしたが――気づいたら悲鳴が上がっていた」

「お気の毒に。一生、補償金を請求され続けるかもしれませんよ。ところで、これはわたしの姉です。前に会ったことがあるんじゃないでしょうか。それから、ミス・バートンに、ミス・マニロフ。きみたち、こちらはミスター・ピルグリムだよ、小説家の」

ピルグリムはぼそぼそと非礼を詫びた。静かだった通りは、すでに黒山の人だかりで、怪我人とふたりのアメリカ人を取り囲むように群がっている。遅れて到着した警察官が、その輪の中心に加わった。再度、事故の説明がなされた。

すると、ようやく木々の中から医者が大股で歩いて来て、同郷のふたりに軽く会釈をしてから、被害者の男の上に身をかがめた。ホテルの専属医ではなく、スタッフに申し訳なさそうに頼み込まれて、しぶしぶダンスフロアを後にした若いアメリカ人の医者だった。

「骨はどこも折れていない」医者はぶっきらぼうに言った。「数ヵ所の裂傷と、いくつかの打撲傷。そこら辺の薬局でも処置できる程度だ。ただし、一週間は傷が痛むだろう。あんたがやったのか、キャメロン？」

「ミスター・ピルグリムだよ」キャメロンがにっこり笑った。「わたしなら、もっとうまくぶつけてる」

「ああ、こんばんは、ミスター・ピルグリム。この男なら、心配いりませんよ。あんまり治療費をふっかけられないように注意してください。念のために病院へ連れて行って、ひと晩様子を見てもらうといいですよ。病院の担当者宛てにメモを書きますので、渡してください」

「その程度の怪我で済んで安心したよ」ピルグリムが言った。

そのとき、四人めのアメリカ人が群衆を搔き分けようとしていた。ようやく輪の中心に出て来ると、大きな声を上げげた。

「やあ、ピルグリム、きみか！　ここでいったい何があったんだ？」

ハリウッドから来たフランク・リレソーだ。今は、ケイト・ウェバーの寺から来た、と言うべきか。

「何やら、事故が起きたって聞いたぞ。おれはホテルのバーで飲んでたんだが、ついつられて見に来た。ストリートがまだそのバーに残って飲んでる。誰かが悲鳴を上げたように思ったんだがね」

酔っぱらっているというほどではなかったが、リレソーはいくらか酒を飲んでいるようだった。遠慮のない、陽気な声で話している。

「サーストンはどこだ？」

「車の中で待たせているよ」ピルグリムが疲れた声で言った。「ドクター、さっき話していたメモをいただけたら——ああ、それからこの男をわたしの車まで運ぶのを手伝って——」

「わたしの車に乗せて行けばいいですよ」キャメロンが提案した。「あなたのロードスターじゃ乗り切らないでしょう。その怪我人はわたしの車に乗せて、あなたはご友人と一緒にロードスターでわたしの車について来てください」

警察官が、彼らに名前と住所をしつこく尋ねていた。

わめきながらついて来る警察官を従えて、リレソーと一緒にロードスターに向かって歩きながら、ピルグリムは少し気分が晴れてきた。

「とにかく〝終わりよければすべてよし〟だ。知ってるかい、リレソー、シェイクスピアの言葉だよ！」

そう言って勢いよく車のドアを開け、運転席に乗り込んだ。

「悪かったね、サーストン！　思ってた以上に長くかかってしまった。だが、相手の怪我は大したことなかったよ。そこでリレソーとも会ったんだ」

エリス・サーストンは何も答えなかった。眠っているようだ。

「どうしたんだい、サーストン？」ピルグリムが友人を心配そうに見つめた。すぐにそのまま後ずさりをするように車から降りて、背後にいた警察官にぶつかった。リレソーはちょうど立ち去ろうとしているところだった。

「リレソー！」ピルグリムが叫んだ。

三人の男はそれから長いあいだ、エリス・サーストンの死に顔と、彼の心臓に突き立てられた短剣の骨製の持ち手を、ただ黙って見つめていた。

# 第五章

真夜中近くになって、ピルグリム家のリビングルームに、白い衣をまとった使用人がローラを呼びに来た。彼女宛ての電話がかかっているのだという。ちょうど往診に来ていた医者が帰ったところだった。

「わたしが代わりに出るよ」ホープ・ジョンソンが言った。

その五分後、彼は慌ててピルグリム家を後にした。電話で聞いた話のうち、最低限の情報だけをローラに伝えた。交通事故があったらしく、人力車の車夫が怪我をしたのだと。ローラの車を借りたジョンソンは、危険なほどスピードを上げて市内を横切るように走った。ジョンソン自身、サーストンについては、殺されたという事実しか聞かされていなかった。

だが、ホテルの近くまで来ると、いやでもスピードを落とさざるを得なかった。それぞれに夜の街を楽しんでいた人々が、続々と事件現場に集まっていたからだ。ひしめく群集のおかげで、ピルグリムのロードスターがどこにあるかはすぐにわかった。騒動のただ中に制服を着た警察官の姿が何人か見え、鞭が地面を打ちつける恐ろしい音が響いていた。警官たちが野次馬を押し下げようとしているのだ。ジョンソンは混乱から少し離れた位置に車を駐め、そこからは歩いて向かった。押し合う人々の中心へと力任せに突き進む。

「アン警部！」ジョンソンは呼びかけた。

警部が振り向いて、ジョンソンを救出しに来た。満面の笑みを浮かべている。

「おやおや、ミスター・ジョンソンじゃありませんか！　今回のことが、もうお耳に届いたようですね」

「さっき聞いたところです。ここへ駆けつけるのに、あなたの国の交通法規をことごとく破ってしまいましたよ」

疲れた顔のピルグリムとリレソーが、ロードスターの脇で具合が悪そうに立ち尽くしていた。それでもふたりはジョンソンを見つけると、明るく出迎えた。顔見知りが増えるのは嬉しかった。

「衝撃的なことが起きたんだよ、ジョンソン」ピルグリムが言った。「こんなことがあると、幽霊とか、悪魔とか――この地獄のような国に伝わるあらゆる恐ろしいものの存在を信じてしまいそうになるよ」

困惑したジョンソンが尋ねた。「どうしてそんなふうに思うんですか？」

「さあ――たぶん、あまりにも奇妙なことが起きたせいかな。サーストンは死ぬ直前に、わたしに突っかかってきたんだ。いずれ自分も殺されるにちがいないと言っておびえていた。わたしがあの宦官のことを伝えたせいで――それで彼はすっかり動揺していたんだよ」

ホープ・ジョンソンはすぐには信じなかった。暗い車の中にぼんやりと見えているエリス・サーストンの死体を覗き込み、生前最後に見た彼の様子を思い出そうとした――あのときはむっつりと黙り込んでいたものの、特に動揺している様子は見られなかった。ジョンソンは次にポケットから懐中電灯を取り出して死体を照らし、アン警部に尋ねた。

「死体を調べてもいいですか？」

アン警部が両手を広げてみせた。

「どうぞお好きに、ミスター・ジョンソン。訊く前からもう調べ始めているじゃありませんか。ただ、残念ながらこの――この状況は――あなたがたの言葉で〝人目に立つ〟というものです。死体安置所に移動してから調べたほうが調べやすいのではありませんか？」

「調べやすいかもしれませんが、タイミングを逸します」

アマチュア探偵は車内のあちこちに光線を向けながら言った。

「でも、おっしゃるとおりです、警部」ジョンソンは懐中電灯のスイッチを切った。「集まっている人たちには、もう話を訊いたんですね？」

「あなたがたの言葉で〝馬車に積んだ干し草から一本の針を見つけ出す〟(『実現困難なことを試みる。無駄骨を折る』の意味。正しくは〝干し草の山から〟)というものですよ。できる限りのことは全部やりました。これから署へ引き上げようと思っていたところです」アン警部はそう言って、ハワード・ピルグリムのほうをちらりと見た。「――ミスター・ピルグリムの準備さえよければ」

ピルグリムはひどくショックを受けているようだったが、死体が乗ったままのロードスターの運転席に乗り込んだ。

「いや、それはだめです」ジョンソンが抗議した。「運転ならわたしにさせてください。ミスター・ピルグリムの話は、またあらためて聞くことにして。もっと後で――もっと落ち着ける場所で――あのホテルででも。今の彼に必要なのは、気付けに強い酒を一杯飲むことです」

ジョンソンの申し出に、アン警部は同意した。この現場から離れられるなら何でもよかった。こうしているあいだにも、群集はますます大きくなっていたからだ。結局、ピルグリムとは後でホテルのリレソーの部屋で話をすることになった。ジョンソンが運転するロードスターは、ドアの外で踏板の上に立っているアン警部も乗せて、頑固に道を譲らない人力車を押しのけるようにゆっくりと走りだした。ズボンから革ベルトを外して鞭代わりにしていた先ほどの警察官たちが、再び群衆の脇でそのベルトを何度も激しく振り上げては音を立てて地面を打ちつけていた。ジョンソンは、ダッシュボードの淡い光を受けたエリス・サーストンの顔をちらりと見た。唇は軽く開き、今にも何か話しだしそうだ。もしも本当に話すことができたなら――若いジョンソンの頭に、大昔から使い古されてきた疑問がよぎる――死者は今、何を伝えたいと願うだろう？

踏板に乗っただけのアン警部は、ジョンソンほど感傷的とはいかなかったが、やはり考えにふけっていた。さまざまな考えが浮かぶ中でも特に強く思っていたのは、金儲けが目的であれ、お楽しみのためであれ、この国にやって来る外国人というのは、ひどく迷惑な人間が多いということだった。

突然、車が大きくカーブした。道を歩いていた瓜の行商人を避けようと、大きく回り込んだからだ。アン警部が瓜売りの男を激しく罵倒した。

「頭がいかれてるのか！」

投光照明に照らされた警察署の中庭で、捜査は再開された。

「やれやれ」アン警部がふざけて言う。「この犯人は、どうしても自分が中国人だと主張したくて仕方がないみたいですね」

警部の視線は短剣の柄に向けられていた。刀身はまだサーストンの胸に突き刺さっている。

「最初は指甲套で、今度は短剣！」

「では、これは中国の短剣なんですね？」ジョンソンが言った。

「まちがいありません――ですが、もちろん、誰でも手に入れることはできますよ」

「遺体から抜いてもかまいませんか？」

「どうぞお好きに。ただ、言っておきますが」アン警部は申し訳なさそうにつけ加えた。「中国警察はさほど指紋を重要視しません、ニューヨークの警察とはちがって」

ジョンソンは短剣の柄にハンカチをゆるく巻いて、ゆっくりと死体から引き抜いていった。刺されたときの角度がはっきりわかった。力のこもった、迷いのない一撃ではあったが、短剣は斜めに刺さっていた。つまり犯人は、サーストンの右側から左に向かって刺したのだ。ホープ・ジョンソンは何かに鋭く気づいたようにうなずいた。

「何があったかを推測するのは難しくありません。サーストンは右側から刺されました。中国では車両は左側通行（現在は右側通行）ですから、車は右ハンドルです。車の右側に立っている人間が、運転席越しに助手席の人間を正確に刺すことは不可能に近い。もちろん、運転席のドアは開けたままになっていましたが、それでも――」

ジョンソンは凶器をできるだけ体から遠く離して持ちながら、しばらく考えていた。

「つまり、犯人は運転席に乗り込んで刺したということですか？」アン警部が感心したように訊いた。

「ええ、そうじゃないかと思います。それ以外には考えにくい！　逆に、それならば簡単に説明がつきます。想像してください。サーストン博士は車の左側の席に座っています。ミスター・ピルグリムは怪我人を助けに、運転席のドアを開けて車の後方へ走りだした。残ったサーストン博士はどうすると思いますか？　最も自然な反応、つまり、後ろの様子を見ようと、窓から首を突き出したのでしょう。助手席側の窓から、道路の後方に横たわっている怪我人を見ようとしたのです。後ろを向いていたせいで――どのぐらいその恰好でいたかはわかりませんが――右側から近づいてくる犯人に気づかなかった。が、運転席に乗り込んできた物音に気づいた。そして、そちらを向いたとたんに刺されたのです」

「実に賢明ですね」アン警部は素直にうなずいた。「いえ、あなたの〝推測〟のことです。でも、今おっしゃった状況は――犯人にとって、あまりにも都合がよすぎませんか！」

「そうですね。事故が起きることなど、犯人には予測できなかったはずですから。その点については、まったくの幸運だったとしか言えませんが、犯人は機転をきかせて、この好機をうまく利用したのでしょう。元の計画では、もっと後で、おそらくはホテルで殺すつもりだったと思います。犯人は車の到着を待っていた。サーストンが自分の部屋に戻るのを待っていたのです。事故が起きて人々が騒ぎだしたのを見て、彼はそれをチャンスととらえて実行に移したのです」

「博士は声を上げなかったのですか？」

「上げたかもしれません。それはわかりません。大声を出していたとしても、どのみち誰にも聞こえなかったようです。まあ、声を上げる間もなかったのでしょうが」

「あるいは、近づいてきた犯人は――車に乗り込んできた男は――博士の知り合いだったのでは？　それなら、博士も疑わないんじゃありませんか？　声を上げることもありません」

ジョンソンはうなずいた。「その可能性もありますね」

「その犯人ですが――どこで待っていたのですか？」

「たぶん、幹線道路の反対側の、斜堤の影にひそんでいたんじゃないでしょうか」

ジョンソンは短剣を警部に渡した。「これに残っている指紋を採取してくれるよう、手配していただけませんか？」

アン警部が中国語で早口に何か言うと、部下が凶器をどこかへ持ち去った。捜査の対象物はロードスターに移った。

「さすがにこの車は、指紋が多すぎますよ」アン警部が言った。

ジョンソンもしぶしぶ認めた。たしかに指紋だらけにちがいない。道路に駐まったままのロードスターを、さっきの群衆はべたべたと触れていたのだ。たとえ指紋が出てきたところで、証拠としての意味はないだろう。だが、後ろの折り畳み式の補助席を調べたところ、大きな発見があった。凶器の短剣の鞘だ。

　助手席の裏にバッグをふたつ詰め込んだせいで、後ろの補助席のカバーが開いたままになっていた。ジョンソンは折り畳まれた補助席の座面と背もたれの隙間から革製の鞘を拾い出して警部に渡した。

「サーストンを殺した後、車の後ろを通って立ち去る際に、この隙間に押し込んで行ったのでしょう」ジョンソンは推察した。「どうぞ、あなたのコレクションに加えてください、警部。いずれ何かの役に立つかもしれません」

ジョンソンの行動を興味深そうに眺めていたアン警部が、ようやく質問を口にした。

「それで、ミスター・ジョンソン、ここから何を引き起こし《インデュース》ますか？」

ホープ・ジョンソンが笑った。「ここからは、もう大したものは見つからないと推定《デデュース》しますよ。死体を調べたら、さっさとホテルへ戻りましょう」

ところが、死体を調べたところ、興味深いことがわかった。サーストンの指から、明らかに指輪が持ち去られていたのだ。ジョンソンは、指輪があったはずの指の付け根の周りが白っぽくなっていると指摘した。

「驚いたな」ジョンソンは言った。

「では犯人は、盗み目的で博士を殺したわけですか？」アン警部が顔をしかめた。「でも、ポケットの現金は手つかずでしたよ！」

「それはもちろん、ポケットの中を探るよりも盗みやすいせいでしょう」ジョンソンは言った。「ただ、犯人は初めからその指輪だけを狙っていたのかもしれません――本当に盗み目的の殺人だったとすればですが！　あるいはあなたの言うとおり、この犯人はただ自分が中国人であると主張したいだけなのかもしれませんよ」ジョンソンはほほ笑みながらつけ加えた。「指輪そのものはどうでもよくてね。あるいは、そもそもサーストンは今夜、指輪をはめていなかったのかもしれません」

「明日になったら、北京《ペキン》じゅうの質屋を調べさせます」

アマチュア探偵は考え込んでいたが、「そうですね。何にしても、やってみる価値はありますね」と同意した。

ホテルへ戻って来たときも、ジョンソンはまだ考え事をしていた。

遅い時間にもかかわらず、〈ホテル・マジェスティック〉のロビーは活気づいており、バーも賑わっているようだった。が、ジョンソンとアン警部の姿を見つけると、ロビーの中は一気に静まり返った。重い静寂の中を、ふたりはエレベーターまで歩いて行った。

ピルグリムとリレソーは、彼らを喜んで出迎えた。新しい情報が聞きたくて、眠さと戦いながら待ちかまえていたのだ。短剣の鞘の話が出たとき、ピルグリムが顔をしかめた。

「何だって、ジョンソン。それじゃ、犯人はわたしの車の後ろに乗っていたって言うのか？　考えただけでぞっとするよ！　たしかに、その可能性はある。でも、いったいどこで乗り込んだんだろう？寺を出発したときには誰も乗っていなかったはずだ」

「どこだろうと、あれだけスピードを出していたんですから、途中で乗り込むことなんてできませんよ。そんなことを考えるなんて、小説家の職業病というものです。後ろの補助席には誰も乗ったりしていません。指で文字が書けそうなほど、真っ白な埃に覆われていましたから。短剣の鞘は、犯行直後に犯人が落として行ったんです。証拠隠滅には一番手っ取り早い」

何があったのか、ジョンソンが自分の推理を簡単に説明すると、ピルグリムはうなずいた。

「ひどい話にはちがいないが、可能性としては考えられるな。ひとつ訊きたいんだが、きみはまさか、あの太った宦官が関わっていると考えてるわけじゃないだろうね？　悔しいことに、わたしはこれまでサーストンの冒険談については少々訝しく思ってきた。彼が殺された今、もっと信じてやればよかったと思っている。とは言え、やはりわたしにはとても考えられないんだ、まさかあの不気味な男が――」

「北京まで追って来るはずはないと？　サーストン自身は明らかにそう信じていたようですが。それに、車を飛ばせば、太っていようと何だろうと、追って来ることは可能です。もっとも、わたしもあなたのおっしゃるとおり、その男が北京に現れたという話は現実的ではないと思います。もしサーストンが恐れていたように、何らかの陰謀があったのだとしたら――本当にこんなことまで実行したのだとしたら――ほかにも共謀者がいたはずです」

アン警部は宦官の話にはあまり興味は示さなかったものの、愛想よく黙って聞いていた。車夫を轢いてしまった経緯については、すでにピルグリムから話を聞いてあったが、もう一度、後から思い出したことも含めて、初めから全部聞き直した。

「なるほど」アン警部はうなずいた。「よくわかりました！　ミスター・ジョンソンのおっしゃるとおり、殺人犯にとっては絶好のチャンスになったわけですね」

アン警部はそう言うと、次にリレソーに向かって親しげにほほ笑んだ。

「そして、ミスター・リレソーはそのときちょうど、ホテルのバーにいらっしゃった」

リレソーは、そうだと言った。「ストリートと一緒にしばらく前からバーにいた。あの寺からホテルへ戻って来たとき、一緒に一杯やろうと誘ったんだ。正確に言うと、一杯じゃなくて何杯かずつ飲んでいたんだが。すると、表の通りが騒がしくなったのに気づいて、ひとりで様子を見に行ったんだ。おい、まさかおれを犯人役にキャスティングするつもりじゃないだろうな。殺人犯なんていうのは、絶対にやりたくない役だ」

アン警部は両手を広げてほほ笑んでみせた。

「わたしは質問をするのが仕事です。仕事を進めるには、質問するしかないのですよ」

「わかったよ」リレソーが言った。「何でも質問してくれ、できる限り答えるから。だがな、おれはまちがいなくあのバーにいて、そこから事故現場に行ったんだよ。それを証言できる人間が、たぶん十人以上はいるはずだ」

「あの山の中のお寺へ、あなたがたが言うところの〝週末を過ごしに〟行くより前に、ミス・コルキスのことは知っていましたか？」

リレソーは不意をつかれたようだったが、ためらうことなく答えた。「ああ、知っていたよ。何週間か前から知っていた——おれが北京へ来た当初から」

「北京に来るまでは、一度も会ったことがないのですね？」

「生まれてこのかた、彼女のことは聞いたこともなかった」

「ですが、その後は——あなたが北京にいらした後は——彼女とよく会っていたのですか？」

「何度かは会った。〝よく会っていた〟っていうのは、具体的にどのぐらいのことを指してるんだ？」

「一週間に二度か三度ほどでしたか？」

「そうかもしれないな」

「あなたは、その若い女性にとても惹かれていたのですね？」

「そうかな？　あんたがそう言うなら、そうなのかもな」

「わたしの調べた情報によれば、そうなのです。もしまちがっているなら、訂正してくださってかまいませんが？」

「そういうことでいいよ。おれはミス・コルキスに惹かれていた」

ホープ・ジョンソンとピルグリムはリレソーの話を聞いて驚いた。

「あなたは彼女に申し込み《オファー》をしましたね？　あなたも彼女と結婚したいと思っていたのですか？」

フランク・リレソーが声を上げて笑った。

「なるほど、〝三角関係の筋書き〟というわけか！　あんたが何を考えてるか、ようやくわかってきたよ、警部。それもあんたの調べた情報に基づいてるのかい？　たしかにおれは彼女に申し込み《オファー》をした——ハリウッドで映画に出ないかという提案《オファー》をね。だが残念ながら、興味がないと断わられたよ。ほかに質問はあるかい？」

「どうもありがとうございました。わたしは質問をするのが仕事ですから。ご親切に答えていただいて感謝します」

アン警部はいきなり立ち上がって一人ひとりに小さくお辞儀をすると、足早に部屋を出て行った。

ハワード・ピルグリムはリレソーに同情的だった。

「こういうことになるから、中国人の使用人のいる前でうかつに話をしちゃいけないんだよ、リレソー。人に聞かれたくない話をするんだったら、北京を離れるしかないな。太平洋の真ん中とか！　ああ、今夜はいろいろありすぎた。もう家に帰って寝ることにするよ」

ローラのロードスターは、ジョンソンが乗り捨てた状態のまま、道路に駐まっていた。ジョンソンは、その車に乗って駆けつけてから、すでに何週間も経っているように思えてならなかった。彼の泊まっているホテルは、そこからほんの数ブロック先にあった――〈マジェスティック〉よりも小規模で目立たない宿泊施設だ。

ジョンソンがピルグリムに向かって言った。「わたしのことなら、ご心配なく。歩いて帰りたい気分なので」

そう言ったものの、ピルグリムがローラのロードスターに乗って行ってしまうのを見送ると、ジョンソンは〈マジェスティック〉へ引き返した。ラウンジの客が少なくなってきたことに気づいた。屋上ガーデンに最後まで残ってダンスをしていた客たちが、エレベーターから下りてきた。ジョンソンは大股でロビーを横切り、廊下の先のバーへ向かった。ちょうどドアが閉まるところだった。

「ミスター・ストリートはいるかい？」

ジョンソンはボーイに尋ねながら、人気《ひとけ》のないバーに強引に入って行った。だが、客はひとりもいなかった。ボーイが彼をじっと見ている。

「いや、何でもない」アマチュア探偵は苛立ったように言い残して、ラウンジに戻った。

次の瞬間、ジョンソンは慌てて大きなヤシの木の陰に身を隠した。

夜用の正装に身を包んだイ・リーとオリン・タターシャルが、ちょうどホテルを出て行くところだったのだ。ガラス越しに、ふたりがそれぞれ人力車に乗り込んで、ホテルの私道を出発するのが見えた。

「これはいったい、どういうことだ――？」

ジョンソンはそうつぶやきながら、現状を素早く振り返ってみた。今日目撃したものに重要な意味は秘められているだろうか？　次の瞬間、彼は勢いよくホテルの私道へ飛び出した。十台ほどの人力車の車夫が競い合うように声をかけてきた。

一分後には、ジョンソンを乗せて駆けるしなやかな茶色い脚が、先を走る二台の人力車の提灯を追いかけていた。

## 二

夜気は重苦しく、蒸し暑いうえに、まったく雨が降りそうな様子はない。大通りに建ち並ぶ店はどこも閉まっていて、その戸口には半裸で汗まみれの市民や店主たちが座り込み、扇子をあおぎながら、その蒸し暑さを受け入れているように見えた。交差点には砂糖菓子の屋台を引く男たちがまだうろついており、ここからそう遠くないところに不道徳な悪の巣窟――麻薬を吸入できる店や国際的な売春宿——がいくらでもあるのだと、ジョンソンはぼんやり考えていた。とは言え、真夜中を目前にして、細い通りを行き交う人間はいなくなっていた。表面的に見れば、この古い首都は休息に入ったのだ。

ホープ・ジョンソンは、ふたつの揺れる提灯を追って暗い街を快走する人力車に乗りながら、この北京の街が織り成す壮大な神秘《ミステリー》と、自分が巻き込まれたいくつもの小さな謎《ミステリー》について考えていた。なんとも驚くべき都市——驚くべき国——そして驚くべき人々だ！　独特な考えに基づいた彼らの生き方は、どれも何世紀も前に創り上げられたものだ。政府が何度変わろうと、西洋諸国の侵入を受けようと、ここに暮らす人々は頑として自分たちの生き方を貫いてきた。古くから続く慣習という穏やかな湖に対して、そうした出来事は水面のさざ波に過ぎないのだ。

三台の人力車は胡同《フートン》のやわらかな暗闇に突入し、飲み込まれた。まるで時間という子宮の中へ飛び込んだかのようだ。圧倒されるほどの静けさが、アメリカ人のジョンソンの感覚を一気に満たした。その衝撃に頭の中が真っ白になった。自分が死んだような感覚だ、と彼は思った。地面を蹴る車夫の足音は、何世紀も前に聞こえていた音のこだまに過ぎない。この路地は、かつて周の時代を生きた男たちが通った道だ。この月は、バビロンの町を照らしたのと同じ月だ……。

暗闇の中から影が近づいてきた。何かを叩くような奇妙な音が耳に届いた——キツツキが木を突いているような、不気味であると同時に魅力的で不思議な音だ。音はジョンソンとすれ違い、後方へ遠ざかって行った。が、その音楽を奏でている男の高い頬骨が、人力車の提灯に照らされて一瞬浮かび上がった。点心を売り歩いている中国人だったか！

ホープ・ジョンソンは笑みを浮かべ、現実に引き戻された。目の前で繰り広げられている新展開——タターシャルとイ・リーのふたり組へと、再び焦点を向けた。なんとも奇妙な組み合わせじゃないか。アメリカの大学を卒業した中国人娘と、片眼鏡をかけたゴビ砂漠帰りの探検家。もっとも、あのときのメンバーはみんながみんな、一風変わっていた――クックッと笑うのがくせの、やたらと空《から》元気《げんき》のオズグッド。外国暮らしの長い小説家のピルグリムは、中国に住んでいながらアメリカを舞台にした犯罪小説を書いている。神経過敏なブランシュ・ウィンダム。いつも不機嫌そうなストリート。

彼らは今、この中国で暮らしている。その一人ひとりに、ここに住むことに決めた何らかの事情があったはずだ。それを訊くことができたら、何かが学べそうな気がした。それに引き換え、観光客がここを目指す理由ははっきりしている。観光に来たのだ、おそらくは。だが、同じ観光客でも、あのときの連中はちょっと変わっていた――世界一名高い街から来た、愛想のよい、きらびやかなリレソー。片時も手帳を手離さない馬面《うまづら》女のルーカス。カンザス州の大草原から来たという、ダイヤモンドの指輪をいくつもはめた、面白味のない小柄な婦人のカルロッタ・ミラム。それに、自分だってそのひとりだ――すべての希望を一瞬で打ち砕かれた過去の悲劇的な傷を癒すために、こうして世界じゅうを無鉄砲に駆け回っているのだから。

三台の人力車が上下に揺れながら街を横切るうちに、両側に灰色の城壁が見えてきた。ところどころにぼんやりとした灯りがついていて、みすぼらしい一画を照らしていた。北京は、こうした貧しさと裕福で贅沢な暮らしの混在した街なのだ。犬が何匹か、細い小道の真ん中で眠っている。薄汚れた家の戸口の前で、胡同《フートン》の浮浪者たちが寝ている――ぼろぼろの服を着て、悪臭を放つ彼らは、まるで中世のパリの貧民を思わせる。

前を走っていた提灯が急に四つ角を曲がって消えた。だがすぐに、真鍮《しんちゅう》が木材を叩きつけるドア・ノッカーの重々しい音が響いてきた。ジョンソンは人力車の車夫に止まるよう鋭く声をかけ――彼が知っている数少ない中国語だ――車を降りて歩きだした。

人力車の提灯と、そのすぐ奥に停まっている大型自動車の薄暗いヘッドランプに照らされて、イ・リーとタターシャルがどこかの家の外扉の前に立って待っていた。すると、重い扉がきしみながら内側に開いて、ふたりは外壁に囲まれた奥へと入って行った。ホープ・ジョンソンは四つ角を曲がり、自動車へと駆け寄った。

思ったとおり、車の中には誰もいない。誰の車なのかは、ナンバープレートから調べるしかない。ジョンソンはいずれ役に立つかもしれないと、その数字を記憶に刻み込んだ。

そこは明らかにタターシャルの住まいだった。赤い扉に彼の名前が書いてあった。外壁は高く、てっぺんには防犯用に割れたガラスが埋めてある。だが、ジョンソンはまったく気にしなかった。侵入するなら、扉から入るのが一番簡単だ。

財布の中には名刺が何枚も入っていたが、その中には彼以外のものもあった。車の薄暗いヘッドライトを頼りにそれらを一枚ずつ確認し、この場にふさわしいものを選び出した。それから静かに扉の前まで行って、ドア・ノッカーを叩いた。

白い衣を着た使用人がドアを開けた。

「ミスター・タターシャルはいるかい?」

ジョンソンは堂々とした口調で言いながら、名刺を渡した。使用人はお辞儀をして奥へ引っ込んだ。

外扉は細く開いたままになっていた。ジョンソンはそれを軽く押して、中へ足を踏み入れた。家の奥へ向かう使用人の足音がまだ聞こえていた。外庭の奥にある、中庭を囲んだ住居棟へ向かっているらしい。戻って来るまでに五分はかかるだろう。

ジョンソンはさらに進み、外庭に足を踏み入れた。使用人はそこにはもういなかった。前方の建物の左側に灯りのついた部屋があり、その窓の向こうにひさし付きの制帽を被った頭と煙草の煙が見えた。さっきの車の運転手が主人を待っているのだろう。ジョンソンは急いで庭を通り抜け、いくつかの建物が中庭を取り囲むように建つ住居棟への入り口をくぐった。

使用人は、そこの母屋に入っていくところだった。中国の伝統的な造りの広い住居で、あちこちに魅力的な一画や、曲線を描く瓦屋根が見える。一方の壁の窓からまぶしいほどの光が漏れている。部屋の中から何人かの声が聞こえてきた。

アマチュア探偵はゆっくりと土の上を進んで窓のすぐ下に立った。ちょうど目の高さに窓台がある。つま先立ちすると、部屋の中を覗くことができた。

そんな、まさか！

ジョンソンはもう一度覗いてみた。まちがいない。こんな真夜中にタターシャルを訪ねて来たのは、あの宦官のファンだった。

ジョンソンは頭の中が混乱し、矛盾する考えや疑問でいっぱいになった。

これはものすごい発見だ！　自分の見まちがえであってくれ。

そう思いながら、さらにもう一度灯りのついた部屋の中を覗き込んだ。あの男とまったく同じ顔と体つきの人間が、この世にもうひとりいるだろうか？　ちがうところがあるとすれば、着ているものだけだ。宦官は茶色がかったグレイの衣をまとっていたが、目の前にいる男は、電灯を受けて上品そうに光る、つややかな白いシルクに身を包んでいたのだ。

テーブルの上で三人が顔を寄せ合っていた。磨かれた天板に何かを広げて覗き込んでいるらしい。

地図だろうか？　何かの書類？　それとも写真？　何かはわからないが、巻物のようだ。テーブルの端から垂れ下がった紙の端に木製の芯が見えた。

イ・リーが中国語で早口に何か言っている。彼女の声は低かったが、障子紙を貼った別の窓からはっきりと漏れ聞こえた。大学で中国語の授業を取っておけばよかった！　タターシャルと宦官の男は熱心に彼女の話を聞いていた。時おり笑顔を浮かべたり、うなずいたりしている。次に宦官の男が話し始めた。またしても、かぼそく甲高い奇妙な声がジョンソンの耳に届いた。ポツリポツリと話す男の口調は、まるで落ち葉に雨粒が降りかかるようだった。

宦官は、腹まわりがでっぷりしているわりには虎のようにしなやかに動き、長いテーブルの端から端へと軽快に移動して自分の主張を示した。すると、またしても三人が深刻な表情で巻物の上に顔を寄せ合った。

白い衣の使用人が部屋の入口でもじもじしながら、入るきっかけを探っていた。ようやくそっとテーブルに近づき、主人の手の近くに名刺を置いた。タターシャルは驚いた。

「これはいったい何だ？」

タターシャルが英語で言った。名刺を乱暴に摑むと、信じられないという表情でじっと見つめた。

「いったい何の用があって……ジェリー・ストリートが訪ねて来たらしいんだ」タターシャルはイ・リーに向かって言った。「ここへ来ることを、あいつに話したのか？」

イ・リーは首を振った。「誰にも言ってないわよ、もちろん」当惑した声で言って、名刺に書かれた名前を確かめた。「きっと酔っぱらってるのよ。追い返せばいいわ」

ホープ・ジョンソンは、使用人が中庭を歩いて行く様子を見ていた。外庭へ出たのを見届けると、ジョンソンは窓の下から出て来て、母屋の中へずんずん入って行った。踵を踏み鳴らす音が廊下に響き、驚いたような六つの目が彼に向けられた。

「なんてことだ！」タターシャルが言った。「ジョンソンじゃないか！」

イ・リーは幽霊でも見るような目でこちらを見ていた。すると、いきなり笑いだした。

「復讐神の登場ね！」彼女は大きな声でそう言うと、テーブルにもたれた。「ねえ、ミスター・ストリートはどうしたの？」

「ストリート？」

「あなたが入って来る直前に、彼の名刺が届いたの。ああ、待って、言わないで――当てさせて！あの名刺を使用人に渡したのは、あなただったのね？」

ジョンソンは、イ・リーが差し出した名刺をちらりと見た。

「ちょっとした手ちがいがあったようですね」ジョンソンがほほ笑みながら言った。

「何の用だ？」タターシャルがぶっきらぼうに尋ねた。

「伝えたいことがあって来たんです。よく聞いてください――サ、ー、ス、ト、ン、が、死、に、ま、し、た！」

ジョンソンはふたりの顔を交互に注意深く観察した。だが、彼のもたらした知らせは、望んでいたほどの劇的効果を引き出せなかったようだ。イ・リーの目が一瞬、奇妙に光ったが、それがどういう性質のものかは推し測りようがなかった。その光はすぐに消え、彼女は何事もないような目でこちらを見ているだけだった。一方、タターシャルの顔は能面のようにこわばった。片眼鏡を眼窩にいっそう深く押し込み、厳しい目で侵入者を睨みつけた。しばらくすると手を下ろしてポケットの煙草を探った。

宦官の男は、何が起きているかまったく理解していないように見えた。予期せぬ訪問者が入って来るのが見えた瞬間、彼は背を向けて巻物に手を伸ばし、慣れた手つきで素早くきっちりと巻いていった。そして今は礼儀正しく謙虚な態度で、テーブルの横に黙って立っているのだった。楽しそうな目をして、唇に笑みを浮かべている。

最初に口を開いたのは、イ・リーだった。

「誰が殺したの？」彼女は強い口調で尋ねた。

ホープ・ジョンソンがほほ笑んだ。「わたしは、彼が死んだと言っただけで、殺されたとは言っていません。ですが、あなたのおっしゃるとおり——彼は誰かに殺されたのです」

「撃たれたの？」質問までもが、弾丸のようにいきなり飛んできた。

「刃物で刺されたそうですよ。聞くところによれば、中国製の短剣だったとか」

イ・リーが訝しそうに目を細めた。少し間を置いて、冷静な声で話し始めた。

「たしかに驚くべき情報だわ、ミスター・ジョンソン。わたしたちに是が非でも知らせたいと思われたのも無理ないわね。ご親切にどうも、わざわざ知らせに来てくださるなんて」最後に、優しい声でつけ加えた。「本当にどうもありがとう！」

彼女の言葉に込められた皮肉はまちがえようがなく、腹立たしかった。

「もし興味があるのでしたら、どこで殺されたか、教えてあげましょうか」とアマチュア探偵はじらすように言った。

「ど、どこで殺されたの？」

「〈ホテル・マジェスティック〉の外です——ピルグリムの車の中で——ついさっきのことです」

「まあ、不思議ね、全然気づかなかったわ！　ミスター・タターシャルとわたしも、ちょっと前まで〈ホテル・マジェスティック〉でダンスをしてたのに。それで、犯人は誰なのか、まったく手がかりがないって言うんでしょう？　ここじゃいつもそうなのよ！」

「それが、そうでもなさそうなんですよ」ジョンソンが言った。

イ・リーは急に詳しく知りたがり、ジョンソンはためらうことなく話してやった。彼女は真剣な表情で説明を聞きながらうなずいていた。

「どうもありがとう」

さっきとちがって、その言葉に皮肉は感じられないとジョンソンは思った。

「知らせに来てくれて、嬉しかったわ。それに、わたしたち、とても失礼な態度をとってしまったわね。あなたにも、元帥にも」

「元帥？」

イ・リーは尊敬を込めて丁寧な身振りで紹介した。

「この方は、綏遠省《スイユアン》のマ・ユーチン元帥よ。知ってるでしょう？　元帥、こちらはアメリカからいらしたミスター・ホープ・ジョンソンです」

太った男はお辞儀をして陽気な笑い声を立て、ホープ・ジョンソンは彼をじろじろと見ていた。

「残念だけど、元帥はちょうどお帰りになるところだったの。ミスター・タターシャルが外まで見送りに行こうとしていたのよ。今夜ここで元帥に会ったことは、誰にも言わないでね。元帥にとって、まずいことになるかもしれないから――わたしたちにとってもね」

タターシャルは何やら中国語で鋭く話していたが、やがて元帥と一緒にドアに向かって歩きだした。

ふたりが中庭へ出てしまうと、ジョンソンはそばの椅子にドサリと座り込んだ。しばらくしてから、にんまりと笑った。

「なるほど、宦官のファンというのは、元帥の偽名だったわけですか」

イ・リーはショックを受けたようだった。

「ずいぶん突拍子もないことを考えるのね！　ああ、そうか、あなたがあの宦官に会ったことをすっかり忘れてたわ。たしかに、ふたりはとてもよく似てるわね。でも、ああいうタイプの男性は、中国じゃよく見かけるのよ」

イ・リーの視線が暖炉に置かれた小さな像に向けられた。「まるでみんなで弥勒菩薩の真似をしているみたいにね」そう言って笑った。

「弥勒菩薩？　そうか――なるほど」

その暖炉に飾ってあった像も、ほかならぬ、丸い腹の〝笑う仏《ラッフィング・ブッダ》〟だったのだ。たしかその仏は、本当はとても朗らかな性格だったはずだ。あの宦官の男だって、あの恐ろしい第一印象を乗り越えて知り合えば、本当はとても朗らかな性格なのかもしれない。

「お気の毒なサーストン博士！」イ・リーがため息をついた。「博士ならきっと、元帥であれ、あの宦官であれ、ひと目見ただけでひどいショックを受けたでしょうね」

「わたしも同感ですよ、ミス・リー」ホープ・ジョンソンはうなずいて、礼儀正しくそう言うと、お辞儀をして部屋を出て行った。

乗って来た人力車の若い車夫が外で待っていた。忍耐強い民族だな、とジョンソンは思った。

「それに、ひどく抜け目ない」

つけ足すように独り言を言うジョンソンを乗せて、人力車は暗闇の中へ走りだした。

「そうとも。あんな妖婦の言うことなど、一瞬たりとも信じられるものか！」

三

日曜日の夜の事件は深夜遅くに起きたので、翌朝発行された英語の公報紙にはまだ何も載っていなかった。だが、アリー・コルキスが殺された件については衝撃的に伝えられた。上海で起きた日本軍との〝衝突〟案件と、綏遠省《スイユアン》と察哈爾省《チャハル》（どちらも現在の内モンゴル自治区にある、かつての中華民国の省）の境界地域で〝盗賊〟が問題を起こしているという記事に挟まれて、アリーの件も一面に取り上げられていた。

そう言えば、とジョンソンは困惑しながら興味深いことを思い出した。あのマ元帥は、綏遠省《スイユアン》政務委員会の委員長をしているとか言ってたな――それがどういう立場なのかはよくわからないが。

サーストン殺害の一件が紙面で一切報じられなくても、結果は同じだった。すでに誰もが知っていたからだ。早速その朝十時までには、寺での悲劇を共有したメンバーのもとへ、急遽その夜に設定されたカクテル・パーティーの招待がいくつも届き、夕食会の誘いは一週間先まで埋まる勢いだった。

強い太陽光を浴びながら、警察署へ向かってモリソン・ストリートを急いでいたホープ・ジョンソンは、いつものことながら、あまりの人の多さに驚いていた。ショッピング街を抜ける長い幹線道路は、自動車やら馬車やら、男たちが大声で怒鳴っている人力車、それに風を切って走る自転車などでごった返していた。そして、やはりいつものように、そこにはおしゃべりとショッピング以外のことはほとんど何も考えていない〝外国人〟のご婦人たちが押しかけていた。ただでさえ混み合った道路に、彼女たちの人力車やパラソルがさらに妨げとなっているのだった。

警察署のオフィスの中では、白いリネン・スーツを着込んだ背の高いアメリカ人が、煙草を吸いながら手帳を広げてメモを取っているところだった。入って来たジョンソンに気づいて顔を上げ、半笑いを浮かべてから、アン警部に向かって問いかけるような視線を向けた。じきにその男がキャメロンという名前で、アメリカ大使館の関係者だとわかった。

「ああ、そうか。たしか、ミスター・ピルグリムの車に轢かれた車夫を病院まで運んだ方ですね？」

アメリカ人の書記官がほほ笑んだ。「そう言うあなたは、ニューヨーク出身のビル・ジョンソンですね？」出し抜けにそう尋ねた。

ホープ・ジョンソンはうなずいた。「そのとおりですが。どうしてわたしをご存じなんですか？」

「中国にいても本国の新聞は読めるんですよ。一ヵ月遅れですがね――それでも、全部目を通しています」書記官はジョンソンに煙草入れを差し出した。「例の〝メリック殺人事件〟には――その――驚きました。被害者の女性は、あなたのフィアンセだったそうですね？」

「ええ、おっしゃるとおり！」

「さぞショックだったでしょうね！　でも、事件を解決へと導いたあなたの手腕はお見事でした。たしか、犯人は絞首刑になったとか？」

「いいえ、電気椅子送りです。まあ、どっちだろうと、死んだことに変わりありません。わたしだって、何も好き好んで事件を解決したわけじゃない。事件が起きた当初、わたし自身が第一容疑者と思われていたのです」

「ええ、そのようですね。さぞご気分が悪かったことでしょう」

「すべて終わったことです。二年も前に。ずいぶん記憶力がいいんですね、ミスター・キャメロン。わたしはあの事件をきっかけに、犯罪捜査に興味を持ったのです——ちょっとやってみたら、どうも才能があったらしくて。その後関わった事件はどれも、最初の件ほどセンセーショナルではありませんでしたがね」彼はそっけなくつけ足した。

「北京でお目にかかれて光栄です。何かわたしでお力になれることはありませんか？」

「いえ、特には——どうぞ本国への報告書はお好きなように書いて出してください。わたしが知りたいのは、殺されたふたりについて、そして犯人と疑われる人間についての情報です。誰が疑わしいのか、わたし自身はまだ全然わかりません。こちらのアン警部は、すっかり容疑者を絞り込んでいるようですが」

　そう言ってアン警部にほほ笑みかけた。

「ところで、ミスター・キャメロン、あれはたいへんな偶然でしたね——ちょうど殺人が起きた場面に居合わせるなんて！　あなた、あの怪我をした男を病院に連れて行くときに、車であのロードスターの横を通り過ぎたんですよね？　わたしはずっと、サーストンが正確にはどのタイミングで殺されたのかと考えていまして。あなたがロードスターの横を通り過ぎたとき、車の中で何らかの動きがあったかどうか覚えていませんか？」

「そんなこと、考えてもみませんでしたよ」そう言うと、キャメロンは眉をひそめて目を閉じ、しばらく考えてから首を横に振った。

「すみませんが、何も思い出せませんね。もちろん、ロードスターが停まっているのは見ましたよ——でも、あくまでも交通事故現場の一部としてです。仮に誰かがあの車のそばから立ち去るのを見たとしても、特に何とも思わなかったでしょう」

「いいんです、ちょっとした思いつきですから」ジョンソンがほほ笑んだ。

アン警部はにやにやしながら聞いていた。いつもながら、このアマチュア探偵の新しい思いつきを聞くのは楽しい。そして、意地悪な意味ではなく、その思いつきが結局いつも否定されるのも気分がいい。アン警部は、自分の新情報を発表するには絶好のタイミングだと思った。

「あの短剣には、指紋はひとつもついていませんでしたよ」そう言って肩をすくめた。

「そんなことじゃないかと思っていたんです。鞘のほうはどうですか？」

「鞘にも、指紋はありませんでした！」

「ずいぶん嬉しそうに言うんですね」ジョンソンが言った。「ほかにがっかりするような知らせはありますか？」

「サーストン博士がみなさんに披露した話――列車で見たという太った男――について調べましたが、その一件を覚えているという列車内の給仕《ボーター》を見つけることができませんでした」

アン警部は肩をすくめた。「もちろん、さらに探してみるつもりですが」

「そうですか。実は、できたらほかにも調べてもらいたいことがあるんです」

ジョンソンはポケットから紙を取り出した。

「この数字は、ある車のナンバーです。誰の車か調べてもらえますか？」

簡単なことだと警部は言った。そして三分後には、それを証明してみせた。あの胡同《フートン》で、オリン・タターシャルの家の前に停まっていたのは、タターシャル自身の車だとわかった。

ホープ・ジョンソンは朝の太陽の下へ出て行った。待たせていた人力車に乗り込もうとしたとき、新しい考えがひらめいて、警察署の中にとって返した。

「もうひとつだけ、簡単なお願いがあるんですが、警部」ジョンソンは申し訳なさそうに言った。「電話帳を見せてもらえませんか？……ああ、ありがとうございます！」

ジョンソンは素早くページをめくり、いくつかの数字を書き留めた。「これはある人の電話番号です――北京局内の。すみませんが、昨日のうちに――いや、そうだな、昨日の四時以降に――ミス・ウェバーの寺からこの番号に電話がかけられたかどうか、調べてもらいたいのです」

「誰の電話番号ですか？」アン警部が尋ねた。

「ミスター・タターシャルです」

少なくとも、この件だけは今すぐはっきりさせておこう、とジョンソンは思った――あの宦官が本当に昨夜〝剛鉄墓〟とかいう退官した宦官たちの寺にいたのか、それともタターシャルの自宅の居間で元帥のふりをしていたのか。調べるまでもないように思えた。

その後、〈哈達門《ハタメン》通り〉の外れのみすぼらしい胡同《フートン》にあるオズグッドの住まいまで、人力車に揺られながら市内を横切った。途中で通り過ぎたあばら家から、千年前と変わらない土埃と病原菌と悪臭が舞い上がって襲いかかってきた。ジョンソンはハンカチで鼻の穴を押さえ、母国のメイン州の素晴らしい景色を頭に思い浮かべた。

著名な談話家であるオズグッドは、狭い中庭の中で、ずっと昔に植えられた木々の陰に寝そべっていた。外の通りの暑さと喧騒から一歩入ると、その涼しく快適な空間はオアシスのように思われた。庭を取り囲む壁の一画には、住居の入り口に面して、古びた仏像が置かれていた。足を組んで座り、謎めいた顔をしたその石像は、背の高い人間と変わらないほどの大きさだった――寝そべっているセルデン・オズグッドと同じぐらいの背丈で、どことなく見た目まで似ている、とジョンソンは思った。仏像から少し離れた両側にひとつずつ、左右対称になるようにハスの花を生けた大きな銅製の壺が置いてあり、庭じゅうにピーコックチェアがバランスよく配置されていた。

白くゆったりとしたシルクの中国風衣装を着たオズグッドは、フランス語の小説を読んでいるところだった。横の小さなテーブルにはライム果汁入りのジンのグラスが置いてある。肩に緑色のオウムが乗っており、足元ではかなり大きな犬が眠っていた。

ジョンソンは酒を勧められたが断わった。

「もうお聞きになりましたか？」ジョンソンがオズグッドに訊いた。「サーストン博士の身に何が起きたか」

オズグッドはうなずいた。「ブランシュ・ウィングダムから電話があって、その話題で一時間も話していたよ。彼女もちょうど誰かから聞いたところだと言っていた――誰かはわからないが」

「実は、ミスター・オズグッド、お願いしたいことがあるんです」

「わたしにできることなら、何でも言ってくれ！　そう言えば、〝J・K〟は以前、赤ん坊を抱いていてほしいと頼まれたことがあってね。そこはカクテル・パーティーだったから、そもそも赤ん坊なんか連れて来るような場じゃなかったんだ。だが、頼んできたのはそのパーティーの主催者の女性でね。自分の赤ん坊をみんなに自慢したくて、上階から連れて来てたんだよ。〝J・K〟はいつもどおり、少し酔いが回っていた。まるでカクテル・シェーカーを持つように赤ん坊を受け取って、そして――ああ、すまない、きみの話が途中だったね！　わたしに頼みというのは何だい？　本当に一杯飲まなくていいのかい？」

「あの恐ろしい宦官のことです。彼がゆうべ自分の寺にいたのか、それともこの北京市内に来ていたのかが知りたいのです」

「北京に何をしに来たって言うんだ？　いや、まさか！　きみはその宦官が、サーストンを殺《や》っちまったなんて疑ってるんじゃないだろうね！」

「わたしは別に何も疑っていませんし、サーストンを〝殺《や》っちまった〟のが誰か知りません。ただ、関連がありそうだと思うことを尋ねているだけです」

　セルデン・オズグッドは愛想よくほほ笑んだ。

「わかった、何か出てくるか、調べるだけ調べてみよう。実を言うと、あの宦官と一緒の寺に身を寄せている連中とは親しいんだ。中国語を教えてくれている先生が、あそこにいる別の宦官の息子でね」

「宦官の息子ですって！」ホープ・ジョンソンは仰天した。

「もちろん、養子だよ。きみも知ってるだろうが、この中国には、誰もが大事にしているものがふたつある――〝面目《フェイス》〟と〝家族《ファミリー》〟だ。どちらも〝F〟で始まる言葉だよ。宦官であっても息子が欲しいと思うかもしれないし、実際、息子を持つ宦官は結構いる。結婚をして――養子をもらうんだよ！」

ミスター・オズグッドは嬉しそうに満面の笑みを浮かべた。

　ジョンソンは頭がくらくらしてきた。オズグッドのことは大好きだったが、彼と話しているといつもそうなるのだ。

　ジョンソンはにっこりほほ笑んで、真面目な話に戻した。

「もうひとつ大事なことがあるんです、ミスター・オズグッド。ケイト・ウェバーの寺では、あの夜のあなた自身の行動について、わたしがあえて深く追及しなかったことはおわかりでしょう？　あなたはたしかに水を飲むために夜中に起き出した——そして、たしかに三分ほどで戻って来た。でも、その後でもう一度出て行って、その後はしばらく帰って来なかったじゃありませんか」

談笑家のオズグッドはクックックッと笑った。「どうしてそれを知ってるんだ？」

「二度めに出て行く音は聞こえなかったのですが、帰って来たときには聞こえていたんです。あれは午前二時半を数分回った頃——散策に出ていた三人が僧院から帰って来た直後でした」

「そして、あの悲鳴が上がる直前だ」オズグッドが認めた。「きみがいつ、それを追及してくるのかと、わたしも思ってたんだ」

「今も詳しく追及するつもりはありませんよ。ただ……観光に来ている、あの小柄な婦人のところにいたんですね？」

「素晴らしいね、さすがだ！　差し支えなければ、わたしがその時間に殺人を犯していないと思う理由を教えてもらえないか？」

「あなたが自分の部屋で上機嫌にハミングしているのが聞こえたんです」

セルデン・オズグッドは大笑いを始めた。

「きみは本当に鋭いな！」全身を震わせて笑いながら立ち上がり、肩のオウムを吊り輪に戻した。「やっぱり、きみにも一杯飲んでもらわなきゃな」

その夜、カクテル・パーティーの会場で再会したときも、オズグッドは同じようにクックックッと笑っていた。そこは複雑な国際情勢を反映した活発な交流の場で、北京に駐兵している列強国のほとんどが顔をそろえていた。カクテルを片手に人々と楽しくおしゃべりをしながら、オズグッドはさりげなくアマチェア探偵を引き寄せて耳打ちした。

「ハミングバードより、第一報」彼は謎めいた言葉をささやいた。「彼は寺にいなかった」

ホープ・ジョンソンは驚いた。「ずいぶん耳が早いんですね」

「信用していいと思う。この街の〝情報網〟は驚くべきものだからね。たった二時間で調べがついたよ」

「このことは誰にも言わないでください。わたし自身、それが何を意味するのか、まだわからないんです」

だが、その話はアン警部からの情報とも合致した。ケイトの寺からタターシャルの家に、五時過ぎに電話をかけた記録が見つかったという。

ジョンソンにとって、そのカクテル・パーティーは苦痛だった。なぜか彼についての評判が誇張され、ひとり歩きしていたのだ。どうやらあのガイ・キャメロンもこの会場に来ていて、あれこれとしゃべっているらしかった。客の誰と会話を交わしても、ジョンソンには理解できない今の北京の政治的情勢の話題を除けば、ほとんど彼自身の過去の話になった。ジョンソンにとっては、あまりにつらい過去だ。〝メリック殺人事件〟の記憶には蓋をしたつもりだったのに。

そんなときに、ピルグリムの姿を見つけた。魅力的な姪も一緒だ。ケイトの寺では書けなかった〈第九章〉の執筆に没頭していたピルグリムは、小説の世界から無理やり引きずり出されて、少しげっそりしていた。

「探偵小説を書いてみようなんて考えるんじゃないぞ、ジョンソン」ピルグリムはユーモアを込めて警告した。「あんなものに手を出したら、女よりも、銀鉱山よりも厄介だ。ああいう生き方をするのはいいが、ああいうものを書くのは絶対にお勧めしない。自分が作品内に描く殺人犯同様に、作家自身も必ずへまをするものだ。三ページめにさりげなく書いておいた手がかりが、六十ページめにはまったく役に立たなくなっていたりしてね。さらに言うと、〈第九章〉にさしかかったところで必ず頭を悩ませることになるんだ。気が滅入るよ」

アマチュア探偵のジョンソンが笑った。「今書いてらっしゃる作品のプロットを、じっくり煮詰めている最中なんですね」

「どろどろに煮詰まっているんだ。いや、氷のように凍っているのか。むしろ、腐った牛乳のように凝固してしまったのか」

そのふたりを、ブランシュ・ウィンダムがじっと見ていた。目と入れ歯を輝かせ、狙いを定めて彼らを急襲した。

「あらあら、聡明なおふたりが、いったい何のお話かしら？　サーストン博士を殺したのが誰か、解明したの？　そう言えばね、ミスター・ジョンソン、わたし、たぶん以前にあなたのフィアンセと会ったことがあると思うの——かわいそうに、殺されたのよね？　たしか、三年前に休暇で故郷に帰ったときにお目にかかったはずよ」

ジョンソンはぼそぼそとした口調で「それは考えられますね」と言った。

「わたし、今夜はずっとあなたのことを探してたのよ。あなたに伝えたいことがあって——ミスター・ピルグリム、ちょっと失礼するわね」

ブランシュはジョンソンを芝生の上まで引っぱって行くと、声をひそめて言った。「例のカンザスから来てた女のことよ。あの夜、彼女が誰かと話してるのを聞いたの。誰かが彼女の部屋に来てたのよ――男がね！」

　ホープ・ジョンソンはいらいらしてきた。「それで、それがミス・コルキスの殺人と関係があるとでも言うんですか？」

「だって、あるかもしれないじゃないの」ブランシュは食い下がった。「わからないの？――そのふたりが共謀したのかもしれないでしょう？」

「その男性が誰なのかも知っているんですか？」

「ええ、もちろん！」

「わたしもです」ジョンソンが言った。「そういう――特別な状況にあったわけですから、その男性のアリバイはむしろ、完璧に近いと思いませんか？」

　彼女はいたずらっぽくほほ笑んだ。「あら、完璧からはほど遠いわ、そうでしょう？」

「では、時間的な面から検証しましょう――あなたたちが裏の僧院から戻って来たのが午前二時半頃、殺人が起きたのは一時半頃ですよ。あなたはいったいいつ、そのふたりが話しているのを聞いたというんですか？」

「寝る準備をしてたときよ。男はたぶん、彼女の部屋にしばらく前からいたと思うの。わたしが自分の部屋に戻ってからすぐに男が出て行くのが聞こえたわ――音を立てないように注意しながらね！」

「ふたりの話している内容は聞こえたんですか？」

「よしてよ、わたし、盗み聞きしてたんじゃないんだから！」

「ええ、そうでしょうね」

　ジョンソンはいくぶんそっけなく彼女のもとを離れて、ローラを探しに行った。政治の現状について皮肉を交えながら議論している客たちに交じり、ローラはどうにか話を理解しようと熱心に耳を傾けているようだった。ジョンソンはローラのすぐ後ろに立ち、その集団から彼女を連れ出す機会をうかがっていた。

ジョンソンの知らない男が話していた。「まったく、この先どう転ぶかは神のみぞ知るだな。ここまで緊張が高まっては、いつ戦争が勃発してもおかしくない。日本軍は今がチャンスだと思っているだろう。今なら蔣介石は広西で起きた暴動の対応に気を取られているからな――実のところ、あの暴動も日本軍が裏で手を引いているのかもしれない。最近ここで起きていることを見ればわかるだろう？　日本軍の戦車が市内の大通りを堂々と走ったり、戦闘機が蚊のようにブンブン飛び回ったり。軍事訓練だの、親善パレードだのと言っているが、あれは誰が見ても明らかな威嚇行為だ――自分たちの要求をすべて聞き入れなければどうなるか、誇示しているのさ。華北地域の日本軍の守備隊は、交代要員の補充だと言い張るには不自然なほど人数が増員されている。そして軍の保護のもと、日本製品の密輸があちこちで横行している」

ホープ・ジョンソンは、なんとなく興味を引かれて尋ねてみた。

「日本はいったい何がしたいんですか？」

「自分たちの安い製品を売る市場を作りたいのさ――増えすぎた日本人のための販路を確保したいのかもしれない――この国の鉱物資源を開拓し――さらには華北の五つの省を政治的に支配し――」そこまで言ったところで、男は笑いだした。「まったく、野心に満ちた計画だな！」

「本気でそれを実行するつもりなんでしょうか？」

「もちろん、実行するつもりだろう――遅かれ早かれな。現状では〝早かれ〟になるだろうが。ただこういうことは、何が起きるかわからないから」

「この北京も戦場になりますか？」ローラが不安そうに尋ねた。

「その可能性は常にあるよ。中国のろくでなしども――この北京で権力を握っている裏切り者たちのことだ――が、いったいどっちに向かって走り出すか、まるで予測がつかない。もし金を受け取って寝返るほうが得だと判断すれば、当たり前のように寝返るだろう。それがあいつらの哲学であり、宗教なんだ。だが、あまりの強欲ぶりに、日本軍も相手にしないかもしれない」

ジョンソンは顔をしかめ、ローラを連れてさりげなくその場を立ち去った。怒りにたぎった血が体じゅうを駆け巡り、激しい憤りが込み上げてきた。ただ、その嫌悪感がどちらに向けられたものか、自分でもわからなかった――強引で、横柄で、好戦的な日本か。それとも、無頓着で、作り笑いを浮かべた、偽善的な中国か。どちらにしても、政治家というものすべて――東洋、西洋を問わず――に対して、心の底から、真っ当な憎悪を抱いているのはまちがいなかった。

カクテル・パーティーというせっかくの機会に、やりたいと思っていたことがいくつかあった。話したい相手も何人かいた。たとえば、ケイト・ウェバーだ。だが、彼女も同じように同情の的にされて、より大きく情熱的な集団に囲まれていた。ジョンソンはパーティーに遅れて来たので、北京の街はすでに夕闇に飲み込まれ始めていた。

「あ、ジェリー・ストリートが来たわ」ローラが指摘した。「あの人ったら、いつもみんなより遅れて来るの。別のパーティーを回って来るからよ。夕方から夜まで、一日にできるだけたくさんのパーティーに出るつもりなんでしょうね」そう言って笑った。「ねえ、さっき芝生のところで、ブランシュ・ウィンダムに何を言われてたの？」

ジョンソンはためらうことなく全部話した。

「なんてひどい女なの！　でも、ときどきかわいそうに思うこともあるわ。きっと恐ろしいほど不幸なはずよ——人から憎まれるようなことばっかりして。叔父さんはあの人のことを〝お騒がせ屋〟って呼んでたわ——常に自分や他人を困らせていないと満足できない人間なんだって」

「彼女が麻酔から醒める現場には居合わせたくないな。いったいどんなことを口走るやら」

「ねえ、この後どこかで夕食の予定はあるの？」

「ホテルへ戻って食べるよ」

「じゃ、わたしたちが帰るときに、一緒にうちへ来ない？　叔父さんもきっと喜ぶわ——もちろん、わたしも」

「それはご親切に。でも、どうだろうな」

ジョンソンはどうすべきかためらっていた。

そのとき、客間の人混みを掻き分けるようにして、ピルグリムがこちらへ歩いて来るのが見えた。怒ったように眉を寄せ、困惑した目をしている。

「とんでもないことになったぞ、ジョンソン」ピルグリムは大声を上げた。「誰かがうちに忍び込んだそうだ！　いったいどうしてそんなことを？　もし原稿に何かあったら、わたしは何をしでかすかわからない。支度をしておいで、ローラ——帰るぞ」

「それは、空き巣に入られたということですか？」

「うちの若い子から一報が入ったばっかりで、何か盗まれたのかどうかはわからない。ただ、わたしの部屋は荒らされているらしい。ほかのことはどうでもいい、あの原稿だけが心配なんだ」

ホープ・ジョンソンはうなずいた。

「原稿はきっと無事ですよ、ミスター・ピルグリム。連中の狙いは別のものでしょう。今回の件も、あの一連の出来事と繋がっていると思いませんか？　つまり、サーストンをつけ回していた連中が、今度はあなたをターゲットにしたのだと」

ジョンソンはローラに顔を向けた。

「さっきの夕食のお誘いがまだ有効なら、是非お宅に伺わせていただくよ」

# 第六章

コール・ヒルに近いピルグリムの自宅は、紫禁城の端が見渡せる位置に建っていた。実のところ、かつては宮殿を取り囲む建物群のひとつで、中国建築らしいちぐはぐな造りをしていた。中央の中庭には噴水があり、白いハスの花の上に噴水の水が降りかかっている。広い敷地内にいくつかの建物が、その中庭を囲むように建っていて、無駄に幅の広い回廊といくつものゆったりとした部屋で構成されていた。どこから見ても素晴らしい眺めだった。広い庭は公園のミニチュアのように造られていて、細い小道が交差したり、奥まったところに花が植えられていたりしているほか、クロッケーのコートや石庭、それにイチョウの木が目立つように配置されていた。せわしない北京《ペキン》の中心地へは自動車で十分、人力車なら十分と少しで行ける距離にありながら、古い灰色のレンガの外壁を張り巡らせた内側にいると、まるで別の星のように遠い世界に感じられるのだった。

ピルグリムはここで、中国の古い伝説と英文の書籍目録に囲まれながら、自らが後にした祖国を舞台にして、殺人や推理の物語を創り出してきたのだ。

まだ若く、なかなかハンサムな中国人の使用人が、ドアで主人たちを出迎えた。ピルグリムの言っていた〝うちの若い子〟で、使用人たちのリーダーだ。留守を預かる家の中で起きた略奪行為によって〝面目《フェイス》〟をつぶされ、少年は困ったような、恥じ入るような表情をしていた。彼の英語は奇妙であると同時に魅力的だった。買弁《ばいべん》（外国企業との仲介役を務めた裕福な中国人商人）らしい英語でもなく、ピジン英語（中国語と入り混じり、簡素化された英語）でもなく、両方のミックスだった。

「ごめんなさい、旦那様」彼は謙虚に報告した。「旦那様の出かけた後、男ひとり、素早く来て、わたし何時か見なかった。わたし、旦那様の用意、台所にずっといた。残念！　男ひとり、お金盗み来たかも」

「盗まれたのが金だけなら、万々歳だ」

ピルグリムはそう言い返すと、先頭に立って赤い提灯に照らされた石畳の回廊をすたすたと進み、シェード付きの電灯に煌々と照らされた部屋に入っていった。ホープ・ジョンソンとローラもすぐ後ろを追いかけた。

　その細長い部屋には、机や本棚やテーブルがいくつか置かれていた。壁には何枚もの掛け軸が飾ってある。不気味な姿の中国の偉人が描かれたもので、ゆったりとした衣をまとい、変わったデザインの帽子をかぶっている。一方の壁際に設置された炕《こう》の上に、心地よさそうな枕がいくつか並んでいる。炕の上のテーブルには、美しい赤色の漆の盆が置かれ、ティーカップと、まだ少し湯気の立っているティーポットが載っていた。その奥の窓のそばに、磁器製の仏像――ほかでもない、〝笑う仏《ラッフィング・ブッダ》〟――があった。ほとんど等身大の仏は、朗らかな表情を浮かべてチーク材の台に座っていた。生きていない物体の放つその陽気な明るさが、ジョンソンにはだんだん腹立たしく感じられてきた。いったいどうしてみんな、必ず一家に一体は〝笑う仏《ラッフィング・ブッダ》〟を置きたがるんだろう？

「わたし、旦那様のお茶、持ってきたところ」使用人の少年が惨状について説明を続けていた。「引き出し全開、そして紙いっぱいの床。男ひとり、お金盗みに来た、わたし思いました。見つけることない男、とても怒る――引き出し、素早く開ける――紙いっぱい、素早く床に投げる――」

ピルグリムは少年の言うことをまったく聞いていなかった。まっすぐに部屋の奥へと急ぎ、カバーのかかっていないタイプライターの横の棚に置かれた分厚い書類の束を調べ始めた。すると、明らかな安堵の声を上げた。

「これには指一本触れていないようだ」

ピルグリムは大喜びした。手早くページをめくりながら確認し終えると、元の棚に戻し、ペーパーウェイト代わりにしている重い真鍮の置物を原稿の上に乗せた。声はすっかり明るくなっていた。

「ああ、本当によかった！　それにしても、いったい何が目的だったんだろう？」

ピルグリムは一歩下がり、目を細めて部屋全体を眺めてみた。

ホープ・ジョンソンも部屋の中をじっくり観察していた。派手に荒らされたわけではいなかったが、明らかに手際よく何かを探した跡が見られる――大急ぎで、だが効率よく徹底的に調べていった痕跡だ。ふたつある机は犯人が残したままに、どの引き出しも全部あるいは半分まで開けられて、中身が乱雑に掻き回されていた。さまざまな種類の紙が床に落ちていた。見たところ、古い紙幣、封筒、それに殴り書きのメモのようだ。本棚に目をやると、奇妙な状態が目に留まった。すべての本はいったん取り出され、再び戻されたようだった。ただし、ひと抱えずつまとめて出し入れしたのだろう――ところどころで何冊かが連続して、上下が逆さまに立っていたのだ。

「これは興味深いですね」ジョンソンが言った。「わたしもホテルの部屋のテーブルに、本を何冊か置いていましてね。つい先日も、掃除に入った使用人がハタキをかけ終わって、きちんと元通りにしておいたと言うんです。でも、何冊かは上下が逆さまになっていました。この本棚と同じように」

ピルグリムがうなずいた。「きみの言いたいことがわかったよ。きみの本は英語で書かれたもので、中国人の使用人にはどっちが上か下か、まるで見分けがつかなかったんだね？」

「まあ、それじゃ、空き巣に入ったのは中国人だったのね」ローラは、自分の洞察力が正しかったことを喜んだ。

「あるいは、中国人だと思わせようとしたのか」ジョンソンが言った。「これは実に判断の難しいところです、ミスター・ピルグリム。と同時に、一連のミステリーの核心に切り込む重要な点でもあります。この本は、意図的に逆さまに置いたのか、偶然まちがえた結果なのか？　もしまちがえただけなら、わたしたちの探すべき男はおそらく中国人でしょう。でも、もし意図的に――」

「いや、犯人が中国人の部下を連れていたのかもしれない」ピルグリムは、ジョンソンの意見をすんなりとは認めなかった。「この悪魔の所業にひそむ〝脅威〟の大きさを考えれば、たったひとりの人間がやったと決めつけていいものか。だが、たしかにきみの言うとおり――その疑問点は非常に重要なものだ。さっききみは、サーストンの死後、彼をつけ回していた連中がわたしに狙いを移したんじゃないかと言っていたが、あれはどういう意味だい？　こうなることが、きみにはわかってたのか？」

「いえ、そういうわけじゃありません。まさか、こんなことが起きるとは思っていませんでした。ただ、これまでの流れを考えれば、今回のこともその一連としてとらえられると思っただけです」

「たしかに、いやな予感はするな」

ピルグリムは、よく知っているはずの部屋の中を不安そうな目で見回して、不満げに言った。「犯人の痕跡らしいものは何もなさそうだ、部屋を散らかした以外は。手がかりのひとつも残して行ってくれればいいものを。それで、これからどうすればいい？　警察に連絡するべきだろうか？」

「無駄ですよ」ジョンソンが言った。「何も盗られていないのなら、騒いでもしかたありません。犯人に紐をつけたつもりで、しばらく様子をみましょう。自由に動き回れるほど紐が長くなれば、勝手に足を絡め捕られてくれるかもしれません」

ピルグリムたちは使用人のリーダーの少年を徹底的に問い詰めたが、すでにわかっている以上のことはほとんど聞き出せなかった。意味のありそうな情報をまったく持っていないのは明らかだった。少年はすでにほかの使用人たちに話を聞き回っていた。誰かが門を出入りするのも、家の中に見知らぬ人間が入り込んでいるのも、誰ひとり見ていないとのことだった。

「この少年の言うことを信用しても大丈夫ですか？」ジョンソンが小さな声で訊いた。

「大丈夫だとは言いきれないさ。だが、少なくとも彼は、一年前からうちで働いている。信用できる人間など、どうせ中国じゅうにひとりもいやしないんだ」ピルグリムは辛辣な口調で言った。

「今いる使用人を取り替えられるなら、ひとまとめにして金魚鉢の金魚と交換したいところだよ。ただ、新しいやつらと入れ替えたところで、結局前の連中より少し悪いのが来るのがおちだ」

だが、ピルグリム家の雑用係はともかく、コックの腕前は一流だった。出された夕食は——庭に出て、蠟燭を立てたテーブルで食事をすることになった——肉汁がたっぷりで、とてもおいしかった。

ピルグリムはいつものように、自分の小説の話を面白おかしく話した。苦戦していた〈第九章〉はかなり書き進んで、より問題の少なそうな〈第十章〉に入るのが楽しみになってきたと言う。ピルグリムという人間は、いざタイプライターに向かったら、休む間も惜しんで仕事に没頭するタイプにちがいないと、ジョンソンは確信した。

「叔父さんは、まるで修道院の小部屋にこもって修行する修道士のように、自分の部屋からまったく出て来なくなるの。食事のたびに、わたしが引きずり出さなきゃならないのよ。予定を管理するのも、その予定通りに出かけるようにお尻を叩くのもわたしの役目なの。それで思い出したけど、今夜はもう一件、一緒に出かける予定が入っているわよ、叔父さん。忘れてたでしょう？ ミセス・バルーたちと月明かりの〝天壇〟（北京にある史跡。かつての皇帝が天を祭る儀式を行った祭壇）を訪れてから、夜食会に参加することになってるのよ」

「帰って来るのは真夜中か、午前二時になるじゃないか」ピルグリムが言った。「それは無理だ。どうしても今夜じゅうに〈第九章〉を書き上げるか、書かせろと抵抗しながら死ぬかのどっちかだ。ジョンソン、きみは招待されていないのかい？」

ジョンソンはにっこりほほ笑んだ。「実は、招待されているんです」

「それはよかった！ きみたちふたりで行ってくれ、わたしは仕事にかかるから」

揺れる蠟燭の灯りに照らされたピルグリムの顔は、疲れてやつれたように見えた。しばらくすると、彼はワインの入ったグラスを遠くに押しやった。

「ジョンソン、実は、きみに打ち明けたいことがあるんだ。今夜こんなことが起きなければ、言わなかったかもしれないが」

奇妙な静けさが三人を包んだ。ローラの目には驚きと不安が浮かんでいた。ジョンソンの目は、嬉しそうに何かを待っているようだった。沈黙を破ったのは、ジョンソンのほうだった。

「何の話か、当てましょうか？」

「何の話かわかると言うのか？」ピルグリムは驚いたものの、ほほ笑みながらそう訊き返した。「たしかにきみは頭の切れる若者だとは思うが。それでも、この件に関しては、きみにわかるとは思えないな」

「ミス・コルキスが殺された夜、わたしがあの寺の中庭で見かけた男は、あなただったのでしょう？　そうじゃないかと思うようなヒントに、ついさっき気づいたんです。あなたがここの庭を歩いているのを見たときに。その歩き方というか――暗い中を歩く様子が――いや、首をもたげる姿勢かな？　はっきりとはわかりません。わたしがあの夜、庭で誰かを見かけた話は、ローラから聞いてらっしゃいますよね？　あのときの人影は、あなただった。殺人の起きた直後に一緒に現場を調べた後、もう一度あの部屋に戻ったのは、あなただったんです」ジョンソンは少し間を置いてから尋ねた。「あのとき手に持っていたのは、やはりスリッパだったんですか？」

「いや、サーストンのテニスシューズだ。わたしはサーストンが犯人だと思ったんだ。今もそうでないとは言い切れないんだがね。でも、わたしが打ち明けたいと言ったのは、そのことだけじゃない。実を言うと、わたしは証拠品を隠ぺいしたんだよ。白粉《おしろい》を見つけたのに黙っていた」

「サーストン博士の靴に白粉《おしろい》が付着していたということですか？」

「それだけじゃない、ミス・コルキスの部屋にも落ちていた。残念ながら、きみはそれを見落とした。まあ、どのみち大した意味があるようには思えなかったからね。箪笥の前の床に粉が落ちていたんだ。彼女が着替えるときにこぼしてしまったんだろう」

「いえ、実はわたしも気づいていたんですよ」ジョンソンは悔しそうに打ち明けた。「気づいて、心に留めていたのに、すっかり忘れてしまうとは！　探偵だなんて言いながら、この程度なんですよ、わたしなんて」

「とにかく、落ちていた白粉《おしろい》には、誰かが踏んだ跡があった。あの部屋を調べてうろうろしているうちに、わたしたちが踏んだのかもしれないと思った。だが、わたしのスリッパに粉はついていなかったし、きみのにもなかった」そう言うと、ピルグリムはにやりと笑った。「あの後リビングルームで、いいかい、きみのスリッパの底も確かめさせてもらったんだよ」

「ほかの人たちのスリッパにもついていなかったんですね？」

「誰のスリッパにもついていなかった」ピルグリムが認めた。「知ってのとおり、わたしたちがミス・コルキスの部屋を調べているあいだ、サーストンは一歩も足を踏み入れなかったし、ほかの誰も入っていない。わたしたちが奥の部屋まで調べに行っているあいだにこっそり忍び込んだのでない限りは。それで、わたしは気づいたんだよ。もっと前に――死体が発見されるより前に――誰かがあの部屋に入ったのなら、きっとまだスリッパに履き替えていなかったはずだと。それがわたしの見つけた手がかりだ。なぜなら、白粉《おしろい》を踏んだところにはかすかな模様が残っていたからだ。そこにどんな意味があるのか、そのときはわからなかった。後でサーストンのテニスシューズのことを思い出して、すべてがわかったと思った。テニスシューズを履いていたのは、サーストンだけだ。サーストンが眠った後、わたしはこっそり起き出して彼の靴を確かめた。靴底は波模様になっていて、その隙間に白い粉がついていた」

「お手柄じゃありませんか！」

「基本だよ」ピルグリムがほほ笑んだ。「次に何をすべきかは明らかだった。わたしはその靴の一方を――白粉《おしろい》がついていたのは片方だけだった――こっそりと持ち出して、こぼれた白粉《おしろい》の靴跡と比べてみた。かすかな模様しか残っていなかったし、粉がこぼれていたのは小さな範囲だけだった。が、わたしの目にはまちがいないように思えた。腕のいい弁護士なら、そんなものに証拠能力は認めないだろうがね」

ジョンソンは、しばらく考え込んでから言った。「そうかもしれませんね。腕のいい弁護士になったつもりで考えれば、サーストン博士を疑う理由は何ひとつありません。博士の話していたことが本当なら、彼に殺人を犯すことは不可能だったと、弁護士ならそう言うでしょうね。その後に起きたことが全部、例の陰謀の一部だったことを前提とするなら、ですが。つまり、アリー・コルキスが殺されたのは、本来はサーストン博士が泊まるはずだった部屋に移動させられたためか、あるいは、博士とふたりきりで話し込んでいるときに——実際は求婚されていたのですが——彼女が聞いた何らかの情報（または、受け取った何らかの品物）のせいで危険な存在とみなされたからか、そのどちらかでしょう。だとすれば、サーストン博士が殺されたのは、一度は人まちがいで殺しそびれた彼を今度こそ殺すためか、あるいはミス・コルキスと同じく、サーストンも余計な情報を知っている危険な存在だったから、ということになります」

ジョンソンはそう言うとほほ笑みを浮かべ、また話を続けた。「そして、そうだとすると、今夜あなたの家に侵入者が入ったのは、あなたがサーストン博士の友人であり、そのために、ひょっとすると彼から秘密を託されているのではないかと思われたためです。犯人は博士を殺した直後に、大急ぎで死体をあらためたでしょう。そのときに探していたものが見つからなければ——情報であれ、何かしらの品物であれ——それはきっとあなたが引き継いだと推測されたでしょうね」

「わかってる。その点はきみがさっき仄めかしていたからね。犯人にそう思われているなら、非常に不安だ。きみの推理はすべて、サーストンの話していたことが本当なら、という前提をもとにしている。はたして本当だったのかどうか、わたしはずっと疑問に思ってきた。わたしはたぶん、誰よりも多く彼の冒険談を聞かされたのだから、話の真偽を見極めるチャンスも誰よりもあったはずなんだが。彼の話は繰り返し話せば話すほど、内容は面白みを増していった。それで、嘘じゃないかと疑うようになった。ところが彼が殺されて、一気に真実味を帯びてきたわけだ」

「わたしはまだ信じていませんよ」ジョンソンが言った。「あの冒険談はサーストン博士のドラマチックな語り方のおかげで、魅力的でもっともらしく聞こえました。でも、それは上質のフィクションだからこそのもっともらしさです――何らかの目的を持ったフィクションの。もっと人前で話を披露する機会が欲しくて、あの話を創作したんじゃないかとさえ思えるのです――ずいぶんと手が込んでますよね！〝みんな、注目してくれ、おれの身には危険が迫ってるんだ〟――〝怪しい人物につけ回されている〟――〝書類を勝手に探られた〟――〝おれはたぶん殺される！〟――そんなことがありますか？　話に信憑性を持たせるためには、犯人の動機も一緒に提供してもよかったはずなのに、サーストン博士はそうしなかった。それはなぜでしょう？　わざと謎を残しておいて、どういうことだろうと相手に考え惑わせることで、より印象を深くしたかったのか？　あるいは、ひとつの動機を示してしまうと、その後に起きることと整合性が取れなくなると思ったのか――そうなれば、話そのものが嘘じゃないかと疑われますからね」

ピルグリムは笑い声を上げた。「きみは抽象的な話を抽象的に推測しているだけじゃないか。テニスシューズの話に戻ろう――この件をアン警部に伝えるべきだっただろうか？」

「おそらくは」

「ああ、おそらくそうだろうね。だが、いろいろな事情を考えれば、あのとき伝えなかったことは後悔していない。それに実のところ、あの白粉《おしろい》と靴には何の意味もないかもしれない。それはわたしにもわかる。靴に粉がついたのには、きっと単純な説明があるはずだ。サーストンはあの夜、ミス・コルキスを部屋まで送って行ったのかもしれない、何の下心もなく。もしそうなら、先に部屋に入って、彼女のために灯りをつけてあげようとしたのかもしれない——そしてその際に、こぼれていた白粉《おしろい》を踏んでしまった。サーストンもミス・コルキスもそのことには気づかなかった。気づいたとしても、大したことだとは思わなかっただろうがね。そしてその後に殺人犯がやって来て——」ピルグリムは肩をすくめて、犯人のジェスチャーをしてみせた。「あんなことが起きた後じゃ、実は彼女の部屋に入ったとは言い出せなかっただろうね！　自分は犯人じゃないと言っても、誰にも信じてもらえないだろうから」

アマチュア探偵のジョンソンがうなずいた。「時間という側面から何かを証明しようにも——ちょっと難しいですね。ミス・コルキスが何時にベッドに入ったかがわからないし、殺された正確な時刻もわかりません。おまけに、サーストン博士自身から情報を聞き出そうにも、もうこの世にいないのですから。ところで、寺での滞在中に、サーストン博士が指輪をつけていたかどうか、覚えていませんか？　あるいは、市内に戻ってくる車の中では？」

「指輪はつけていたような気がするな」ピルグリムは少し考えてから答えた。「どの時点かは覚えていないが、指輪をしていた覚えはあるよ——たしか、大きな翡翠の指輪だった。あの日の夕食の席でも、たしかにつけていたと思う。誰かが彼と指輪の話をしていたから」

「それなら、ケイト・ウェバーよ。博士は自分のはめていた指輪を取って、ケイトに見せていたの」ローラが言った。

「なんだって！」ジョンソンが大声を上げた。「それで、ケイトがそれをサーストンに返したかどうか、覚えているかい？　まさか彼女、そのまま指輪を借りたんじゃないだろうね？」

「わからないわ。その後どうなったかまでは気をつけてなかったから。たぶん返したと思うわ。ただ、たしかにあの人、ときどき宝石類を人から借りて、同じものを作らせるの――気に入ったものを見つけたときだけね。それに、所有者がいいと言ったらの話。それがそんなに大事なことなの？」

「大事かどうかがわからないんだよ。サーストン博士の死体を調べたとき、指輪がなかったのはまちがいない。わかっているのはそれだけだ。きみにはゆうべ、このことについて言わなかったけど。ケイトが借りているかもしれないというのは、考えられる話だね」

「サーストンが車の中で指輪をしていたかどうか、全然思い出せないな」ピルグリムが顔をしかめながら言った。「いや、ちょっと待って、言われてみれば、やっぱり指輪はしていた気がする。もしそうなら――」

「いえ、それがはたして重要なのかどうかもわかりません」ジョンソンが言った。「それより、われわれが今直面している謎は、あなたご自身の冒険談――つまり、今回の盗難騒ぎです。単なる偶然なのかもしれません。その可能性はどんな場合でも排除するわけにはいきません。ですが、連続した事件の延長線にあるのかもしれません」

ジョンソンは突然困惑した表情を浮かべた。

「もしもサーストン博士の話が真実だったと受け入れるのなら、連中はこの先、あなたの前にも現れるかもしれないんですよ、ミスター・ピルグリム！」

「来るがいいさ」ピルグリムは苦々しげに言った。「今度来るときには、こっちだって銃かカメラを用意して待ち受けてやる。まあ、今夜は来ないだろうが」

それだけ言うと、ピルグリムはにっこりほほ笑んだ。「さてと、わたしは〈第九章〉を仕上げてしまいたいんだよ、ジョンソン」

## 二

ジョンソンは店の暗い片隅で、かつて阿片窟《アヘン》で使われていた長椅子を改造したというソファーに座っていた。〈ホテル・マジェスティック〉の中二階にある、ケイト・ウェバーの経営する立派な店の中だ。出されたコーヒーをゆったりと飲みながら、ジョンソンは山の古寺に招待してくれた有能な女性をじっくり眺めた。いや、有能なだけじゃない、とジョンソンは思った。聡明で、魅力的でもある。

時刻は朝の十時だ。アマチュア探偵のジョンソンは、いくぶん寝不足ではあったものの、すでに七時からいつものように精力的に活動を始めていた。この訪問のおかげで、忙しいスケジュールの合間に、ほっとできる休息のひとときが得られそうだ。ついでに必要な情報も得られたらいいのだが、と思った。

細長い迷路のような店内を、カップルや十人ほどのグループの観光客たちがせわしなく動き回って商品を見ている。艶やかに光るシルクやサテンの生地、トレイに並んだ煌めく指輪、棚にところ狭しと並べられた象牙の仏や下級神の像、引き出しいっぱいの翡翠や珊瑚の腕輪、そしてそのほかにも東洋の輝く財宝の数々が、彼らの財布を誘惑するように展示されているのだった。店の隅のこの一画は、内密の会話をするには持って来いの場所と言えた。

「ゆうべのパーティーは楽しかったわね、そう思わない?」

ケイトが雑談を始めた。「さすがミセス・バルーね。今度会うときには、彼女がかつて参列したという宮中行事の話を聞くといいわ。ご主人がまだここのアメリカ公使だった頃、この国が共和制に変わる以前のことよ」

「ええ、楽しいパーティーでしたね」ジョンソンは同意した。「ですが、今朝は別の話を伺いに来たのです。あなたが別荘にしている、あの寺に招待されていた何人かについてです。お訊きしてもかまいませんか?」

ケイト・ウェバーは顔をしかめてからほほ笑んだ。「探偵ごっこ? こんな朝早くから? もちろん、わたしにわかることはお答えするわ。警告しておくけど、わたし自身の過去が知りたいなら、話がうんと長くなるわよ。それに、自分以外の人については、そんなに詳しく知らないの」

「では、あなたについてお尋ねするのはやめておきましょう」ジョンソンは笑いながら言った。

「あら、優しいのね! でも、真面目な話、わたしの知っている範囲のことなら何でもお話しするわ。アリー・コルキスが殺されたなんて、悲しくてしかたないの。サーストン博士もよ。と言っても、彼のことはそれほど知らなかったけど。あれから何かわかったの?」

「〝お答えします。アメリカの著名な犯罪学者、ホープ・ジョンソン氏は、どうやら手がかりを手に入れた模様です〟」

「それはつまり、余計な質問をせずに、訊かれたことにだけ答えろということね。わかったわ」

「すみません」ジョンソンは懇願するように話を続けた。「最初にお断わりしておかなければならないのですが、これからお尋ねする質問は、必ずしも犯人探しと関係があるとは限りません。よそ者であるわたしには、訊きたいことがいっぱいあるのです。あなたにはよくご存じの方たちだとしても、わたしは何も知らないのですから。きっとみなさん、殺人とは無関係なのでしょう。ですが、殺人現場に居合わせた以上、完全に無関係だとはっきりするまで、疑わざるをえないのです。ではまず、何を基準に招待客を選んだのかを教えていただけますか？　どうしてあのメンバーを寺に招いたのですか？」

「別に誰を呼んでもよかったのよ。北京に住んでいる外国人なら、ほとんど全員知っているから。当たり前のことだけど、気に入った方に声をかけてるの。そして、その中に必ず何人かは観光客も入れることに決めているの。有名な方をお呼びすることもあれば、そうでないこともあるわ。サーストン博士は何年か北京を離れてらっしゃったから、戻って来られたことがみんなの関心の的になってたでしょう？　だからお呼びしたの。わたし自身は、ほんの数度だけ——誰かのパーティーで顔を合わせた程度の面識しかなかったけど。前回博士が北京に滞在されてたときには、わたしはアメリカに帰っていたのよ。アリー・コルキスを招待したのは、彼女が好きだったから——本当に大好きだったからよ。それに、サーストン博士みたいな方を呼ぶときは、彼女に来てもらうのがちょうどよかったの。だって、ただ美しいだけじゃないのよ。中国美術に関して、本当に造詣が深かった。絵画や陶磁器、古い翡翠細工——ほとんどすべての分野について精通していたと思うわ」

「ミス・コルキスとサーストン博士が、以前からの知り合いじゃないかと思ったことはありますか？」

「いいえ、そんなこと思いもしなかったわ。ふたりは知り合いだったの？」

「ふと、そんなことを考えただけで、本当のところはまったくわかりません」

「ああ、それなら、きっとちがうと思うわよ。アリーは博士に直接会えるって楽しみにしていたから。評判はよく耳にしていたし、彼の書いた本が素晴らしいって言ってたわ。いつも博士の本を読んでいたの」

「なるほど」ジョンソンはそう言ったものの、何が「なるほど」なのか自分でもわからなかった。

「では、あなたの知る限り、ふたりは仲が悪いようなことはなかったわけですね？」

「そんなことがあるはずないわ！　むしろ、その逆よ。博士がアリーのことをどう思っていたかは、一目瞭然だったでしょう？　アリーのほうは、博士を尊敬していたと確信してるわ」

「そのようですね」ジョンソンは穏やかな笑顔を浮かべた。「すみません、アン警部と同じで、〝わたしは質問をするだけ〟なのです。それで、ミス・コルキスがほかの誰かと仲が悪いというようなことはありましたか？」

「誰もがみんな、彼女に夢中だったわよ」

「では、サーストン博士がほかの誰かと仲が悪かったようなことは？」

ケイト・ウェバーは答えるのをためらっていた。

「その質問に答えられるほど、よくは知らないの。そう、まったくの勘違いかもしれないわ。だって――」

「ここだけの話にすると約束しますから」

「そう？　実は、もしかしたらサーストン博士とミスター・タターシャルが、些細ないがみ合いでもしてるんじゃないかと感じることが一度か二度あったわ。大したことじゃないのよ、きっと。つまり――ああ、説明しにくいわね！　あのふたりなら、共通点もたくさんありそうだと思うじゃない？

それなのに、なぜかお互いに軽蔑し合ってるようなところがあったのよ。どうしてかは、さっぱりわからないけど」

ホープ・ジョンソンはうなずいた。

「おっしゃるとおり、何でもないことかもしれませんね。興味の対象が同じだと、ついお互いに嫉妬しがちですから。たいていは大したことじゃありませんよ。次は、ブランシュ・ウィンダムについて教えてください。たしか彼女、以前は結婚されていたんですよね？　ご主人とは別れたんですか、それとも先立たれたんですか？」

「離婚したに決まってるでしょう？　ブランシュがどういう人間か、それがすべての答えよ。彼女みたいな女性は大勢見てきたわ。表面的には、ひどいことばかり言っているように見えるんだけど、本当はそれほど悪い人じゃないの。ときどき恐ろしいほど怒りだすことはあっても、ちゃんと自分で機嫌を直すのよ。それに、そんな彼女の物言いが面白いってみんなから思われてるの。わたしは以前からずっと、ブランシュは自分自身に対する不満を他人にぶつけてるんだと思ってきたわ。今の彼女に必要なのは、思う存分苦しめることのできる夫なのよ。でも、前のご主人は耐えきれずに逃げ出したから、ブランシュももう懲りちゃったんでしょうね」

「なるほど、ありがとうございます。なかなか鋭い考察ですね。そう言えば、突然お寺へ乗り込んできた、あの風変わりな伯爵夫人は、いったいどなただったんですか？」

ケイト・ウェバーが笑った。

「あの風貌だけを見て、変人だと判断しちゃだめよ。あれでも優秀な研究者なんだから。その分野《みち》の第一人者よ。と言っても、彼女の研究対象はちょっと変わってるの。大昔に宗教的な儀式に使われていた青銅器が専門なのよ。ドイツ語で、それに関する本まで書いたんだから――たしか、中国古代祭器の銘文の解読について。青銅器の文字って、けっこう面白いのよ。たとえば〝月曜日の祖父へ〟とか〝木曜日の曾祖父へ〟とか！　死んで神となった先祖の名前の前に、亡くなった曜日の名前をつける風習（殷の時代の青銅器には、先祖の名前そのものではなく、氏族名、父や母といった続柄、そして甲や乙などの〝十干〟の各一文字ずつが表されていた）なのよ」

「興味深い女性のようですね」

「ようじゃなくて、本当に興味深いのよ。だた、かなり変わったところがあるのも本当よ。セルデン・オズグッドが彼女のことを〝ダニエル・ブーン〟って呼んでたでしょう？　きっとあの服装のことを言ってるんだろうし、ひとりで山の中に住んでるせいでもあるわね。わたしがあの山の別荘に行くときには、いつも彼女のところを訪ねるか、うちでの夕食に招待するかしているわ」

「え、それじゃ、彼女は一年じゅうずっとあの山の中で暮らしてるんですか？」

「ええ、そうなのよ！」

「いったいどうして？」

「人がどこかに住むのに、どんな理由が要るかしら？　きっと彼女はあそこが好きなのよ。北京が嫌いな人は大勢いるわ」

ケイト・ウェバーが肩をすくめてそう言うと、ジョンソンは笑った。

「そうですか。では、ほかの人たちについても教えていただけますか？」

「誰から話せばいいかしら。ハワード・ピルグリムと姪のローラは、もちろんご存じよね？　ピルグリムは感じのいい独身主義者で、自分の書く小説に出てくるようなスリリングな人生を実践しているわ。とっても魅力的よ。でも、人とあまり深くつき合いたがらないところがあるわ。生身の人間よりも本の中のキャラクターのほうが、彼にとっては現実的に思えるんじゃないかと、わたしはかねがね考えているの。ローラのほうは――さあ、あなたならローラについて何と言うかしら？」

「彼女のことが、とても好きです」ジョンソンがほほ笑んだ。

「わたしもよ。とってもかわいいわ。あなたも、本当はそう言いたかったんでしょう？　自意識過剰ね。さて、ほかに誰がいたかしら？　ああ、オズグッドね！　セルデン・オズグッドは、北京でも一番の人気者よ。あの人はきっと、世界じゅうのあちこちを渡り歩いた果てに、この北京にたどり着いたんだろうって話なの。ここなら優雅でお気楽な、昔ながらの上流階級の暮らしがまだ残っているから。今の説明でどうかしら？　オズグッドは教養があって、ウィットに富んでいて、愛想がよくて、面白くて、ほかにもいくつかの形容詞がぴったり合うわ。それに加えて、実は寂しいんじゃないかと思うの。どうしてそうなっちゃったのかはわからないけど。きっと過去に何か事情を抱えてるんでしょうね。でも、北京なら誰も人の過去を詮索したりしないわ。寂しいって言ったって、ひとりで閉じこもってるわけじゃないもの。夕食パーティーやら何やらに、北京じゅうの誰よりも多く招待されてるんじゃないかしら」

「それは想像できますね」

「それから、ジェリー・ストリートがいたわね。ちょっとだけ性格が暗くて、ちょっとだけお酒を飲みすぎるところがあって。でも、それ以上に素晴らしい画家よ。彼のことは、もう何年も前から知ってるわ」

「リレソーはどうです？」

「彼のことはよく知らないのよ。さっき言ったように、観光で来ている人の中から選んで呼んだだけ。

でも、面白くて、紳士的な人ね。本当のことを言うとね、あの人を招待したのはアリーのためだったの。ふたりが一緒にいるのをよく見かけたし、リレソーがアリーのことを気に入っているのは見ればわかったから」

「彼女のほうも同じだったんですか?」

「ええ、わたしはそう思ったわ。でも、ロマンチックな意味じゃないのよ。これだけは言っておきますけどね、ミスター・ジョンソン――わたし、男女をくっつけて回るようなお節介な趣味はないわよ」

そう言って、ケイト・ウェバーはほほ笑んだ。

「これで全員かしら? カルロッタ・ミラムはわたしの学生時代の同級生よ。蝿一匹、殺せる人じゃないわ。お互いに髪をお下げにしてた頃からよく知ってるの。ミス・ルーカスのことは、まったくわからないわ。ある日突然、この店にやって来て、コラムで紹介したいからインタビューさせてくれって言われたの。いい人なのに、あの外見のせいで人の輪から疎外されがちなんじゃないかと思って――それでお寺に誘ってみたの」

「まさか、ミス・リーだけわざと忘れているわけじゃないでしょうね?」

「あら、いやだ、抜けていたかしら? でも、ミス・リーについては何て言えばいいの? 中国人だから――ほら、わかるでしょう!――摑みどころがないのよ。それでも、わたしは好きよ。それに、とても人気があることも知ってる。アリーが彼女のことを大好きだったから、それだけでもきっといい人なんだろうと思えるわ」

「ふたりはどうやって知り合ったんでしょう? ご存じですか?」

「いえ、わからないわね。でも、それならミス・リーに――」

「直接訊けばいいとおっしゃるんですね？　ええ、そのとおりです。ここが法廷なら、わたしの質問に異議ありの声がかかったことでしょう。あとひとつだけ質問させてください、ミス・ウェバー。すでにこんなにお時間を割いていただいているのに申し訳ないのですが。サーストン博士の指輪についてです。土曜日の夜、サーストン博士はあなたに指輪を見せたと思うのですが」

ケイト・ウェバーが困惑した表情を浮かべた。

「言われてみれば、そんなこともあったわね」

「その指輪は、博士に返却されましたか？」

「当たり前でしょう！」

「すみません」ジョンソンはほほ笑んだ。「実は、その指輪がなくなっているのです。もしかしたら同じものを作らせるためにあなたが預かったんじゃないかと、ローラから聞いたものですから」

「ああ、なるほど」ケイトはにこやかにうなずいた。「でも、指輪は返したわよ。サーストン博士はそれを受け取って、また自分の指にはめてたわ。その指輪が盗まれたって言うの？」

「ええ、そうじゃないかと。どんな指輪だったか、覚えていますか？」

「ちょっと珍しいものだったわ――石は翡翠だったけど、かなり大きくて、一般的なものよりも深い色をしていたの。とっても美しい色だったわ。指輪の形も珍しかったわね。普通、ああいう宝石は女性用の指輪にするものなの。でも、あれは男性用に作られていた。指輪そのものが分厚くて重くて――もちろん、金《きん》よ――それから、側面に何だか古い文字が描かれていたわ」

「ほかにふたつとない指輪のようですね。正当な所有者でない者が持っていたら、すぐに目をつけられそうな」

「そうね、あの翡翠なら石だけでも見分けられると思うわ——仮に指輪の台座から取り外されたとしても」

「相当な価値があるのでしょうね」

「指輪としては、かなりのものよ。千ドルほどはするんじゃないかしら。ひょっとすると、二千ドルかも」

ジョンソンは心から感謝して言った。「どうもありがとうございました。おかげで本当に助かりました。あなたがいなかったらどうなっていたことか。これからホテルでオズグッドと昼食の約束をしているんです。お忙しいとは思いますが、よかったらご一緒いただけませんか？」

「〝お答えします。あいにく、ウェバー女史にはご予定が——〟」

「ああ、もう、わかりましたよ！　でも、残念です」

「わたしも残念よ、本当に。でも、どうしても無理なの。今から下へ行って大急ぎでサンドイッチだけつまんで、またすぐに店に戻らなきゃならないのよ。ほら、この混みようを見て！」

一列に並ぶように店内を見て回っていた大勢の客に、新たに定期船の観光客も加わって、店員たちは応対に追われていた。目を引くようなすらりとした中国人の若い娘が白いオコジョの毛皮のコートを試着していた。外はすでに三十二度の暑さだというのに。窓から斜めに差し込む朝日に照らされて、光沢のあるチーク材の台座でポーズをとる〝八仙〟（日本の七福神に似た中国の伝説的な八人の仙人）の背の高い像が輝いていた。その日差しは〝十八羅漢〟（釈迦に命じられてこの世に長くとどまり、迷える人間を導く聖者たち）や〝四天王〟（帝釈天に仕える四人の守護神）、〝三清道祖〟（道教の三人の最高神）や〝五獣〟（四方を守る四神に黄龍か麒麟を加えた五神）の上にも、また象牙、トルコ石、ラピスラズリ、珊瑚、翡翠で彫られたラクダ、象、龍、馬、亀、虎といった像の上にも、まぶしく降り注いでいる。棚の隅で足を組んで座り、静かにほほ笑んでいた小さな陶製の仏像の口元が、光のいたずらで開いたように見えた——あれこそ、文字通りの笑う仏だ！

ドアから新しい客が次々に入って来た。ジョンソンはその中に、色気を漂わせているブランシュ・ウィンダムの姿を見つけた。

「これで失礼します！」

ジョンソンはそう言うなり、大急ぎで店を後にした。

## 三

オズグッドとの昼食の席で、ジョンソンは何度もケイト・ウェバーの手早い人物描写を思い出しては、その的確さに脱帽していた。中でも、このオズグッドについての説明は秀逸だった。彼女の言うとおりだ。表向きは都会的に見せようとしているものの、オズグッドの内面には大きな孤独が感じられた。北京に十年も住んでいるということだが、最初の五年間は何かしら大きな心の傷を癒すために費やされたような気がする。表面的な陽気さとは裏腹に、オズグッドはこの北京でいまだに亡霊たちに囲まれて暮らしているのだ。彼がよく話題にする友人たちのほとんどは、すでに死んでしまったか、中国を去っている——悪ふざけばかりする〝J・K〟、素晴らしく博識なフランス人の中国研究家、ベルギー公使と美しい夫人、かつてのアメリカ大使——彼らはみな、すでにこの街から、あるいはこの世から旅立ち、セルデン・オズグッドのノスタルジックな思い出の中だけで、今も鮮やかに生き続けているのだった。オズグッドは、新たに北京へ来た人々には魅力を感じていない。本当に親しい友人も、何もかも打ち明け合える仲間もいない。いつも華やかな場で大勢の人間を楽しませているものの、たいていはひとりで現れ、ひとりで帰って行くのだった。

昼食のあいだ、オズグッドは相変わらず最高に上機嫌だった。無尽蔵かと思われる話のレパートリーの中から、今はもういない〝J・K〟がかつて北京に駐在していた頃の、大笑いするような新しいエピソードを掘り起こして披露した。〝J・K〟という男は、祖国や同胞にとってかなりの厄介者だったのだろうが、同じぐらい人気者だったにちがいない。

「またひとつ、お願いしたいことがあるんですが」

熱弁をふるっていたオズグッドが息をつこうと口をつぐんだ隙をつき、ジョンソンは切り出した。

「今度もまた、あの怪しい宦官についてです！　彼が昨夜どこにいたのかが知りたいのです――正確に言うなら、昨日の夕食後の、カクテルの前後ぐらいの時間帯に」

「お安いご用さ。それにしても、ずいぶんとそいつに悩まされてるようじゃないか。まさか、また殺人が起きたんじゃないだろうね？」

「いや、あの宦官を気にしてばかりでお恥ずかしいのですが」ジョンソンは素直に認めた。「たとえ妄想だと言われようと、やはりあの男はこの謎めいたパズルにとって重要なピースだと思うんです。実に特徴的な人物ですからね。でも、ご迷惑なら遠慮なくおっしゃってください」

「何を言うんだ、きみに協力するチャンスを断わるなんて、たとえ高層ビルを一棟くれると言われてもごめんだね。わたしも何か重要なことをしているという幻想を見せてもらってる。わたしなりに、きみの力になっていると自負したいんだよ。かつて誰かが言っていたように、いつか時期《とき》が来たら、わたしにも全部説明してくれ。『そうだったのか！』とかなんとか、大げさに驚いてやるから。それまでは、たとえ猫のように好奇心がうずいても、何も訊かないでおくよ。そう言えば、〝J・K〟も猫を飼っていたな。北京じゅうでうろついて一番奇妙な動物だった。ある日〝J・K〟が猫を連れて大使館に出かけたら、その猫が勝手にうろついてトイレに入ってしまってね……」

ホープ・ジョンソンは大笑いした。オズグッドの面白話には、いつも笑わずにはいられない。だが、頭の片隅では別のことを考えていた。ケイト・ウェバーの店の〈翡翠の間〉にある炕《こう》の上で聞かされた雑多な情報の中で、何となく引っかかっていることがあった。それは、あのファンという宦官と、山の中で暮らしているもうひとりの謎の人物、あのドイツ人の伯爵夫人とを、切り離しては考えられないということだ。ふたりのあいだには、何らかの繋がりがあるのではないか？　アリー・コルキスが殺された翌朝、伯爵夫人はずいぶん遠くにある碧雲寺まで歩いて来たと言っていた。宦官が暮らしている〝剛鉄墓〟とは、まったく逆の方向だ。でも、伯爵夫人は嘘をついたのかもしれない。あるいは、碧雲寺に行ったのは本当でも、そこであの宦官に会っていたのかもしれない。何にせよ、ふたりにどんな関係性があるのかは、まるで想像がつかなかった。

タターシャルとサーストンの関係も同じだ。あのふたりのあいだにも、はっきりと説明はできないが、何かしら繋がりを感じた。ケイトと話したときには、あのふたりは興味の対象が同じだったのではないか、という表現で訊いてみたが、本当にそうだったのだろうか？　探検家のタターシャルは、まちがいなく考古学に興味を持っている。古物収集にも多少の関心はあるだろう。だが、彼が心底情熱を注ぎ込んでいるのは、あくまでも民俗学なのだ。かつてアジアで栄えたさまざまな野蛮な部族について、その末裔を調査することで解明したいのだ。一方のサーストンは、単純に、純粋に、古代の美術品にのみ傾倒していた。

　あれこれ考えているうちに、また伯爵夫人のことをぼんやり思い浮かべた。すると突然、求めていた手がかりに気づいてはっとした。伯爵夫人の興味の対象は青銅器――〝大昔の青銅器〟だとケイトは言っていた。

「青銅器か！」

　ジョンソンが大声で言うと、オズグッドが目をぱちくりとさせた。

「今、何て言ったんだい？」

「ああ、すみません。突然、何やらひらめいたものですから」

「青銅器って言った気がしたぞ」

「そのとおりです。中国で一番価値のある青銅器と言ったら、どんなものですか？」

　オズグッドはしばらく考え込んでいたが、「〝商〟（紀元前十七世紀～紀元前二世紀頃に栄えた王朝。〝殷〟ともいう）の時代のものだろうな」と答えた。「とにかく、わたしには高すぎて手も出せない代物だ」

「誰にとっても高すぎるでしょうね、寄付金を預かってでもいない限り」ジョンソンが言った。「すみません、ミスター・オズグッド、これからラクダの手配について人と会う約束があるんです。お先に失礼してもかまいませんか？」

「もちろん、かまわないよ。さっきの宦官の件は、なるべく早く調べておこう」

　そうだ、キーワードは〝青銅器〟だ。オズグッドと別れて少し経った頃、ジョンソンは市内を囲む城壁の門に向かって車を走らせてながら、そう考えていた。商王朝の青銅器！　中国に関する幅広い研究の中で、タターシャルとサーストンの意見が衝突した可能性のある唯一の分野だ――おまけに、フォン・スタック伯爵夫人は古代の青銅器の専門家ときている。

　ジョンソン自身は青銅器について、ほんの少しだけ知識があった。あまり詳しいわけではない。それでも、安陽《あんよう》市の遺構から掘り出された品々が、学術誌にイラストつきの長い記事で次々と紹介されるのを読めば、その研究がさらに進むことを待ち遠しく思わない人間はいなかった（中国北部の安陽市で殷王朝後期の首都の遺跡が発見され、一九二八年から本格的に発掘が開始された）。安陽の発掘調査によって、人類の歴史はキリストが生まれる三千年前にまでさかのぼれるようになった。そして、その調査によって商王朝の青銅器こそが、東洋じゅうの祭器の中でも最も高価で、最も求められる対象となったのだ。

　その件については、新聞でも読んだ。新聞の四ページめの片隅や記事の隙間に、ほんの数段落が割かれていた。政府は個人的利益を目的にした遺跡の盗掘に手を焼いているとのことだった。ヨーロッパや日本のコレクターが提示する高い報酬に目がくらんだ者たちが、古い墓を暴いては、そこに埋葬された国の宝をブラックマーケットへ違法に売りさばいているのだという。

　タターシャルが安陽の発掘品に興味を持っていることはまちがいない。少なくとも、殷の時代の人々の文化については知りたいはずだ。一方のサーストンに関しては、大規模な私立博物館の学芸員にも手が届く価格帯の青銅器を、彼が直接買い集めていたとしてもおかしくない――そして、それらを中国から持ち出そうとしたのではないか？　この点においてこそ、タターシャルとサーストンの興味の対象が重なり、対立することになったのでは？　さらには、古代の青銅器の専門家であるドイツ人の伯爵夫人も、ふたりと何らかの関連を持っていたのでは？

　大型自動車は城門を駆け抜けると、すぐにまた別の門を抜け、その外に広がる田舎の風景を目指した。しばらくは混み合った都会的な景色が続いていたが、やがて小川や集落が取って代わり、用水路の褐色の水で洗濯をする女たちや、柳並木の道や、首を下げたラクダたちがポツポツと現れたかと思うと、最後には何もない開けた平野とまぶしい太陽しか見えなくなった。

単なるひらめきを頼りに、どこまで行き着けるだろう？　世の中の探検家と考古学者は、意見が合わないからといって必ずしも殺し合ったりしない。このクモの巣のどこかには、イ・リーとあの宦官もからまっているはずだ。しかも、彼らは中国人だ。ひょっとすると、祖国から次々に盗み出された美術品が、西洋諸国の博物館を埋め尽くしていることに、腹立たしさを募らせていたのではないか？そして、人まちがいで殺されたのでないとしたら、アリー・コルキスの死はこの新しい構図のどこに当てはまるのだろう？

ジョンソンは、頭の中では警鐘が鳴っているのを承知しながら、目の前の伯爵夫人に好感を持たずにはいられなかった。彼女は〝器のでかい女〟だった。そもそも背が高くて引き締まった筋肉質の体つきのうえ、毎日山をのぼり下りする生活のおかげで、姿勢や身のこなしまでが男っぽくなっている。その一方、目つきだけはワシのように鋭い。

「青銅器研究の第一人者でいらっしゃるそうですね」とジョンソンが持ち上げると、伯爵夫人はすかさず鼻で笑った。

「よっぽどの馬鹿じゃなきゃ、商王朝の青銅器の本物と偽物の見分けぐらいつくわよ。正確に言えば、〝偽物〟なんてものは存在しないの。〝模造品〟だけよ。商の鋳造品をまともに複製できる職人なんて、今のヨーロッパやアメリカじゅう探しても三人もいないだろうからね」

ただし、盗掘品が彼女のもとに持ち込まれ、それを正当に入手された本物だと鑑定することはたびたびあると伯爵夫人は告白した。自分がやらなくても、どうせ中国人ディーラーが代わりにお墨付きをつけて売るだけだと言う。

「偽物なんていうのは、金はあっても見る目のない、よっぽどの馬鹿にしか売らないものよ」伯爵夫人はそっけなく言った。

ジョンソンは自分のひらめきを試そうと、慎重に切り出した。

「それにしても、そうした美術品のいわゆる違法な発掘や無認可売買が、外国の収集家たちの引き合いによって強く推し進められているのはとても残念です。そう思いませんか？」

「たしかに犯罪行為ね」伯爵夫人はぶっきらぼうに答えた。「でも、そうした貴重なものが西洋のコレクターのもとで安全に保存できていることも忘れちゃいけないわ。宝は中国から奪われたのであって、世界から奪われたわけじゃない。中国にしたって、文句を言えた義理じゃないのよ。だって、そのおかげで、貴重な品々がこの国の無知な軍閥の手に落ちることはないんだから。むしろ、ああいう美術品を欲しがる――美しさを評価するのでなく、血族の正統性を示す象徴として重宝がる――軍閥の手から救っているようなものよ。もちろんこの国の政府だって、自分たちの宝が古物収集家の手に渡ることを快くは思っていないわ。でも、彼らが何よりも気に入らないのは、自分たちのポケットにはそういう取り引きからお金がまったく落ちてこないことなのよ。どう？　自分の目で確かめてみる？　ああ、軍閥じゃなくて、青銅器のことよ」

「是非、拝見したいですね」ジョンソンは前のめりになって答えた。

「出土したらすぐにうちに持ち込まれることが多いから、常に何点かは手元にあるのよ。どれも違法に掘り出されたものだけどね、もちろん」伯爵夫人は皮肉っぽくつけ加えた。「今ここにあるのはとびきり美しい三点で、本当ならサーストン博士が買ってくれるはずだったものよ。ねえ、彼が殺されたのがわたしにとってどれほどショックか、想像できるでしょう？」

「何ですって！　まさか――？」

「うちの青銅器を買い取ろうとしたことが原因で殺されたんじゃないかって言いたいの？　もちろん、そんなはずないわ！　第一に、今回の取り引きについては、まだ博士とわたし以外の誰も知らなかったはずだからね。第二に、そんなことで彼を殺す意味がないわ。どのみち、博物館のための買い付けじゃなかったんだから。彼は個人的に買おうとしていたのよ」

「個人的に？」

「あの人、小規模ながら個人的なコレクションもしてたのよ。素敵でしょう？」

「ええ、素敵ですとも！　そういう美術品はダイヤモンドのようなものですから。つまり、後でまたいつでもお金に変えられると知っているから、安心して金をつぎ込めるんです」

「しかも、かなりの利益が出るでしょうね、売るつもりになれば」伯爵夫人が肩をすくめた。「でも、サーストン博士が転売を考えていたかどうかはわからないわ。どういうつもりで青銅器を買っていたかは、聞いたことがないから」

伯爵夫人は棚の中から粗野な造りの器を三つ取り出した。ナイフの刃のような形の脚がついており、胴体には奇妙なデザインが描かれている。そのうちのひとつは、中世の鉄兜をひっくり返したように見える、とジョンソンは思った。装飾模様は原始的ではあったが、高度に様式化されていた。伯爵夫人から指摘されなければ、その洗練された文様が動物のモチーフであることに気づかなかっただろう。そこに描かれた龍や水牛や鳥を示してもらっても、ジョンソンにはとてもそうは見えなかった。

威厳のある祭器を見ていると、ぞっとすると同時に強く惹きつけられた。この三つの古い青銅器は、いったいどれほどの生贄が捧げられるのを目撃してきたのだろう！　五千年も前に、いったいどんな儀式を経て、どんな状況の中で、多くの男や女、馬や羊や使用人たちがこの祭器とともに土に埋められることになったのだろう！

「これを国外へ持ち出すのは難しいんじゃありませんか？」ジョンソンは思いきって訊いてみた。

難しくない、と伯爵夫人は断言した。中国の税関は、ある程度の金さえ積めば、いつも理解を示してくれるのだと。

「あなたも商王朝の青銅器を買おうと考えてるの？」

「考えるだけなら簡単ですけどね。実際に買おうと思ったら、祈りと、金の算段が必要になります」

彼はほほ笑んだ。「この青銅器ひとつで、どれぐらいの値段になるんですか？」

伯爵夫人は、三つの中で一番小さい器に手を置いた。

「これとよく似たものが、去年、アメリカで三万ドルで売れたわ。でも、あくまでもアメリカでの話よ」

ジョンソンが口笛を吹いたのを受けて、伯爵夫人は慌てて補足した。

「ここに持ち込まれる前の段階から、かなりの高値で取り引きされてるのよ。実際に土の中から祭器を――ぼかして言うなら――確保した農夫や盗掘者は、かなりがめつい連中なの。どれほど貴重な品物か、よくわかってるのね。これひとつで、半――」

「いえ、言わないでください。怖くてとても聞けません！　でも、もしいつか青銅器を買うことがあるとしたら、必ずあなたから買うと約束しましょう。ご親切にいろいろ教えていただきましたので。そう言えば、ミスター・タタールシャルも青銅器に興味があるのでは？」

伯爵夫人が鼻で笑った。

「そうかもね。でも、わたしから買うつもりはないみたいよ。前に、かなり辛辣な説教をされたの。違法に掘り出された出土品を売りさばくのは邪悪な所業だってね。タターシャルのやつ、とんだ偽善者だわ！」

「サーストン博士は、タターシャルほどにはこだわっていなかったんですか？」

「博士にはこの五年間で、かなり多くの出土品を買ってもらったわ。あの当時は今よりも値段が高かったのよ。本格的な発掘調査が始まってからは、公式の市場にもたくさん出回るようになってきたから」

そのとき、死にかけの病人の枕元でコルネットの独奏を始めるのと同じぐらい、場の雰囲気をぶち壊すように、寺のリビングルームに紅茶の用意を乗せたティー・ワゴンが運び込まれた。とたんに伯爵夫人の態度が女性らしく豹変した。ホープ・ジョンソンは、その巧みな会話能力を発揮することにした。

「先日、ローラがこちらを訪ねた帰り道に怪我をした話はお聞きでしょうね？」

「えっ、全然知らなかったわ！　いったい何があったの？」

ジョンソンは彼女に、例の宦官の話を聞かせた。

「小鳥みたいな奇妙な男でしたよ」ジョンソンがほほ笑んで言った。

「あの人なら無害よ。山の中をうろうろと歩いていたり、ロバに乗ってどこかへ出かけたりする姿をよく見かけるの。彼のほうがあのロバを背負って歩くべきよね」

「その男のことは、ミス・リーがよく知っているようです。たぶん、彼女の叔父さんを通じての知り合いなのでしょう。叔父さんというのは、たしか、隣の僧院の住職をしているとか」

「ああ、ケイトのところに来ていた中国人の娘のことね？　わたしもどこかで会ったことがあるわ。あの住職の姪なの？　じゃあ、ずいぶんと強欲な叔父さんをお持ちなのね。ここの地主なのよ。いつもいやというほど搾り取られてるわ！」

「まさか、あの住職も青銅器に興味があるんじゃないでしょうね？　つまり、あなたの商売と競合するようなことは？」

「わたしが何をしているか、あの住職が知らないはずはないわ。そういう意味なら、彼も青銅器に興味があると言えるわね。わたしはこの寺の維持費として、毎月いくらか寄付をさせられているの――決められた家賃とは別にね。明らかに、口止め料よ」

「興味深い人種ですね」ジョンソンが言った。「ああ、中国人のことですよ」

「〝興味深い〟のひと言じゃ済まない連中よ」

ジョンソンが北京市内に帰り着く頃には、街は夕闇に包まれていた。頭の中をさまざまな憶測が駆け巡っていた。今回の話で、サーストンとタターシャルの対立――対立と呼べるほど大げさなものだったして――については説明がついた。だが、タターシャルとイ・リーにどんな繋がりがあるかは、今まで以上にわからなくなった。ひとつだけ、非常に興味深い収穫があった。この恐ろしいパズル全体を一気に解く鍵となり得るものだ。つまり、エリス・サーストンが青銅器を買い求めていたという事実――それも、博物館の所蔵品としてではなく、自分自身のために。あくまでも個人的なコレクションで、公にしていなかったのだろう。そう、きっと秘密にしていたのだ。表向きには、青銅器に興味がある様子を見せたことがなかったのだから。

そこがジョンソンには引っかかった。何か秘密があるような気がしてならない。サーストンは勤め先の博物館の予算を使って、自分自身のコレクション用に青銅器を買っていたのだろうか？　巨額の金の使い道について、問題にされたことはなかったのだろうか？　新聞記事にはそれらしいことは出ていなかった。だが、もしもサーストンが――巧妙に――博物館の資金を個人的に流用していたのだとしたら――？

〝もしも〟だらけだ。もしも――もしも――もしも――

それでも、ぼんやりとだが、光明が見えてきたように思った。それとも、このともしびは、沼地に光る鬼火に過ぎないのか？

# 第七章

翌朝、ジョンソンがホテルのラウンジで朝食を食べながら、バター皿に立てかけた新聞を読んでいたところに邪魔が入った。セルデン・オズグッドからの伝言が届けられたのだ。メモは短く、単刀直入だった。

〈Fは寺にいた〉

なるほど、ではピルグリムの書斎を荒らしたのは——少なくとも、直接手をくだしたのは——宦官のファンではなかったわけだ。彼はあの夜、北京《ペキン》にいなかった。それがはっきりわかっただけでもよかった。彼がこの件に関わっているのなら、共謀者がいたことになる。

再び新聞を読み始めたジョンソンは、どうやら北京には暗雲が立ち込めているらしいと思った。この街が政治的にどこまで追い詰められているのかは、自分にはよくわからない。だが、日本軍に占領されようとしているのはまちがいようがない。日中両国はダイナマイトで火遊びをしているようなものだ。そのうちどこかで、外交官たちにも見過ごせない、うわべを繕おうにもごまかしきれない〝事案〟が勃発するだろう。そうなったら、次は何だ？

大通りを堂々と走る戦車や、蚊のように飛び回っていた戦闘機の話を思い出し、さらに恐ろしい光景を想像して背筋が凍りつく。

だが、自分にはまだやらなきゃならないことがある。こうやって邪魔が入る可能性のある大きなホテルでは、じっくりと考えを練るには不向きだ。ジョンソンはテーブルに散らばっていたメモを掻き集めてホテルの外へ出た。

のんびりと人力車に揺られながら、歴代の皇帝を祀った太廟《たいびょう》へ向かい、その古めかしい静寂の中にしばし浸っていた。堀のそばの木陰のテーブルで太廟を背にして座り、資料を広げる。と、すぐにどこからともなく少年がひとり現れて、何か注文してくれとせがんだ。

「お茶」

ジョンソンがそう言うと、まるで手品師のような素早さで、目の前にお茶が置かれた。

ジョンソンは深刻な表情で、手にした鉛筆でノートにスケッチを始めた。立ち去ろうとしていた少年は、忍び足で引き返して来ると、ジョンソンの肩越しにその手元を食い入るように覗き込んだ。しばらく見ているうちに、このおかしな〝ヨーロッパ人〟が何をしているのかがわかってきた。中国の寺の絵を描こうとしているのだ。

ジョンソンはお茶を飲みながら、一連の事件の謎について、一時間にわたってあれこれ考えていた。やがてノートに向かって、熟考した結果を書き込んでいった。多少の誇張はあるが、おおよそ次のようにまとめられていた。

**エリス・サーストン**

**〈殺人の動機として考えられること〉**

アリー・コルキスへのプロポーズを断わられた。動機としては不十分。

〈疑惑、疑問、提案〉

●例の冒険談。つけ回されたり、荷物を探られたりした理由は、結局わからずじまい。おそらく、理由はない、つけ回されていない、探られていないのでは？　そうだとすると、何らかの目的のために話をでっち上げたことになる。何のために？　謎めいた話を聞かせることで相手に強く印象づけ、自分のことを思い出してほしかったから。この先さらにエスカレートした事件が起きることになっていたのなら、理由を明かすメリットは特にない――今後の事件と理屈が合わなくなるかもしれない。多少のわかりにくさが残ったとしても、理由を明かさないほうが話の筋は通る。

●アリー・コルキスの殺人が発覚した後の異常なほどの動揺。その後は、ひとりで何かを考え込んでいた。

●白粉《おしろい》とテニスシューズ。きわめて重要。だが、ピルグリムが提案したように、まったく事件と無関係な説明もつけられる。

●ケイト・ウェバーによれば、アリー・コルキスはサーストンに会うのをとても楽しみにしていた。なぜ？　おそらくこれは重要となる。だが、そもそもサーストンはアリーが深く興味を持っている分野において著名な研究者であり、アリーはサーストンの著書を何冊も読んでいた。

●もしもサーストンがアリー・コルキスを殺したのなら、彼自身はアリーの仲間に殺されたのか？　その可能性は高いが、あくまでもサーストンの冒険談が本当だとしたらだ。そうだとすると、アリーは例の〝ロシア女〟か、サーストンをつけ回していたほかの一員だったのかもしれない。

●青銅器の個人コレクション。ここから何らかの答えが導き出せるかもしれないが、まだ憶測の域を出ない。

オリン・タターシャル

〈殺人の動機として考えられること〉

アリー・コルキス殺害の動機なし。

サーストン殺害について。ケイト・ウェバーによれば、ふたりのあいだに何らかの確執があったのかもしれない。安陽の盗掘の件で対立したと考えれば筋が通るが、不十分。

〈疑惑、疑問、提案〉

●タターシャルのアリバイを証明しているのは次の三人。

㈠ブランシュ・ウィンダム。名高い嘘つき。

㈡イ・リー。彼女自身も容疑者。

㈢住職。イ・リーの叔父という話であり、未知の存在。

●どうしてタターシャルはイ・リーとホテルの屋上でダンスしていたのか？　人目につく場所に身を置く必要があったのかもしれないし、ふたりで話をする機会が欲しかったのかもしれない。何がふたりを引き合わせているのだろう？

●ホテルのダンスに行った結果、サーストンの殺害当時、現場のすぐ近くにいたことになる。

●宦官のファンとは知り合い。宦官を自宅へ呼ぶのに、タターシャルは明らかに自分の運転手付き自動車を迎えに行かせた。サーストンが殺された夜、三人で何を議論していたのだろう？　サーストンが古い青銅器に興味を持っていたという新情報からさまざまな憶測はできるが、説明のつかない謎のまま。

## イ・リー

〈殺人の動機として考えられること〉

表面的には、動機はなさそう。アリー・コルキスと友人関係にあったため、殺害するはずがないと思われる。事件の中心人物であることから、動機がないことがかえって怪しい。とは言え、アリーに対する気持ちは本物のようだ。

〈疑惑、疑問、提案〉

●前記のとおり。加えて、何らかの目的のためにアリーに近づいたとも考えられる。何かを聞き出したかったのか？　目的は何だ？

●彼女のアリバイは、叔父である住職の証言によって成立している。言い換えるなら、彼女が本当に僧院へ行っていたかは不明。

●アリー・コルキスの殺害現場で気絶したのは本当か、芝居か？　正確な死亡推定時刻が判明すればわかるかも。現段階では無理。アリーの死体を発見したのが彼女だということを忘れてはならない。

●タターシャルと何らかの関係がある。サーストン殺害当時、タターシャルと現場の近くにいた。宦官のことを、遠方から訪ねて来た元師だと嘘をついた。サーストンの死因を〝撃たれたのか〟と訊いたのは、なぜ？

●寺では、アリー・コルキスを殺した犯人を自分の手で殺したいと言っていた。こうした怒りに任せた発言は、たいてい信じてはいけないものだ。

●中国人であり、その狡猾な人種の中でも特に彼女は信用できない。そう考えると、やはり宦官のフアンとともに商王朝の青銅器に絡んでいるのか？

## フランク・リレソー

〈殺人の動機として考えられること〉

嫉妬か？　アリー・コルキスに恋心を抱いていたかもしれない。サーストンとコルキスが東屋《あずまや》で会っているところに割って入った。

〈疑惑、疑問、提案〉

●画家のジェリー・ストリートとふたりで寺の中を探索して回り、仏像の保管部屋から殺人現場となった部屋のすぐ隣まで来たが入れず、引き返している。この行動については、本人があっけらかんと告白している。映画監督としての興味から探検していたという話は説得力あり。さらに、同伴していたのが画家のストリートだった点も納得がいく。ただ、そのタイミングが、ちょうどアリー・コルキスが殺される直前だった点から、次の疑問が残る。〝リレソーは下見をしに行ってたんじゃないのか？〟

●サーストンについて、ピルグリムがまちがっていたということはないか？　こぼれた白粉《おしろい》を踏んだのが、実はリレソーだった可能性はないか？　あるいは、ストリートだったとか？　死体のあった部屋には、埃は落ちていなかった。とは言え、リレソーもストリートも靴底を拭うことはできたはずだ。

●リレソーがアリー・コルキスをたびたび訪ねていたというアン警部の情報と、アリーに映画の仕事をオファーしていたとリレソー本人が認めているのは、非常に興味深い。

●サーストンが殺された時刻に、疑わしいほど近距離にいたうえ、その後もしばらく近くにいた（それはストリートにも同じことが言える。何にせよ、ふたりは殺人の直前までホテルのバーに一緒にいた）。

## ジェリー・ストリート

**〈殺人の動機として考えられること〉**

考えられる動機は何もない。リレソーとの関係に何かあるのかも。

**〈疑惑、疑問、提案〉**

●前記のとおり、リレソーと一緒に寺の中を探索していたこと。

●いつも不機嫌そうにしていて自由奔放。酒を飲みすぎる。

●アリー・コルキスが殺された後、ひどい動揺ぶり――ほとんどヒステリー状態――に陥っていた。

## セルデン・オズグッド

**〈殺人の動機として考えられること〉**

明らかな動機も、想像し得る動機もなし。考えられるとしたら、過去に何かあったか？

**〈疑惑、疑問、提案〉**

●あの小柄な観光客のご婦人、リンダ・ルーカスの部屋に忍んで行ったのは、中庭を歩いているところを誰かに見られたときのためのアリバイ作りではないのか？　何をしていたかと問い詰められても、しぶしぶ彼女のことを打ち明ければ、それ以上疑われないようにするためでは？　巧妙な手段だ。

●あのとき寺に泊まっていた男たちの中で、唯一太っている上に、家では中国風のガウンを着ている。

●彼の陽気な態度は、引き合いに出すならストリートの不機嫌そうな哀愁に比べて、ずっと怪しく感じられる。あくまでも漠然とした印象。
●過去に何かしら大きく傷つくような出来事があったにちがいない。あれほど好奇心旺盛なら、同じ外国暮らしをするのでも、世界のどこかもっと華やかな首都で暮らせばいいものを。どうしてよりによって北京に？

### ハワード・ピルグリム

**〈殺人の動機として考えられること〉**
明らかな動機なし。想像し得る動機なし。
**〈疑惑、疑問、提案〉**
●アリー・コルキスを殺したのはサーストンだったのではないかと疑い、それを証明しようとしていた。だが、自分も侵入者に入られてからは、その考えを改めているらしい。初めはでたらめだと思っていたサーストンの冒険談も、本当かもしれないと思い始めている。もしもサーストンの話が本当なら、次はピルグリムが狙われるのかもしれない。だが、サーストンの冒険談は、本当なのか？

### ブランシュ・ウィンダム

**〈殺人の動機として考えられること〉**
明らかな動機なし。
**〈疑惑、疑問、提案〉**

●名高い性悪女であり、嘘つき。だが、彼女の嘘はすべて――直接的なものも、仄めかしたものも――自身に跳ね返ってきて、悪意を持って嘘をついていたことが明らかになった。自分を守るためでなく、他人を傷つけるための嘘。ケイトはブランシュの性格を、実にうまく説明していた。
●アリー・コルキス殺害の夜の行動には、何か邪悪な意図がありそうだが、まだ充分に説明されていない。彼女のアリバイはイ・リーが立証しており、そのため信用しきれない。

## ルーシー・スタック（伯爵夫人）

**〈殺人の動機として考えられること〉**
明らかな動機なし。あるはずがないのでは？
**〈疑惑、疑問、提案〉**
●サーストンを殺すはずがない明らかな理由があった。
●明らかにアリー・コルキスのことは知らなかった。だが、なぜか――疑わしいことに――殺害の翌日、彼女が死んだと聞いてタイミングよく寺に現れた。その際に、ミセス・ミラムのバッグに入っていた指甲套に注目を向けさせた。
●一年を通して山の中で暮らしながら、盗掘者やその他の犯罪者たちと交流を持っている。それを堂々と認めている。驚くべき人物だ。

## ファン

**〈殺人の動機として考えられること〉**

まだわからない。だが、サーストンの青銅器の個人コレクションと絡んで、何らかの動機があったことは考えられる。もしアリー・コルキスがサーストンとまちがわれて殺されたのなら、犯人はファンかもしれない。

●疑惑はいくらでもある。だが、事実と言えるものはひとつもない。もしサーストンの冒険談が本当なら、殺人は二件ともファンのしわざかもしれないし、これまでの一連の出来事をすべて把握しているはず。イ・リーおよびタターシャルとの繋がりがどういうものなのか、すぐにも突き止めなければならない。

**〈疑惑、疑問、提案〉**

アマチュア探偵のジョンソンは、そこで作業を中断した。ほかの者たちについても書き出す必要があるだろうか？　寺に集まっていたメンバーでまだ名前が挙がっていないのは、ケイト・ウェバー、ローラ・ピルグリム、リンダ・ルーカス、そしてカルロッタ・ミラムだ。ケイトは、言うまでもなく、あの寺でのパーティーの主催者であり、アリーを殺すためにあらかじめ準備しておくことは可能だったと想像できる。だが、いったいどんな動機が考えられるだろう？　望むものはすでに何でも持っているし、店は繁盛しているし、明らかに幸せそうだ。ジョンソンはケイトに関して、何の疑いも抱かなかった。

あのイギリス人女性は？　なぜかリンダ・ルーカスの無垢さがやたらと目につく気がしたが、どういうわけかはよくわからなかった。苦境に立たされて心底戸惑いながら、自分で切り抜けるだけの身体能力と知的資質に欠けた乙女のようだ。ケイトの思いやりから、本来は呼ばれるはずのなかったパーティーに声をかけてもらった。とは言え、あの宦官が初めて現れた日、ローラが足首を痛めた現場に同行していたのがリンダ・ルーカスだったことは、単なる偶然なのだろうか？

カルロッタ・ミラムは、ジョンソンもよく見かける類《たぐい》の一般的な観光客――裕福で、どちらかと言えばつまらない人間だ。でも〝いい人〟だ。そろそろ中年に差しかかっているが、小柄で、ぽっちゃりしていて、魅力的。そして〝不惑〟と呼ばれる年齢にしては、色恋に積極的。都会的でしゃれたオズグッドに熱を上げるのも無理はない。きっとお気に入りのラジオのコメンテーターとイメージが重なるのだろう。彼女は寿命が尽きるその日まで、北京で遭遇した殺人事件と、それに巻き込まれた自分自身について、繰り返し語り続けることだろう。耳を貸してくれる相手がいれば誰であれ、例の指甲套を見せてこう言うのだ――『そのときに事件解決の手がかりになったのが、これよ！』と。断言しよう。彼女にはアリー・コルキスの殺害にどのような関わりもあったはずがない。ましてや、エリス・サーストンの殺害に関わっていたはずもない。

ローラは当然ながら、どの角度から見ても容疑者とは考えられない。ホープ・ジョンソンはそのことにほっとした。だが、アリー・コルキスが殺されたあの夜、ローラも寝つけずにうろついていたことを思い出した。あのとき、彼女の叔父がサーストンのテニスシューズを手に探偵の真似事をしようとするのを、ジョンソンは尾行していた。そのジョンソンを、中庭に出たローラが目撃していた。思い出すだけでいやな気分になった。

「まいったな」ジョンソンはいらいらしながらつぶやいた。「あの夜、中庭は文字通り、大勢の人間であふれ返っていたんじゃないのか！　お互いにぶつかって、怪我人が出なかったのが不思議なくらいだ」

これまでに浮かんださまざまな考えをまとめていると、いくつかの点が際立って見えてきた。何だかんだ言っても、オズグッドがあのカンザスから来た小柄な女性のベッドに忍び込んだのは、やっぱりいざというときのアリバイ作りのためだったんじゃないかという疑いはまだくすぶっている。リレソーとアリー・コルキスのあいだの友情関係は、実際にはもっと親密なものだった可能性がある。タターシャルが、イ・リーとあの宦官とどんな繋がりを持っているのかも謎のままだ。さらに言えば、一流の研究者でもあるフォン・スタック伯爵夫人が、非常に評判のよくない連中に手を貸している点、そしてイ・リーが謎めいた中国人であり、あらゆる方面での行動が深刻な疑惑を呼んでいる点も無視できなかった。

## 二

夜のとばりが下りると、提灯の灯った街が突然生き生きと活気づいた。今夜は一年に一度の〝鬼節（日本のお盆に似た中国の行事。冥界の門が開き、灯籠の火を頼りに死者が戻って来る）〟の祭なのだ。それぞれの寺では僧侶たちが、下界の苦海（仏教において、海のように果てしない苦しみに満ちたこの世のこと）に飲み込まれた死者の魂を導くために経をあげていた。どの通りにも、上気した顔の中国人たちが家族で連れ立って歩いている。みな蓮《はす》の長い茎を手に持っており、茎の先端の蓮の葉に包まれた蠟燭の火が、不気味な緑色に光っている。北海公園の中はどこも人でごった返していた。悪霊を追い払うための花火を見物しようと、何千人という中国人が集まっているのだ。池の向こう岸から花火が上がり、真っ白い榴散弾のように水の上でまぶしく砕け散った。夜空と黒い雲の漆黒のカーテンの前で、炎に燃え上がる噴水や仏塔のような火花が飛び散っては揺れた。池の水面には紙で作った小さな船が無数に浮かべられ、それぞれに火のついた蠟燭が立っている。暗闇の中でその光が浮き沈みしながら揺らめき、最後には小さな炎となって燃え上がった。今頃は中国全土にわたって、亡くなった先祖のために供え物が捧げられ、墓がきれいに掃除され、色鮮やかな提灯が売られていることだろう。

ホープ・ジョンソンとローラ・ピルグリムは北海公園の中にある小高い丘のてっぺんで、石畳に立ってその壮大な花火を鑑賞していた。ふたりの背後では、巨大な〈ベネディクティン〉(フランス産のリキュール)のボトルにしか見えない白塔寺の白い塔が、暗闇の中に高くそびえていた。塔の下のテラスなら、ほかの見晴らし台よりも快適に花火を眺められそうだった。

だが、その丘も石台もやはり人であふれていた。ひしめき合う中国人の群衆の中には、ありとあらゆる階級の男女が入り混じっている。不機嫌そうな金持ちに、興奮した様子の行商人。軍服姿の兵士に、ぼろをまとった宿無し。奉公人や浮浪児、胡同《フートン》に住む人力車の車夫や屋台の店主。政治家。スリ。僧侶。ごちゃ混ぜの大群だ。ジョンソンはその一人ひとりをじっと観察した。暗闇の中で蓮《はす》の葉の提灯に照らされた無数の顔。川に浮かぶ泡のように光っては消えていく顔。あれは聖人の眉――こっちには預言者の髭――あそこに見えるのは天才の目だ。だが一番多く見られるのは、いつの時代にも、世界のどこにでもある、小悪党のずる賢い笑みだ。

手すりつきのテラスの角へと人波に押しやられたローラは、ジョンソンに肩を抱かれながら、中国国民四億人のほとんどが一斉に自分を宇宙の果てへ押し出そうとしているような錯覚に陥った。

「ねえ」ローラが切り出した。「そろそろ、ほかの人たちを探しに行ったほうがいいんじゃないかしら」

祭の夜に合わせたカクテル・パーティーに参加していたふたりは、本場の気分を肌で感じようと、ほかの何人かの客と一緒に公使館の応接間を出て来たのだった。夕食には戻るのだが、その前に一度集まる約束になっていた。

ふたりは苦労しながら人混みを掻き分けてテラスを進み、下の階へ降りた。北側に面して、まばゆい灯りに照らされた細長い茶店があり、そこから眼下に広がる露店やテントの屋根、そしてその先の池の水面までが見渡せた。茶店の中からは、歯切れのいい賑やかな話し声が聞こえてくる。中に入ると、ニンニクの臭いに圧倒された。店内は、祭に参加した客でごった返していた。歯を見せて笑いながらぺちゃくちゃとしゃべり、ものすごい勢いで茶を飲んでいる。テーブルの上には中国人の大好きな前菜である、カボチャの種《たね》とスイカの種《たね》の皿が並んでいた。西洋人がサーカスを観ながらピーナツをポリポリと食べるように、中国人はこうした種《たね》を奥歯でバリバリと噛み砕きながら食べる。中国へ来てすでに何度も経験したことだが、中国人たちの腹が次々と大きな音で鳴るのを聞いて、ジョンソンはげんなりした。

バルコニーの隅の散らかったテーブルから歓迎する声がかかり、ふたりは先に来ていた仲間のもとへ人混みを掻き分けて進んだ。今夜の主催者である女性とハワード・ピルグリムが、タターシャルと、これまでに会ったことのない若い女性と一緒にお茶を飲んでいた。北平協和医学院（現在の北京協和医学院。一九一七にアメリカの財団が出資して設立した医科大学）のミス・アイーダ・ルイスだという。

「ちょうどよかった。今ミスター・ピルグリムに、この丘の歴史についてお話ししているところだったの」

女主催者がふたりを出迎えながら言った。

一番売れている北京のガイドブックの著者である彼女は、この古い首都について、かなりの知識を持っていた。今自分たちがいるのは、かつてモンゴルにあった〈至福の山〉という奇跡の山なのだと言う。唐王朝のある皇帝がどうしてもその山を手に入れたくなり、山と引き換えに自分の親族の姫をウイグルの野蛮な王子に差し出した。ところが、山は大きすぎて移動させるのが難しかった。そこで皇帝は〝妨害と障壁〟をつかさどるという、顔の黒い神に祈りをささげた。さらには、山の周囲で篝火《かがりび》を焚き、酢を注いだところ——まるでクレオパトラの真珠のように——山は酢で溶けて小さなかけらになり、簡単に中国まで運ぶことができた、という話だった。

「そして、その結果」女主催者はわざと威厳のある声音を作って話の結末を伝えた。「わたしの曾々々々……とにかくずっと前の祖先が、ウイグルの王妃になったわけなの。この話がすべて真実だという証拠に、後でこの丘を案内してあげるわね」

「おいおい！」ピルグリムが言った。「こんなところで、ご先祖の自慢話を始めるつもりかい？」

タターシャルは遅れて来たふたりと短く握手を交わしたきり、ずっと黙り込んでいた。暗い湖上をじっと眺めている。まだ色付きの提灯がずらりと並んでいる湖の対岸から、かつては皇后の招待客や使節団を乗せたであろうはしけが時おり水面を走っていた。宦官がいきなり元帥にされたあの夜のことを考えているのではないかとジョンソンは思った。あの気まずい場面以来、彼と顔を合わせるのは初めてだった。

女主催者は相変わらず客に面白い話を聞かせ、ベラベラとしゃべり続けていた。

「あなた、探偵なんですってね、ミスター・ジョンソン。それならあなたのことは大目に見るわ。でも、ミスター・ピルグリムには同情の余地はないわね。探偵小説を書く連中なんて、知的な人間の生き方としては最低だわ。ほかの人の品位を貶《おとし》めるだけじゃなく、自分たちの才能を無駄遣いしているんだもの、あきれてものが言えないわ。きっとしばしば読者を、実際に犯罪者の道へと誘い込むのでしょうね。わたしだって簡単に殺人を犯してしまいそう。ミスター・ピルグリム、あなたの本を読むのにどれだけの昼や夜を無駄にしてきたかと思うと、殺しても殺し足りないわよ。その時間を使って自分の本を書けばよかったたってね」

ホープ・ジョンソンが笑いだした。

「そう言いながら、彼の本はちゃんと読んでるんですね?」

「手に入るものは、一冊残らず読んだわ」女主催者がきっぱりと言った。「それが問題なのよ。買えないように、発禁になればいいのに」

「大丈夫、国会は今大急ぎでその法案を通そうとしていると思うよ」ピルグリムが請け合った。

医科大学に通う若い女性が身を乗り出して、ジョンソンの袖に手を置いた。

「わたし、あなたにお目にかかるのを楽しみにしていたんですよ、ミスター・ジョンソン。宦官のファンおじいちゃんについて、あれこれ想像を膨らませてるんですって? とんでもないならず者だと思ってるようだって、ミスター・タターシャルから聞きました。ファンのことなら、わたし、もう何年も前からよく知ってますよ。赤ちゃんと同じぐらい無害な人です」

タターシャルはばつが悪そうな表情を浮かべ、ジョンソンは苦笑いした。

「いえ、何も彼が邪悪な人間だと思ってるわけじゃありませんよ」ジョンソンが答えた。「最近、邪悪な事件がいくつも起きているのはまちがいありませんが、ファンが関わっているかどうかについては、わたしもまだ何とも言えません。彼がまったく関わっていないということをミスター・タターシヤルが証明してくださるなら、大歓迎ですよ」

だが、タターシャルは宦官についても、マ元帥についても、何の説明もしようとはしなかった。ただ片眼鏡を眼窩に深く押し込み、また湖の水をぼんやりと眺め続けた。

「さっきの話だと、われわれの調査の進み具合について、よくご存じのようですね」ジョンソンはそう言うと、探るようにアイーダ・ルイスをじっと見つめた。

「ええ、少しだけ。たしかに、まだ何もはっきりとはわかっていないようですね。でも――北京というのは、こういう街なんです！　外国人の社会はとても狭いわ。何か考えるより先に、相手に知られてしまうぐらいに。視野の狭い人間の集まりなんです。偏狭で、噂好きで。スキャンダルに飢えてるんです。そこへもってきて、殺人が続けて二件も起きたわけでしょう？　それも、わたしたちの中でも名の知れた人がふたりもだなんて――みんな飛びついちゃいますよ！」

そう言って笑うアイーダの声は感じがよく、つられて笑いそうになる。

「それで、あなたは本当にあのファンという宦官を知ってるんですか？」

「ええ、もちろん！　彼のいるお寺をたびたび訪れているので」

「わたしはまだ一度も行ったことがないんです」

ジョンソンは考え込むようにそう言って、さっそく明日の朝訪ねようと心に決めた。

「とても興味深いところですよ」

「そうでしょうね。でも、またどうしてそのお寺に行くようになったんですか？　お訊きしてもいいようでしたら」

アイーダが笑った。「どこへだって出入りするんですよ、わたし。ひとつには、ここで生まれ育ったから。でも、そもそも中国が大好きなんです。うちの両親は、ふたりとも宣教師だったんですよ。わたし自身もお務めを通して、ここで暮らす人々のありとあらゆる人生の局面に触れさせていただいています」

「務め？」

「社会奉仕活動をしているんです」

「なるほど。そういう生い立ちなら、中国語は話せるんでしょうね？」

「ええ、英語より先に中国語を覚えたぐらいで——中国人の赤ちゃんに交じって遊んでいるうちに」

そのときジョンソンは、自分が一番必要としているのは、このアイーダ・ルイスのような人間の手助けなのだと気づいた。中国人の暮らしや習慣に慣れ親しんでいて、信頼できて、だが、あの悲劇とは直接関係のない人物。ジョンソンはあらためて興味をおぼえ、彼女をしげしげと眺めた。まだ若く——三十歳ぐらいだろうか——顔立ちは聡明で親しみやすく、しっかり相手の目を見て話す。

「ご迷惑じゃなければ、そのうちファンのお寺へご案内しましょうか？」アイーダが言った。

「明日はどうです？」

アイーダ・ルイスは驚いた表情を浮かべた。「それはずいぶんと急な話ですね。でも——どうかしら。ええ、明日の朝なら行けると思いますよ」

タターシャルが突然笑いだした。ずっとふたりの会話を聞いていたのだ。

「なあ、わたしだって〝マ元帥〟なんて話は無理があると思ってたんだよ、ジョンソン。それにミス・ルイスの言うとおり、あのファンに馬鹿げた疑いをかけるのは、さすがに想像のしすぎだと思う。もし邪魔じゃなければ、わたしも明日一緒に行ってもかまわないかい？」

ジョンソンが礼儀正しく答えた。「もちろん、どうぞ。明日の朝でいいですか？」

タターシャルが同意した。「では、九時頃にしよう。ふたりとも、わたしの車で迎えに行くよ」

「いったいぜんたい宦官がどうしたって言うの？」女主催者が詰め寄った。「わたしには教えてくれないつもり？　その宦官が人をふたりも殺したの？　どんな動機があったって言うの？」

ピルグリムがテーブルに身を乗り出した。目がいたずらっぽく光っている。

「殺人の動機なら、わたしが教えてあげようか」ピルグリムが言い出した。「愛か、恐怖か、欲だ。現実の世界でも、文学の世界でも、人を殺す理由はこの三つしかない。だから今回の事件も、まちがいなく、このうちのどれかだ。ちなみに、今挙げたのは発生件数の多い順だよ」

女主催者は、自分の拳を扇子でパタパタと叩いた。

「いやな人ね、期待させておいて。本当に何か知ってるのかと思ったじゃないの」

彼女の招待した客がまた何人か、混み合った茶店の中を掻き分けながら近づいて来た――弁舌家のオズグッドと、女性彫刻家のジョーン・アリソンだ。それに、アメリカ人の書記官のキャメロンも、若くてきれいな同僚のミス・ケイを連れて来た。その後の会話で判明したのは、ミス・ケイが茶店のお茶も飲めそうなほど喉がからからに渇いていたことと、ジョーン・アリソンがラクダの像を彫るのに苦労しているということだった。

「唇の辺りが難しいのよ。ほら、人を小ばかにしたようなあの表情が、どうしてもうまく出せないの」ジョーンがタターシャルに説明した。

その数分後には全員が店にそろい、次々にたわいのない会話が弾んだ。やがて彼らは、店を出ようと、中庭の人混みを押しのけて進むキャラバンのように歩きだした。短い階段をのぼると、テラスに出た。その下の暗闇の中を、お祝い気分ではしゃぐ大勢の中国人たちが双方向から押し寄せていた。その流れがぶつかって、中で人がもみくちゃになっている。耳を突くような悲鳴が上がるが、どこか楽しそうにも聞こえる。

ジョンソンは階段の上で一瞬足を止め、その人の流れに飛び込む覚悟を決めようとしていた。ローラがすぐ後ろについて来ていると思って、手を貸そうと振り向いたが、彼女はすでに階段から押し出されていた。オズグッドと叔父と一緒に、テラスの下の中国人の人混みに飲み込まれている。ジョンソンはいつの間にか、ほかのメンバーより出遅れていたらしい。このままではぐれてしまうじゃないかと、自分に腹を立てた。

何も考えずに人混みの中に踏み出すと、反対方向へ進もうとする人の流れを受けて、なす術もなく押し戻されていった。

やがて、流れに逆らおうと足に力を込めて踏ん張った瞬間、奇妙な感覚をおぼえた――肋骨の下の辺りに、ピンで刺されたような痛みがある。ジョンソンは苛立たしげに体をよじったが、痛みはより鋭くなった。何かが突き刺してくるようだ。固くて細く、精巧に尖らせた物体が背骨に当てられ、徐々に強く押しつけられている。すでにジャケットと肌着越しに、肌にぴたりと当たっている。背後で、小さくクックックッと笑う声が聞こえた。

気力を振り絞って後ろを振り向くと、巨大な体軀の中国人と目が合った。ジョンソンが振り向いたのを見て、人混みの中へと後ずさっている。身長は自分と変わらないが、ぞっとするほど太っていて、よく見ると笑みを浮かべている。薄暗いテラスで、大勢の人間や影とともに流されていく男の大きな顔は、壊れかけた寺で月明かりに照らされる〝笑う仏《ラッフィング・ブッダ》〟そのものだった。若きジョンソンの頭の中に、サーストンの描写が瞬時によみがえってきた。

クックッという笑い声がまた聞こえた。実のところ、男の顔は楽しそうに見えた。長い衣のゆったりとした袖に隠れていた手を素早く上げて見せた。薄くてまっすぐ伸びたナイフを持っている。と思った瞬間、彼の手もナイフも再び袖の中に消えた。男は同胞たちの影が流れる中へと、さらに後ずさった。と同時に、ジョンソンが男に向かって走りだした。

その後に起きたことは、悪夢のようだった。アメリカ人のジョンソンが一歩進むたびに、抗議、罵声、怒りのこもった悲鳴が沸き上がるのだ。どっちを向いても、無数の腕やら目やらが渦を巻いている。足がもつれて慌てふためく人影に少しでも触れると、とたんにジョンソンの足元へと崩れたり、倒れ込んできたりする。人々は助けを求めて手を伸ばしたかと思うと、再び人混みの中へ倒れ込んでいった……。

すると突然、ジョンソン自身も地面に転がっていた。まるであの白塔が倒れてきて下敷きになったんじゃないかと、その廃墟の中で中国国民のほとんどに踏みつけられているんじゃないかと思えた……。

しばらくして、誰かが自分を助け起こそうとしているのに気づいた。オズグッドが慌てたように声をかけている。

「しっかりしろ、ジョンソン、いったい何があったんだ?」

ジョンソンは立ち上がり、辺りを見回した。ピルグリムとキャメロンもそこにいた。ローラと、その隣にはタターシャルの姿も見える。向こうから押し寄せて来ていた人波が落ち着いていることに気づいた。体の大きな警察官がひとり、人々の流れを制御しており、もうひとりの警察官がオズグッドのすぐ脇に立っていた。その顔には、困惑と心配が見てとれる。

「すみません！」ジョンソンが言った。「たぶん、もう大丈夫です。逆流する人波に巻き込まれて、気圧されてしまって。わたしの不注意です――誰のせいでもありません！　警察官に、そう伝えてもらえませんか？」

ジョンソンはローラに向かってほほ笑んでみせた。

「少し動揺しているだけだ。大勢の人間に踏みつけられたからね。ちょっとホテルに戻って着替えて来るよ。一時間後にまた合流するから」

それだけ言うと、ほかの人々の反対を押し切るように足早に門へ向かった。警察官が先導して、群衆を追い散らしてくれた。

だが、夕食が終わり、女性たちがひと足先に退席してしまうと、彼は自分の身に迫った危機について打ち明けることになった。タターシャルから問い詰められてのことだった。

「さてと、ジョンソン」探検家のタターシャルがぶっきらぼうに切り出した。「正直に聞かせてもらおう！　きみは人混みに気圧されて倒れたんじゃない。まるで誰かと殴り合いでもしたみたいに見えたぞ」

ジョンソンがほほ笑んだ。

「殴り合いじゃありませんよ。手も出せなかったんですから」

ジョンソンは何があったかを話して聞かせながら、彼らの反応に耳を傾けていた。

「まさか、その男がファンだったなんて言うんじゃないだろうな」タターシャルがぶっきらぼうに言った。

「ええ、あの宦官ではありませんでした。でも、薄暗い中では、ファンと見まちがってもおかしくないほどよく似ていましたよ。前にミス・リーが言っていたとおり、中国ではいくらでも見かける顔なのかもしれませんね」

リレソーがゆっくりとした口調で話し始めた。「なあ、サーストンの言ってたことは本当だったんじゃないのか。彼は、アリー・コルキスを殺したのはあの連中だと言ってた。そして今、誰かがきみに引っ込んでろと伝えに来たんだ」

「ジョンソン、きみ自身はどう思うんだ？」オズグッドがじれったそうに尋ねた。「そんな目に遭って、何もなかったふりはできないだろう？　かなり危険な警告だ」

「わかってます。おかげで脳みそが大慌てで回転を始めました。いい刺激になりましたよ。あの男はさっき、わたしを殺すことだってできたはずです――でも、どういうわけか、そうはしたくなかったのです」

「銃は持ってるのかい、ジョンソン？」ピルグリムは緊張した面持ちで、現実的な質問をした。

「生まれてこのかた、どんな武器も携帯したことはありません」

「すぐ手に入れろ」ピルグリムが苦い顔で助言した。「銃を持っていない探偵なんて、聞いたことがない！」

リレソーが言った。「中国人だ。全部、中国人どものしわざだ。最初からそんな気はしてたんだ」

「そう決めつけるのはまだ早いですよ」ジョンソンが言い返した。

キャメロンはずっと黙ったままだった。困惑した目でホープ・ジョンソンを見つめた。訊きたいことはいくらでもあったが、最初の質問をぶつけるのをためらっていたのだ。

三

餌が豊富な夏に太ったラクダたちが、生え変わったばかりの顎鬚と、天に向かって突き立つ背中のこぶを揺らしながら、平原でのんびりと草を食《は》んでいる。朝の照りつける太陽の光を浴びて、農夫たちが懸命に働いている。緑の丘陵のてっぺんに立つ訪問者たちは、あちこちにある松並木と農家、それに宦官たちのいる寺の庭を見下ろしていた。古い墓石の並ぶ平野を横目に長い斜面を下り、山門の大理石の柱の隙間から寺の中を覗き込んでみた。そこからは、松の木の上に広がる金色の空を背景に、高い丘の輪郭がくっきりと映えている。その下を、ひとりの男がゆっくりと歩いて来た。顔は老婆のように優しく、肌はつるつるしている。

アイーダ・ルイスとオリン・タターシャルの姿を見て、老人は顔をくしゃくしゃにして笑みを浮かべた。年老いた宦官独特の、小鳥のように甲高い奇妙な声が、訪問者一行を温かく歓迎した……彼らは燦々と日の当たる中、一直線上に並んだいくつもの中庭を順に通り抜けて、ようやく大きな祖廟《そびょう》にたどり着いた。

廟の中は暗くて涼しく、上座には大きな像が鎮座していた――黄色いシルクの衣をまとい、明《みん》王朝の高官の証である帽子をかぶった伝説的な戦士、剛鉄の像だ。かつては武将であり高官であったその偉人は、今では――自らを去勢するという驚くべき行動のおかげで――宦官たちの守護聖人になっていた。

像の両側に、その英雄の姿を描いた掛け軸がかかっていた。裏の中庭には、彼の墓がある。そして回廊の奥の壁そのものが、彼の波乱万丈の人生を描いたフレスコ画になっている。

ホープ・ジョンソンはその壁の前で立ち止まってじっくりと絵を眺めた。それから、もう一度部屋を横切って、掛け軸の人物画を見つめた。彼の頭の中を駆け巡っていた考えが、徐々に形として見えてきた。

「こうした掛け軸は、きっと値段が高いのでしょうね」

「値段なんてつけられないいよ」タターシャルが小さな笑みを浮かべて言うと、続けてアイーダ・ルイスが「かなりの高額になるはずですよ」と言った。

「またこの掛け軸を飾ってくれて嬉しいわ。二年ほど前にここへ来たときには、何もかかってなかったんですもの。ファンは片づけただけだって言ってたんですけどね。そんな話は、つい疑いたくなるものです。ミスター・ジョンソン、ファンをここへ呼んで来たほうがいいかしら？　それとも、わたしたちが食堂へ移動しましょうか？」

「是非、呼んでください。ここの肖像画はとても興味深いですから」

アイーダが年老いた使用人に指示を伝えているあいだ、ジョンソンは待っていた。

「ミス・ルイス、さっき『つい疑いたくなる』とおっしゃったのは、どういう意味ですか？」

「ああ、それはつまり、ここの僧侶はみんなとても貧しいんですよ、ご覧のとおりに。そしてこの掛け軸は、彼らにとって唯一の財産です。これらを売ったとしても、誰かに盗まれたと言い張れば、誰にもわからないでしょう。そうやって実際に売ったものもあるんですよ、わたし、知ってるんです」

「へえ？　どういったものを売ったんですか？」

「陶磁器や、彫刻や、象牙細工や――かつて宮廷にあった古いものです。帝国が崩壊したときに宦官たちが持ち出したようで――たぶん、勝手に。この寺の責任者は――住職とは呼ばないんですよ、僧侶じゃありませんから――まあ、それで言うなら、ここには僧侶はひとりもいないわけですけど――その方は、かつては皇后陛下にお仕えしていたんだそうですよ」

「なるほど。でも、中国人は贋作を作るのが天才的にうまいと聞きます。もしそうした宝を――たとえば、この掛け軸を――売るのなら、イミテーションとすり換えておけば話は簡単じゃないですか？　よくある話だと聞きましたよ」

「たしかに、そのとおりですね。中国人に贋作を作らせたら、きっと世界一だわ。大きなものから小さなものまで、何でも真似て作ってしまうんです。本物の古いシルクの布が少しあれば、それに絵を描いて、専門家でなければ見抜けないほど本物そっくりな掛け軸を作ってみせるでしょう。そればかりか、その専門家の目さえ騙すこともしばしばあるそうです。噂によれば、国家の所蔵する古い絵画の半分が偽物だとか！」

ジョンソンが笑った。「それなら、今目の前にあるこの掛け軸も、実は偽物なのでは？」

「そうかもしれませんが」アイーダは、腑に落ちないようだった。「でも、宦官たちは絶対にそういうことはしないと思うんです。何と言っても、このお方は――」そう言って、自ら宦官となった武将の像を指した。「――彼らの守護聖人ですから。それにこの掛け軸は、剛鉄が生きているうちに描かれたものを、当時の皇帝が自らの手でここに飾ったと言われています。つまり、後で宮殿から略奪して来たものじゃないんですよ」

タターシャルは話題にのぼっている肖像画をじっくりと観察してから、小さくうなずきながら無感情な調子で断言した。

「これは本物だ、まちがいない」

ジョンソンはしばらく何も言わずに、今聞いた話を頭の中で整理していた。やがて穏やかな声で問いかけてみた。

「ひょっとすると、例の〝マ元帥〟は、その絵の正統性を証明するのに力を貸していたのではありませんか？」

「そうかもしれないな」タターシャルはほほ笑みながら、手で片眼鏡をいじった。「この掛け軸は、元帥が――その――とある夜にじっくり調べていた絵のうちの一枚だから」

「ではあのとき、ほかにもあったのですか！」

「ああ、かなりの数あったよ」

「初めからそう教えてくれたらよかったじゃないですか」ジョンソンは腹を立て、タターシャルを責めるように言った。

タターシャルは肩をすくめただけだった。が、しばらくしてから釈明した。

「あれはミス・リーが持ち込んだことだ。彼女は彼女で、絵が本物かどうかはっきりわかるまでは、余計なことは言わないほうがいいと思ったんだろうけどな」

「そういうことなら、是非、ミス・リーと会って話がしたいものですね」

「いったい何の話をしているんですか？」困惑したアイーダ・ルイスが尋ねた。「どうしてマ元帥が、この肖像画の正統性を証明するんですか？」

ジョンソンが答えた。「それをこれから突き止めに行くんですよ、ミス・ルイス。それも近いうちに、そう、数時間以内に。とにかく今は、ここへ連れて来てくれて、絵を見せてくれて感謝します。

申し訳ないけど、ここにこういう絵があるかどうかを確かめるほうが、あなたの友人の宦官と会うことよりも、わたしにとっては重要だったんです。ところで、この古代の紳士はいつ頃亡くなったんですか?」

「たぶん、五百年ほど前かしら」

「そんなに前ですか! 長いあいだ死んだきりの戦士にしては、ずいぶんと面倒を起こしてくれるものですね。それでも、彼にお目にかかれて光栄でした」

ジョンソンはさっと踵を返した。その瞬間、奇妙な嫌悪感と不安が背筋を駆け抜けた。部屋の中に入って来るファンの姿が目に留まったのだ。前に山の中で会った不気味な男の、まるで少年のような奇妙な話し声と、風変わりな小鳥のような笑い声が再び聞こえてきた。

大丈夫、この男はアリー・コルキスも、エリス・サーストンも殺してはいない! 少なくとも、それだけははっきりしている。

だが、気味が悪いことに変わりはない。みんなで食堂へ移動し、座ってお茶を飲んでいるあいだも、ジョンソンはそう考えていた。なにせ、この男とはうんざりするほど顔を合わせてきたんだから。それどころか、この中国という国自体がうんざりだ! 今は一刻も早く北京に戻って、イ・リーに会いに行きたかった。

〝剛鉄墓〟を訪ねたメンバーは、北京《ペキン》市内に戻ると、一緒に昼食をとった。食事中の話題が政治的なものに絞られるよう、ジョンソンは意図的に誘導していた。と言っても、自分は政治的なことはさっぱりわからない、と明るい口調で打ち明けた。

「たぶん、朝刊を隅から隅まで読んだとしても、どこにも書かれていないことがたくさんあるんじゃないかと思うんです」

「ああ、ものすごくたくさんあるとも」

探検家のタターシャルが同意し、自分の得意分野だとばかりにうきうきと説明を始めた。彼が内モンゴルの現状について語るのをしばらく聞いていたジョンソンは、時おりタターシャルの個人的な見解も差し挟まれていることには気づいたが、何を言っているのかよくわからなかった。

「こうしているあいだにも、日本軍は察哈爾《チャハル》省と綏遠《スイユアン》省の独立を支援しようとしている――もちろん、自分たちの支配下に置くためにだ！　連中のプロパガンダ活動の中には、笑ってしまうようなものもある。たとえば、大真面目に〝正統な元《げん》王朝〟の存在を主張しながら――ほら、かつてチンギス・ハーンとか、クビライ・ハーンとかのモンゴル人が中国を支配してただろう？――その一方で山賊どもを武装させて、中国軍に攻撃をかけさせている。どれもこれも、満州国が侵攻する言い訳作りの猿芝居だよ」

「でも、それで北京にいるわたしたちに、何か影響があるんですか？」アイーダ・ルイスが尋ねた。

「その作戦が成功したら、華北の五省すべてが日本の支配下に置かれる日も近いだろう」

「ということは、紛争が起きるという巷の噂は、現実にあり得る話なんですね？」ジョンソンが言った。いくら聞いても、自分には全部理解するのは無理だと思うのだった。

「もちろん、あり得るとも」

探検家は片眼鏡をぎゅっと押し込めると、にやりと笑った。

「まあ、もうしばらく北京に留まってみるといい！　次の世界大戦がはじまる瞬間を、特等席から眺められるかもしれないぞ！」

ホープ・ジョンソンは肩をすくめた。「そんな花火が打ち上がるのなら、せめて今回の連続殺人が解決してからにしてもらいたいものですね」そう言って腕時計を見た。

「すみませんが、これからミス・リーを探して話を聞いて来ます。今考えていることをいくつか、彼女に直接ぶつけたい――これまでに論理や推測で導いた仮説が、どれほど真実に近いかを確かめたいんです！」

だが、ジョンソンはその前に電報局に立ち寄って、アメリカに向けて長いメッセージを送った。それからじっくり考えながらイ・リーの家に向かった。

ドアをノックしてミス・リーの所在を尋ねると、ちょうど在宅しているとのことだった。イ・リーは、背もたれのない大きな長椅子に子猫のように背中を丸めて座り、動物の角《つの》でできた眼鏡を鼻の低い位置にかけて本を読んでいた。ちらりと見たところ、ドイツ語で書かれたものらしい。ジョンソンが部屋に入って行くと、本を脇に置いて、急いで眼鏡を外した。

彼女の周りには、さまざまな本が散らばっていた。ドイツ語、フランス語、イタリア語、そして英語。さらに、重みでたわんだ竹の本棚には、中国で出版された、お馴染みの青い布表紙の古風な本が何百冊も並んでいる。ジョンソンはすっかり心を奪われた。彼自身、時間さえあれば本を読み、どんな場所よりも本に囲まれた部屋の中が一番落ち着くのだ。これから困惑させるはずの小柄な研究者に対して、自然と優しい気持ちが湧いてきた。

「来てくださって嬉しいわ、ミスター・ジョンソン」イ・リーは愛想よく言った。「ちょっとだけ不安な気持ちにもなるけどね。これは〝終わりの始まり〟なの？」

ジョンソンはにっこりとほほ笑んだ。

「いいえ、全然ちがいますよ。どちらかと言えば〝始まりの終わり〟じゃないですか。〝何も言わなくても、真実はいずれおのずと見えてくる〟……そんな見え透いたうわべを捨て去る段階です。ああ、えらそうにすみません。わたしはただ、これまでに温めてきた推理をあなたに披露したくて伺っただけです――論理的に辻褄が合っているか、自信のないものもあれば、ひょっとしたら空想が混じりすぎているものもあるかもしれませんが。差し支えなければ、最後までお話しした後で、どれだけ真実から遠く外れてしまったか教えてください」

イ・リーは訝しげな表情を浮かべた。

少しして「わかったわ」と承諾すると、すぐ隣の壁にあったボタンを押した。

「これは単に、うちのアマを呼ぶボタンよ。お茶を持って来てもらおうと思って。一応断わっておくわね、わたしがあなたに何かしら危険を及ぼすんじゃないかと疑われないように」

「ミス・リー、わたしはちっともあなたを恐れてなんかいませんよ。それどころか、今回は、あなたが疑われるような行動をとっている理由を確かめに来たんですから」

イ・リーは話の続きを待っているのか、しばしふたりのあいだに沈黙が流れた。

「ねえ、どうだったかしら、今のわたしの反応は？」

ようやく口を開いたイ・リーが、わざとらしく心配そうな口ぶりで訊いた。「顔色を変えたりしてないといいんだけど！」

彼女はそう言いながらも、一瞬何かを訊きたそうな鋭い目を向けたようにジョンソンには思えた――あの作り笑いの裏に隠して。

ジョンソンは笑い声を上げて、話を戻した。

「まず最初に断わっておかなければならないのは、わたしはアリー・コルキスを殺したのはサーストン博士だと思っていることです」

イ・リーは、さらに謎を秘めたような表情を浮かべた。

「それはとても興味深い話ね」

「わたしは最初から、サーストン博士の冒険談とやらには懐疑的だったんです。話としては面白いのですが、実際の体験談というより、芝居がかった印象でしたからね。そこへあの宦官――オッペンハイムの古い町か『アラビアンナイト』に出てくる空想上の人物のような男――までが登場すると、その疑いにいっそう確信が持てました。人気小説の登場人物を除けば、悪党がどこまでも追いかけて来るなんて、あまりにも現実離れしていますからね。わたしはあのファンという男について、何度もじっくり考えてみました。非常に難解なパズルの中の重要なピースだと思われたからです。われわれの疑心暗鬼から恐ろしく見えるだけで、いくつか偶然が重なっただけのことで、本当はちょっと風変わりなだけの普通の男なんじゃないかと思えることもあれば、やはりそうは思えないこともあって――いや、今は、わたしが結局何を考えているかだけをお伝えすべきですね、どうしてそう考えるに至ったかをいちいち説明するのではなく。とにかく、途中で何度か考えが揺れました。ですが、最終的にはサーストン博士の言っていた、暗闇の中で笑っていた〝ぼんやりとした白いもの〟というのは、われわれがいずれ出会うことになるある男を指していたのではないかと思うに至りました。言い換えれば、あの列車での冒険談そのものが、いずれファンがサーストンを告発したときに誰もファンの言うことを信用しないよう、予防線として創り上げられた話だったのではないかと。

それから、あなたとタターシャルについてですが、あれだけ疑わしい行動をされたら、調べないわけにいかなかったことはご理解いただけるでしょう。ご存じのとおり、サーストンが殺された夜にあなたがたを尾行したところ、例の――あの〝マ元帥〟なる人物と会っているのを見つけました」

ジョンソンはそう言うと、ふっとほほ笑んだ。

「まったく、ずいぶんと見え透いた嘘をついたものですね！　でも、あの夜には信じかけたし、おかげでしばらくはファンのことをひどく邪悪な男だと思い込んでしまいました。実のところ、あなたたちのこともね。最初にあの部屋の窓から覗き込んだとき、わたしの頭に真っ先に浮かんだのは、あなたたち三人が地図を精査しているんじゃないかということでした。その後で、タターシャルがモンゴルの情勢に関心を持っていたことを思い出して、それならやはり綏遠《スイユアン》省のマ元帥とやらと地図を調べていた可能性が高いんじゃないかと思えました。そのさらに後で、あなたたちが見ていた巻物を間近で見るチャンスがあって――〝元帥〟が慌てて丸めてしまう前に――どうやらそれが古い掛け軸のようだと気づいたのです。おかしなものですね、まさしくその掛け軸こそが、あなたとファンがこの謎にどう関わっているのかを知る手がかりになったのですから。

　それからしばらく後に——今思えば、非常に幸運なことに——タターシャルとサーストン博士が、必ずしも良好な関係になかったことを知りました。ふたりに何かしら利害の衝突があったのではないかと思いました。何をめぐっての衝突なのか、わたしには想像もつかない話かもしれないとは思いながらも、あるひとつの考えが浮かびました。安陽の発掘と商王朝の青銅器にまつわることではないかと。それなら考古学者と古物収集家の共通分野であり、意見が対立することもあり得る。貴重な青銅器が違法なルートを通してアメリカやヨーロッパや日本のコレクションに流れていることは知っていました。それが遺跡を盗掘する連中を助長させていることも——高く売れそうなものにしか興味のない連中、無謀な掘り方で考古学の研究にとってかけがえのない記録や記念物を破壊する連中です」

　いつの間にかアマが入って来て、お茶の道具をガチャガチャと並べ始めていた。ジョンソンは彼女が部屋を出るまで待ってから話を続けた。

「すると、驚いたことに、山にこもっているあの風変わりな伯爵夫人が、実は古代の青銅器の権威だと聞きました。そこで、その素晴らしく非凡な女性に会いに行ったのです。いろいろと話を聞くうちに、もう何年も前からサーストン博士が、彼女から商王朝の青銅器——実際には、盗掘されたものですが——を買っていて、それを個人的なコレクションにしているとわかりました。個人的なだけでなく、どうやら秘密のコレクションだったようですよ！　わたしがある結論を導いたのは、そのときです。つまり、サーストン博士は博物館から預かっていた資金を自分のコレクションの購入に流用していたのではないかと。彼自身がよほど裕福でない限り、伯爵夫人から買い求めていたようなものには手が届かなかったはず。なのに、もう何年も青銅器を買い続けていた。そこから何が導かれるか。サーストンが自分のコレクションのために博物館の金を使っていたことです。もしそうならば、彼がこれまで美術館のために買い求めていたという絵画や磁器は、値段の安い、おそらくは贋作だったと考えられるのです！　そうは思いませんか？」

ジョンソンはほほ笑んで尋ねた。

イ・リーはただ、長く黒いまつ毛の下から彼を見上げるだけだった。

「そんなときに、あなたたちの〝マ元帥〟の一件を思い出し、さらに考えを進めてみました。いくら何でも、考古学者がみな特別に血に飢えた殺人鬼というわけではありません。腹立たしい報告書を書くことはあっても、殺人はめったに犯しません。でも、タターシャルが本当にサーストン博士と何らかの確執を持っていたとして、自分とは無関係の分野で博士が職務怠慢を犯しているのを見つけたら、大喜びで告発しようとするのではないでしょうか？　タターシャルについては、それで説明がつきます。でも、あなたとファンは？　あなたたちは中国人であり、愛国心からこうした〝歴史の凌辱〟が許せず、サーストンの殺害に加担しようと考えてもおかしくありません」

イ・リーは何も言わなかった。

「ですが、あなたは明らかにミス・コルキスと仲がよかった。彼女もまがりなりにもその分野の研究者でした。何と言っても、初めて集まったあの寺でサーストン博士と同じレベルでわたり合えたのは、彼女だけです。たしかに、まだアマチュアではありましたが、充分な知識があったことはまちがいありません——あの美しい金髪に騙されそうになりますが、彼女の高い知識を疑う要素は何ひとつありませんでした！　そのとき、ようやく気づいたのです。もしもサーストンが裏でやっていることを調べていたのが彼女だとしたら、答えは簡単だと。つまり、あなたはミス・コルキスの手助けをしていたのであり、タターシャルはあなたを手助けしていた。そう考えると、パズルのピースが次々にはまりだしたのです。その考えに照らし合わせたら、ファンという男がますます興味深く思えてきました。それで彼への興味が抑えきれなくなり、今朝会いに行って来ました。アイーダ・ルイスも一緒に」

「ミス・ルイスと？　どういうことなの？」

「彼女は、あの寺とも、宦官のファンとも、以前から交流があるそうですね。あの寺の掛け軸が――ミス・ルイスの話によれば――この二年ほど飾られていなかったと教えてもらいました。ところが、今は元通りに壁にかかっていました。それらが本物――なんと〝剛鉄〟本人の目の前で描かれたもの！――だということは、まちがいないそうです。そしてその掛け軸が原因で、サーストン博士はアリー・コルキスと結婚するか、でなければ彼女を殺すかのどちらかを選ぶしかなかったのだとわたしは考えました」

そう言ったきり、ふたりとも何分か押し黙っていた。暖炉の上の時計がカチカチと響き、お盆に載ったお茶が冷めていった。

しばらくして、イ・リーがゆっくりとうなずいた。

「ええ、わたしも同じ考えに至ったわ――サーストンは、口封じが目的でアリーに結婚を申し込んだんだろうって。断わられることはわかっていたと思うの。殺人という手段を避けるために、追い詰められた末に思いついた一か八かの求婚だと。何かあったら殺人もいとわない覚悟で中国に戻って来たんだろうけど、やっぱりできることならアリーを殺したくなかったのね。どんな手を使ったのか、サーストンはアメリカにいるあいだに、アリーが彼の行動調査を依頼されたことを知ってしまったの。

ただし、わたしがアリーを手助けしていることまでは知らなかったみたい。もしわたしの関与を疑っていたなら、あの夜、死体はふたつだったはずよ」イ・リーは落ち着いた声でそう言った。「彼がアリーに求婚したことは、サーストン自身があの後の聞き取り調査でアン警部に話すまで、わたしも知らなかった。でも、サーストンが彼女を殺したのだと、わたしは確信していた。彼女の死体を見た瞬間にわかったの。あのときそう言えばよかったのにと、あなたは思うかもしれないけど。でも、わたしには何の証拠もなかったのよ？　動機には心当たりがあったけど、それだけだわ。あの後の捜査も不完全なまま終わってしまったし、今のわたしたちに、証拠と呼べるものがある？」

「ミスター・ピルグリムがそれを証明できそうなんです。少なくとも、あの夜、サーストン博士がミス・コルキスの部屋に入ったことは証明できると思いますよ」

　ジョンソンは少し間を置いて言った。

「あなたの知っていることを、もう少し詳しく教えてもらえませんか？」

「どうせあなたの推測でほとんど当てられてしまったんだもの、もう何もかもお話ししてもかまわないわね」

　イ・リーは肩をすくめた。「ここはきっと、あなたがとても鋭い人だって称えるべき場面なんでしょうけど、わたし、とても腹立たしいの。そう、あなたの言うとおり、サーストンは自分の博物館に、高価な作品の贋作をいくつも送っていたわ。少なくとも博物館側は、サーストンが意図的に詐欺行為を働いていたと見て、アリーにその証拠を摑むように依頼したの。彼女がデンマークの博物館所属の専門家だったのは本当よ。ただし、そう目立った実績はないわ。博物館側は、調査させるなら女のほうがサーストンに疑われにくいと思ったのね。サーストンが絵の贋作をどこで手に入れていたかはわかっていたので、それを売っていた中国側の責任者であるファンのところまで、アリーはすぐにたどり着いたわ」

「ファンは、あの寺にあった絵の贋作を作って売っていたんですね？」

「ええ、完璧に模写したんだと思うわ。素晴らしい出来の贋作だったでしょうね。残念ながら、わたしたち中国人はそういう才能には長けているの。もちろん、古いシルクを再利用すれば――いえ、詳しい方法を説明しても退屈なだけね。とにかく、贋作を売った後は、オリジナルの絵を大事にしまい込んで、何年か隠しておくことになってたはずなの。あなたの話によれば、今日はもうあの寺の壁に飾られていたそうね。こんなことになったんだもの、あの絵を出してきて飾りたくもなるでしょう。宦官たちはきっと、こんな話はすべて否定するわ。サーストンの悪だくみなんて全然知らなかったって。彼らは本当に何も知らなかったのかもしれない。でも、サーストンが悪い人間だってことはわかっていたはずよ。それに、彼から口止め料を受け取ってもいた。計画では、本物の掛け軸は十年間隠しておくことになっていたの。十年後に本物が見つかって責められたとしても、サーストンは、博物館にあるのが本物で、寺から見つかったのは複写だと言い張ればいいんだから。

　わたしがどう関わっていたかはわかるでしょう？　アリーをファンに引き合わせようとしていたの。彼女が殺された後は、自分の意思で行動していたわ――彼女を殺した犯人に復讐するためにね。タターシャルが手を貸してくれた。元々は、ファンがわたしの家に本物の掛け軸を持って来て、アリーに調べてもらう計画だったの。でも彼女が殺されて、タターシャルに相談したら、場所をタターシャルの家に変更して、彼の車でファンを市内まで連れて来ることになった。ひょっとするとあなたが後を尾《つ》けて来るんじゃないかと恐れたから、まずふたりでホテルへダンスをしに行ったのよ。とにかく、わたしたちはファンから事実を聞き出したわ。後で言い分を変えるかもしれないけど、あのとき彼は真実を話してくれた。あなたには全部打ち明けておくべきだったのかもしれないわね。でも、わたしからサーストンの博物館に宛てて報告書を書いて送ったから、あちらから何か言って来るまでは勝手に情報を漏らしちゃいけないと思ったのよ。どうせあなたにはここまで知られてしまったんだから、最後まで話してしまうわね。タターシャルが手を貸してくれたのは、あくまでも善意からよ。アリーが殺された夜、彼は本当に奥の僧院で石の碑文を書き写していたの。わたしが同じ僧院でファンと会っているあいだにね。タターシャルは当時、わたしも僧院に来ていることは全然知らなかった。協力してくれるようになったのは、アリーが殺された後からよ」

ホープ・ジョンソンはうなずいた。

「ひとつ、いいですか？　サーストン博士は、絵画以外にもいろんな美術品を買っていたんじゃありませんか？　たとえば、磁器とか。そういうものも贋作を作って博物館に送っていたんですか？」

「たぶん、絵画だけだと思うわ――贋作を作るのが簡単だから。わたしの知る限り、彼の買った磁器は本物だったはずよ。何と言っても、あの男だって根っからの馬鹿じゃなかったもの」

ジョンソンはそれまでの話を頭の中でじっくり振り返った。やがて、ようやく口を開いた。

「ありがとうございました。なかなか明快な証言でしたよ、ミス・リー。ピルグリムの話と合わせれば、サーストンを殺人罪で有罪にできたでしょうに。残念ながら――」

「ええ。残念ながら、彼を罪に問う必要がなくなったわけね」

「それでも、真実は明らかにされなければなりません。それに――あなたには納得いただけないかもしれませんが――サーストン博士が殺された事件も解明しなければなりません。差し支えなければ、二番めの殺人事件についてあなたがどう思っているか、聞かせてもらえませんか？」

　彼女は目を細い線のように薄く細めた。それから軽く笑って、隣の壁のボタンを押した。

「お茶のおかわりを呼んだだけよ。ミスター・ジョンソン、あなたがわたしに何を言わせようとしているのか、今度はこっちが〝見え透いている〟って言わせてもらうわ。サーストンが殺されたのは、あなたたちの表現を借りるなら〝当然の報い〟よ。仮にその犯人を知っていても、あなたに教えるつもりはないわ。幸いにも、誰のしわざか、さっぱりわからないけど。あの寺の招待客の誰かかもしれないわね。アリーのことが好きだったその客が、彼女を殺したのはサーストンだったと考えたのかも――わたしたちと同じようにね。あるいは、何かに腹を立てた中国人に殺されたのかもしれない。この何年かで、あの男に利用された人間はこの国にいくらでもいるはずよ。そういうわけで、申し訳ないけど、サーストンを殺した犯人探しには協力できそうにないの。でも――こうなったことに、心底満足しているわ」

## 二

　ジョンソンのベッドルームの電話が鋭い音で鳴り始めた。ジョンソンは風呂に入っているところだった。軽く悪態をつきながら、相手があきらめて電話が鳴りやむのを待った。暑い中を一日動き回って疲れていた。せめてゆっくり風呂に浸からせてくれ、と思った。だが、電話はいつまでも鳴り続けていた。ついに根負けして受話器を取った。

　風呂の邪魔をしていたのは、アメリカ大使館から電話をかけてきたキャメロンだった。何かで気持ちが高揚しているらしいが、わざと声を抑えたような口調だった。

「ミスター・ジョンソン？　その、今からすぐに大使館へ来られませんか？」

風呂を邪魔されて腹を立てていたジョンソンは「かまいませんけどね、重要な用件だと言うのなら」と答えてから、用心深くつけ加えた。「今、風呂に入ってたところなんですよ」

「警部がいらしてるんです、重要と呼べるんじゃないですか？」

「すぐに行きます」

ジョンソンは言うなり、慌てて服を着始めた。

キャメロンの言っていた〝警部〟とは、当然ながらアン警部のことだ。どういうわけか、このところしばらく表舞台から姿を消していた。ジョンソンも、あの小柄な男はどこで何をしているのだろうと、不思議には思っていた。ただ、自分自身の調査活動に追われて訊くチャンスがなかったのだ。そのジョンソンの頭の中に今、衝撃的な疑問が湧いてきた。もしやアン警部が、サーストンを殺した犯人を突き止めたということはあるだろうか？　最後に会ったとき、アン警部は誰かを疑っているような印象だったが。

ホテルからアメリカ大使館までの三ブロックを大股で急ぎ、書記官のオフィスに駆け込んだ。そこにはアン警部、そしてリレソーがいた。ジョンソンの顔を見ると、映画監督の顔に大きな笑みが広がった。

「なるほど、もうひとりの名探偵の登場ってわけか！」リレソーは皮肉っぽく大声で言った。「ジョンソン、きみはもっとまともなやつかと思ってたんだがな」

「下手な台詞を並べてる場合じゃありませんよ」ジョンソンがぶっきらぼうに言った。「何があったんですか、ミスター・キャメロン？」

だが、訊かなくても一目瞭然だった。

返事をしたのはリレソーだった。

「へえ、聞いてないのか？　なーに、可愛いアリー・コルキスを殺した犯人として、警部はこのおれを選んでくださったんだ――サーストン殺しも、ついでにな」

アメリカ人書記官が肩をすくめた。「それは乱暴な言い方ですね。でも、そういうことです」

「リレソーは逮捕されたんですか？」

「誰も逮捕なんてされていませんよ。でも、警部はご自分の出した結論をすでに上層部に報告したそうです。それが認められれば、必ず逮捕されるでしょう。わたし自身もうちの上司に結果を報告しなきゃならないが、その前にあなたの意見を聞きたいと思って呼んだのです」

アマチュア探偵がうなずいた。「知らせてくださって助かりました。それで、警部は何を根拠にリレソーを犯人だと？」

「それは本人に訊いてください」

アン警部はかわいげのある仕草で両手を広げてみせた。それから最高に親しみを込めた笑顔を作った。彼自身が殺人犯として名指しした男に対して、恨みや嫌悪感は一切持っていないのは明らかだ。

「残念な話ですが、ふたりの人間が殺されたときには、ふたりを殺した犯人が必ずいます。申し上げにくいのですが、どうやらその悪党というのが、こちらのミスター・リレソーだったようなのです」

リレソーは面白がるように、にやりと笑った。

アン警部が話を続けた。

「わたしは何日か前から、ミスター・リレソーを疑っていました。そして、彼があの亡くなった若いお嬢さんのことを好いていたと聞いてからは、いっそう疑いが深まりました。ミス・コルキスのもとを何度も訪れていたのは、彼女を愛していたからじゃないかと、わたしはそう思ったのです。ミスター・ジョンソン、わたしはあなたたちアメリカ人のやり口はよく知っているんですよ。あなたたちは愛のために結婚し、愛のために人を殺す。若い男が若い女と結婚したいと考えたら、彼女に許可を求める。許可がもらえない場合、愚かな男だと、相手を撃ったり、ときには自分自身を撃ったりする。でも、中国ではまったくちがいます。我が国では、両親が我が子のために妻を選んでやるのです。息子は結婚式当日まで妻と顔を合わせることはありません。夫婦となったふたりは、互いを愛しているそぶりも見せません。ですが、やがて時間が経ち、身を寄せ合って暮らすうちに、まるで苔が石の表面をじわじわと覆うように、ふたりはやがて愛に包まれて幸せになるのです。いえ、われわれのやり方があなたたちよりも優れているなどと言いたいのではありません。ただ、わたしはあなたがたのやり方もよく承知していると伝えたかったのです」

　ホープ・ジョンソンがほほ笑んだ。

「ええ、わたしたちの制度をしっかり把握されているようですね、アン警部。ただし、結婚を断わられたからと言ってみんなが相手の女性を撃ち殺したりはしませんが。とは言え、あなたもそれが今回の殺人の全容だとおっしゃっているわけじゃないのでしょう」

　アン警部の提示した殺人の全容というのは、実のところ、かなり強固な告発だった。大部分において、ジョンソン自身が考えた筋書きと同じだった。どうやらアン警部はアリー・コルキスの殺害現場に戻り、仏像の保管部屋から埃の跡をたどったらしい。そして、やはりジョンソンとピルグリムと同じように、殺害現場となった部屋からは、その痕跡を見つけられなかった。

「いえ、もちろんミスター・リレソーはそもそも、あの仏像の部屋から彼女の部屋に入ったわけじゃないのかもしれません」

アン警部は視点を変えた。

「最初は第三者を伴って、あなたたちの言うところの〝下見〟に行ったんじゃないかと思うのです。そして二度めには、第三者を連れて行かなかったにちがいありません。または、もしも仏像の部屋の扉から彼女の部屋に入ったのだとしたら、靴の上からハンカチを巻いたのかもしれません。ミスター・リレソーは、一度めの探検をした理由は、寺の中や仏像を調べたかったからだと言っていました。でも、今は中国の映画を作るつもりはないとも告白しています。いずれ撮れるときが来るかもしれない、そのときのためだったと。でも、それは理由としては弱いと感じます。

まあ、そのことは置いておきましょう。次はサーストン博士殺害の件です。一件めの推理がまちがっていなければ、こちらの事件の動機ははっきりしていますね。ここに、ミス・コルキスに求婚したと思われる男がいる。その男は、一件めの殺人が起きる夜に、サーストン博士とミス・コルキスがふたりきりで会っているのを見つけた。〝許せない！〟その悲惨な光景を目の前にした男の頭の中を、いったいどんな考えが駆け巡ったことでしょう！　男は、サーストン博士が彼女に求婚したことは翌日まで知らなかったと言う。でも、本当でしょうか？　そして、もしわたしが主張するように、ミス・コルキスを殺したのがその男だとしたら、彼女が会っていた相手もまた、その男が殺したと考えるのは論理的じゃありませんか？　あなたがたの言うところの〝嫉妬〟です。

まだありますよ！　サーストン博士が殺された夜、こちらのミスター・リレソーは現場のすぐそいました――その後、交通事故があったので、外へ様子を見に出たとおっしゃっています。たしかに、ホテルの前で交通事故が起きることをあらかじめ知っていたはずはありませんね。ですが、実は彼はサーストン博士が到着するのをホテルのバーで待ち伏せしていたのです。あの事故は、あなたがたの言う〝天の助け〟だったわけです。彼が外へ飛び出すと――どうでしょう！――これから殺そうと狙っていた相手が目の前に、ひとりきりで車の中に座っているじゃありませんか。

みなさん、まだ話はここで終わりませんよ。今朝、ミスター・リレソーの部屋を捜索したところ、何を発見したと思いますか？　指甲套と短剣です！　信じられないでしょう？　でも、たしかにそこにあったのです。トランクの一番底に、どちらも一ダースほど。短剣のうちの何本かは、ちょうどサーストン博士に突き刺さっていたのとよく似ていました。ミスター・リレソーはまたしても、いつか中国の映画を作るつもりだったから、友人に配ろうとお土産を買い集めていたのだと言うのです！」

ジョンソンは、ピルグリムが隠していた例のテニスシューズと白粉《おしろい》の情報を、ここでアン警部に伝えたら、このハリウッドの監督はたちまち重罪の容疑で窮地に立たされるだろうと思った。リレソーの荷物には、おそらくテニスシューズも入っているだろうから。

リレソーは、まだにやにやと笑っていた。

「こんなこじつけだらけの馬鹿げた話、聞いたことがあるかい？　まるでボツになった脚本のようじゃないか。ああ、そうとも、おれのトランクには爪カバーもナイフも入っていたさ。でも、今中国にいる観光客の誰もが同じようなものを持っているだろう。おれの荷物にはそれだけじゃない――絵画、磁器、象牙の彫刻、翡翠の装飾品、そのほかにも東洋へ遊びに来た男が故郷に持ち帰るくだらない小物が、山のように入っているんだぞ。警部はその中から、都合のいいものしか挙げていないがね。サーストンが殺された夜の行動について、おれは真実を話したし、ストリートという証人もいる。これ以上何を求められているのかわからない。事故が起きた数分後までは――すでに大勢の人が集まるまでは――おれは現場にはいなかったし、停まっていた自動車に近づいてサーストンにナイフを突き刺すようなチャンスは、ここにいるミスター・キャメロンと変わらない。そうだよ、ミスター・キャメロンもあの現場にいたんだから、おれの言ってることが真実だって身をもってわかるはずだ。あの場にいたすべてのアメリカ人やヨーロッパ人は、ずっと人の目にさらされていた。それから、アリー・コルキスに関しては――かわいそうなアリー！――とにかく、おれは彼女を殺していない、それだけのことだ。おれを起訴して有罪にできると思うなら、やってみたらいい」

アン警部には、最後の隠し玉が残っていた。

「今日、ミスター・リレソーの部屋を捜索していたとき、彼の身の回りの世話をしている少年とも話をしました。あちこちからミス・コルキスの写真が何枚も見つかったので、わたしは少年に、ミスター・リレソーはこの女性について、誰かに何か言っていなかったかと訊きました。すると少年は、以前ミスター・リレソーが彼女を殺すと言っていたのを聞いたと言うのです」

「そんな馬鹿な！」リレソーが大声を上げた。「いったい何の話をしてるんだ？」

「少年が言うには、ミスター・リレソーは友人と話をしていたそうです。ふたりであの若い女性の写真を見ながら、ミスター・リレソーが『こいつは悪い《ノー・グッド》やつだから――もう一度撃ってやる《シュート・アゲイン》』と言っていたと」

「写真うつりの話だよ、この阿呆め！」リレソーが叫んだ。「写真の出来がよくない《ノー・グッド》から、撮り直す《シュート・アゲイン》という意味じゃないか――ああ、誰か助けてくれ！　ジョンソン、英語の意味を説明してやってくれよ」

アン警部が最後の切り札として得意げに披露した証言は滑稽にはちがいなかったが、その英文には何の意味もないことを警部にわからせるのはかなり難しそうだと、その場の誰もが感じていた。数々の証拠を見つけたうえに少年の証言を聞いて、アン警部はこれで反論の余地もあるまいと自信を強めたことだろう。単なる勘違いだと笑い飛ばそうとすれば、悪者の肩を持ったように見える一方、警部の〝面目《フェイス》〟を傷つける。容疑者がアメリカ人だから中国警察の捜査結果を無視したのだと思われることだけは、絶対に避けなければならない。

何とか事情を説明しようと、その難しく繊細な役割をキャメロンが買って出た。

「アン警部、あなたは見事に犯人を逮捕するだけの証拠を集められました。ですが、それはあくまでもわれわれの言う〝状況証拠〟であって、容疑者のためにも、その証拠能力についてはよく吟味する必要があります。特に最後に提示された少年の証言について言えば、あなたにとっては非常に印象的な言葉に聞こえたでしょうが、実はそれほど重要な意味ではないのです。ミスター・リレソーには馴染み深い映画撮影業界の専門用語で、誰かをシュートするというのは、ただ単に写真を撮るという意味なんです。ですから、その発言を除いたほかの証拠についてのみ考えるべきで、その――ああ、何と言えばいいのか！――ジョンソン、どうすればいいと思いますか？」

ジョンソンが如才なく答えた。「もちろん、最初におっしゃったとおり、あなたはアン警部がこれまでに集めてこられた情報を上司に報告してください。そうすれば、それらは当然じっくり精査されることでしょう。さらなる証拠が出てこなければ、リレソーを告訴するかどうか、検察が判断することになります。ですが、アン警部はもちろん、これで捜査を終えられたわけではないでしょう？　わたし自身、まだ調査の途中です。たとえば、消えた指輪の説明がまだですよね。あの指輪は見つかりましたか？」

アン警部が肩をすくめた。

「北京じゅうの質屋は調べて回りましたし、宝石の買い取り業者もひとり残らず、わたしの部下が話を聞いて来ました。あの指輪はミスター・リレソー自身が、殺害現場から持ち去ったにちがいありません」

「指輪って、何のことだ？」リレソーが驚いて尋ねた。「まさか、このうえ指輪泥棒の容疑までかけるつもりじゃないだろうな？」

「リレソーのトランクから指輪は発見できなかったのですか？——短剣やら何やらに混じってませんでしたか？」ジョンソンがさらにしつこく尋ねた。

「ええ。荷物の中を探したのですが、指輪は発見されませんでした」

「ミスター・リレソー、落ち着いてください」リレソーがまた怒りを爆発させようとするのを見て、ジョンソンは苛立たしそうに釘を刺した。「これはジョークじゃないんですよ」

そう言うと、ジョンソンは再びアン警部を問い詰め始めた。

「ところで、ミス・ウェバーのテーブルの引き出しにあった指甲套を持ち去ったのも、あなたですか？」

「血がついたものがないかを調べるために預かりました。どれにも血痕はまったくありませんでしたよ！」アン警部は、またしても肩をすくめてから、話を続けた。「でも、血がついていなくて当然です、あそこにあったものは無関係なのですから！　殺人現場で使用された指甲套は、すでに捨てられたのでしょう――あの山なら、どこに捨てても見つけにくいでしょうからね」

「それなのに、ミスター・リレソーのトランクから見つかった指甲套だけは、なぜか重要視されるんですね？」

「短剣もです」アン警部はにっこりほほ笑んだ。「重要視しますよ、当然でしょう？」

　当然か。たしかに、そんなものを見つけたら、疑うのは当然だろう。自分だってリレソーを疑ったことがあったじゃないか、今の警部ほどの物的証拠さえなしに。

「それにしても、とても奇妙な話です」警部が愛想よく話を続けた。

「ミスター・リレソーは、あの若いお嬢さんにハリウッドでの仕事をオファーしたと認めました。たぶん、結婚のオファーを断わられた後で。ミスター・リレソーはまた、仏像が保管されていた部屋を歩き回った結果、彼女の部屋に繋がるドアの前まで行ったのは、ハリウッドの映画を作るためだったと言いました。トランクの中から短剣や指甲套が発見されると、それもハリウッドのためだと言いました。彼の話は、何でもかんでもハリウッドだらけです」

「それがおれの仕事なんだよ」リレソーが怒りをかろうじて抑えながら言った。「もっとも、これじゃ映画を撮ったところで駄作にしかならないだろうがな。おい、こんな無意味なやり取りを、いつまで続ける気だ？」

　ホープ・ジョンソンはアメリカ人の書記官をちらりと見た。

「この件について、本国への報告の電報はもう打ってしまったのでしょうね？」

「ああ、打ちましたよ！　何日か前に。でも、大丈夫ですよ。向こうではあちこちから集まった報告が山積みになっていますから。今回の報告を受け取った部署は、また別の部署へと送る。そこで状況を調査し、情報を確認する。その調査の結果がさらに別の二つか三つの部署へ送られる。そうしてようやく、満足のいくような答えが得られるかもしれないのです。あるいは、満足できない回答かもしれませんが。どのみち、何かしらの反応が返ってくるのは、まだ何日か先になるでしょう」

「それだけあれば充分ですよ」ジョンソンはそう言うと、再びアン警部に向かって言った。「あなたの指摘された点は、ほとんどが非常に鋭いものだと思います、アン警部。敬意を表しますよ。すでにわたしも同じ疑いを抱いていたものもあれば、まったく新しい視点を示していただいたものもあります。あの二件の殺人のどちらも実行することが可能だった複数の人間の中に、ミスター・リレソーはまちがいなく含まれていますし、動機はいくらでも考えられます。一方で、わたし自身の調査はまだ進行中です。どうでしょう、あなたとわたし、それにミスター・キャメロンの三人で、また改めて話をする機会をいただけませんか？」

アン警部は満足そうだった。いつでもかまわない、呼んでくれたらすぐに行く、それまでは自分も調査を続ける。リレソーのほうをちらりと見ながらそう言い残すと、踵を鳴らして足をそろえ、木でできたおもちゃの兵隊のような足取りで部屋を出て行った。

ホープ・ジョンソンが肩をすくめた。「ミスター・リレソー、抗議をするつもりなら、どうぞお好きになさってください——ただ、何の効果もないでしょう。わたしもアン警部がとんでもない勘違いをしていると思っているし、それを正すためにできるだけの力は尽くすつもりです。でも、あなたを逮捕できるだけの疑いがないわけじゃない。実を言うと、あの二件の殺人についてはわたしなりの推理があって、さっきの警部の筋書きよりはずっと真実に近いと思っています。ただ、それはこれから証明しなければなりません」

「でも、〝シュート・アゲイン〟であんなばかばかしい勘違いをされるなんて――ああ、ちくしょう！」

「ええ、わかります。ですが、わたしたちには冗談のような話でも、警部にとっては大真面目にやっている結果なのです。わたしが中国人の犯罪者を見つけ出そうとしたら、きっとアン警部よりもひどい勘違いを重ねるでしょう。それに、外交面も慎重に考慮しなければなりません。アン警部は中国の法と政府の代表として、〝外国人〟を殺した犯人の検挙に力を貸してくれているのです。少年の証言の一件は、完全に彼のまちがいです。でも、それは単なる結果であって、ひょっとすると素晴らしい成果を挙げていた可能性もあるのです――第一、中国警察の単純なミスをあざ笑って、邪魔だからもう引っ込んでろ、なんて言うわけにはいかないんですよ」

「その一方で、あわれなるガイ・キャメロンは報告書を作成しなければなりません」書記官が疲れたように言った。「今回は自分の手で書いたほうが無難そうですね。口述筆記を頼んだら、リレソーに容疑がかけられていることが外部に洩れるかもしれない」

「どうして大使の執務室に乗り込んで、直接伝えないんですか？」ジョンソンが驚いたように言った。

「もしよかったら、わたしもお供しますよ」

「とんでもない！　わたしはアメリカ大使の直属の部下じゃありませんよ。天津から来た、ただの使い走りです。天津にいる総領事に報告するんですよ、郵便で。たまたま北京に来ていた夜にサーストンの殺害に居合わせたので、そのままここに留まっているだけです。殺人というのは領事館の担当なんですよ、覚えておいてください――大使館はもっと規模の大きな心配事を抱えていますので！」

「それじゃ、まさか大使は――?」

「公式には、大使はこの事件について何も知りません。ですが、わたしの知る限り、個人的にはたいへん気にしてらっしゃるようですよ」

書記官は、問いかけるような目をアマチュア探偵に向けた。

「さっきおっしゃっていた、あなた独自の推理とやらですが――教えていただけるようなレベルのものですか?」

ジョンソンは首を横に振った。「それにはもう少し時間がかかりそうです。ところで、どこかに人名録はありませんか?」

キャメロンが肩をすくめながら言った。「ああ、それなら、あそこのドアの脇の、二番めの棚にある赤い本がそうですよ。どうぞご自由にお使いください」

三

ああ、長い一日だった。

数時間後、〈ホテル・マジェスティック〉の屋上でローラ・ピルグリムと一緒にテーブルに着いていたホープ・ジョンソンは、その日の出来事を振り返った。

午前中に宦官たちの寺を訪ね、そこで数々の発見をした。昼食後にはイ・リーの告白に耳を傾け、夕方、キャメロンから電話があってアメリカ大使館へ駆けつけた。ひとつのことが起きると、続けていくつも起きるものだ。ということは、今夜じゅうにまだ何が起きるかわからないな。

今夜のローラは特に魅力的に見えた。レタスのような緑色のオーガンジーのドレスはパリッとしていて涼しげだった。見ていると、ふと故郷のサラダや芝刈り機や夏の夜を思い出し、目の前の皿に盛られた緑色の料理を怪訝そうに見下ろした。ふだんの海外旅行に比べて、最近はよく故郷を懐かしむようになっていた。早くも中国にはうんざりしていた。ローラみたいな娘が、ここで幸せそうに暮らしていることが不思議でならなかった。ピルグリムのような男なら、まだ理解できる。どうせ一日のうち十時間か十二時間を自分が作り上げた世界の中に閉じこもって過ごしているのだから。だがローラは、まるで美術館の中に住んでいるような気分を、たびたび感じているのではないか。表面的には幸せな毎日を過ごしているようでも、何か非現実的な感覚――たとえるなら、今にも眠りから覚めて、すべてが夢だと気づくんじゃないかという予感のようなもの――を、ローラは心の中に常に抱えているのではないか。

屋根のないレストランの端でオーケストラが音楽を奏でており、体を寄せ合って踊る人影がダンスフロアに何組が見られた。長く暑かった一日の終わりに夕風が心地よく、緊張がとけていくようだった。星の光が船の停泊灯のように、真珠をちりばめた藍色の海に浮かんで瞬《またた》いていた。

「踊らないか?」

ジョンソンが声をかけた。それから何分か、ふたりのあいだに言葉はなかった。

だが、幸せな時間はそう長くは続かなかった。ダンスを終えてテーブルに戻ろうとしていたふたりに気づき、好奇心を剝き出しにした客たちが次々と、いかにも親しそうな顔で挨拶をしに来たからだ。

トーテムポールのような化粧をしたブランシュ・ウィンダムがふたりのテーブルに近づき、その後ろからストリートがぶらぶらと歩いて来た。

「ミスター・ジョンソン」ブランシュはかすれた声で呼びかけた。「あのひどい女も今夜、ここに来ているの！　あなたと話しに来るつもりなのよ。あらかじめ伝えておこうと思ってね。いいこと？　忠告したわよ」

ブランシュはローラのほうをちらりと見てほほ笑んだ。

「まあ、ダーリン、いつ見てもかわいらしいわね。でも、グリーンは全然あなたに似合わないわ。このあいだの夜の赤いドレスがよかったのに」

ジョンソンは何を言われているのかわからず、むっとした。

「ひどい女って、誰のことです？」

「ほら、カンザスから来ているとかいう女よ、あの山のお寺で一緒だった。前に彼女の話をしてあげたの、覚えてるでしょう？　名前はアレンだかジャクソンだか何だかよ」

「ミセス・ミラムのことですね」ジョンソンが厳しい声で言った。東洋人の言うとおりだ、と彼は乱暴に思った。やっぱり女はハーレムに閉じ込めておくべきだ。「こんばんは、ミスター・ストリート。調子はどうです？」

「オーケイ」画家のストリートは短く答えてから、自分も質問を返した。「あのさ、リレソーについて噂を聞いたんだけど、どうなってるの？」

「すみませんが、それはわたしにもさっぱりわかりませんね。ミスター・リレソーについて、どんな噂を聞いたんですか？」いったい誰からそんな噂を聞いたのだろうと不思議に思った。きっとリレソー本人だな。どうして口をつぐんでいられないんだろう？

「あんたが、あの二件の殺人はリレソーのしわざだと疑ってるらしいって噂だよ」

「わたしがそう疑ってると言われてるんですか！」

ジョンソンは怒りを押し殺して笑い声を上げた。こういうデマは正面から否定しても消えるものではない。無視するに限る――あるいは、自分の都合のいいように利用するかだ。だが、今回はそのどちらもできそうにない。

「ミスター・ストリート、これからはそんな噂を聞いたら、わたしに代わって思う存分否定してくださって結構ですよ。リレソーはどちらの殺人事件にも関係していないと、わたしは確信しているのですから」

「オーケイ。噂が本当かどうか、ちょっと訊いてみただけだ。じゃ、犯人は誰だと思うんだい？」

「あなたは誰だと思うんです？」

「わからないな。ただ何となく、ひょっとしたらサーストン本人だったんじゃないかって気がするんだよね。もちろん、一件めのほうだけど。覚えてるだろう、アリーが殺された後、サーストンはかなり動揺していた。それにあの夜、彼はまちがいなく起きてたんだし」

「起きてた？　たしか、あなたはサーストン博士の隣の部屋に泊まっていたんですよね？　あの夜、博士の部屋から物音でも聞こえたんですか？」

「ああ、音はしてたよ。でも、殺人を犯したかどうかはわからない。その可能性があるってだけだ。サーストンは夜中に起きて部屋から出た後、少ししてから戻って来た。ぼくが起きてるうちに戻って来たから、そんなに長くは部屋を空けてなかったはずだ。まあ、ぼくだって、まさか誰かが殺されてるなんて思いもしなかったけど」

「そんな話は初耳ですね」ジョンソンが意地悪く言った。

「余計なことには首を突っ込まない主義なんだ」ジェリーは肩をすくめながら答えた。「サーストンが死んだ今なら、もう話してもいいかなって思って。でもあの夜は、証拠もないのに人を犯人扱いするようなことは言いたくなかったのさ」

「なるほど！　それなら、そのサーストンを殺したのは誰だと思いますか？」

「彼を追い回していた連中なんじゃないかな。ほら、ゆうべあんたを殺しかけた、太った中国人の男さ。その噂も聞いたよ」そう言うと、ストリートはにっこりほほ笑んだ。

「かわいいローラ、今夜はまたずいぶんと洒落てるじゃないか。一曲踊ってもらえるかい？」

ローラはおろおろしながら、助けを求めるようにジョンソンのほうを見たが、彼は席を立とうとしていた。

「素晴らしいですね！　情報を集める必要のない男が、これほどの情報通だとは！」

ジョンソンは怒ったように大声で言った。

「ローラ、ミスター・ストリートと踊って来るといいよ。わたしは〝マダム・カンザス〟と話をして来るから。ミセス・ウィンダム、あなたをひとりで残して行く失礼をお許しいただけますよね。ただ待ってるよりも、思いきってこちらから話を聞きに行ってきますよ。そのほうがいいと思いませんか？」

ブランシュが子どものような目で、一瞬ジョンソンを睨みつけた。が、すぐに小さな笑みを作った。

「しょうがないわね。じゃ、戻って来たら、どんな話をしたのか教えてちょうだい。あの女、あっちの隅っこに座ってるわ。ほら、あそこよ、オズグッドと一緒のテーブル」

またオズグッドとふたりで会っているのか！　これは、これは！　ケイト・ウェバーの幼馴染みは、すっかり夢中になっているらしい！

ジョンソンはカルロッタ・ミラムの前に出るまでに気持ちを切り替えて、愛想よくお辞儀をした。

「ミセス・ミラム、一曲踊っていただけませんか？」

「まあ、もちろんよ。ご挨拶に来てくださるなんて、嬉しいわ！　あなたたちを――あなたとローラを――このテーブルにお誘いしようかって、ちょうどセルデンに話していたの」

カルロッタの不安そうな、表情の乏しい顔が、話しているうちにかすかに上気してきた。

「ローラは今、ジェリー・ストリートと踊っているんです。ダンスフロアから席に戻るときに、手を振ってこちらへ呼びましょう。ミスター・オズグッド、何か目新しい、楽しそうな話はありませんか？」

「楽しそうな話だって？　それならきみに訊きたいと思ってたところだよ」

太った弁舌家がクックックッと笑った。

「酒はだいぶ飲んでいるが、わたしは最後にきみと会ったときと何ら変わっていない――いろいろと気になるものの、きみを信じて待つよ。ご要望とあらば、余計なことは訊かずに、すぐに楽しい話を披露しよう！　そう言えば、リレソーに関する噂を聞いたな」

「リレソーは馬鹿ですよ、自分からべらべらとしゃべって回るなんて！」ジョンソンが言った。「馬鹿ですが、殺人犯ではありません」

「わたしもおおむね同意見だ。きみからのさらなる情報を待っている」

ジョンソンは笑いだした。「ローラがここを通ったら呼び止めて、一杯飲ませてやってくださいますか？　どうもストリートと一緒では苦痛らしい」

ジョンソンは、パートナーとしてカルロッタをダンスフロアの片隅へと連れて行って、彼女の腰に手を回した。ふたりは黙ったまま、踊る人々の渦の中に入っていった。

「やっとふたりきりになれましたね」

何分か無言で踊った後に、ジョンソンがふざけた口調で切り出した。

「何となく、あなたからわたしに、何かおっしゃりたいことがあるような気がしたのですが」

ジョンソンの腕の中で、カルロッタが体を小さく縮めるのがわかった。

しまった、余計なことを言わずに、彼女のほうから話を持ち出すまで待つべきだったか！

「ミセス・ウィンダムに聞いたのね？」カルロッタが詰め寄った。

「なんてひどい女性なのかしら、人のことをあれこれ話すなんて――あれこれ憶測するなんて！　わたしはただ、もう一度あなたと会えたらいいのにって言っただけよ。あの人、それとなく仄めかすのがうまくて、本当に腹が立つわ。いかにも何か秘密を知っているようなふりをして、お互いのあいだだけで打ち明け合いましょうって持ちかけてくるのよ」

「今後、あの人には何も言わないことです。〝ほっといてくれ〟のひと言以外には」

カルロッタは声を上げて笑った。

「でもね、実は、あなたに話したかったことが、ひとつだけあるのよ」

しばらく黙り込んでいたカルロッタが、ぼそぼそと話し始めた。「ちょっと――その――言いにくい話なんだけど」

「それがどんな話か、わたしがもうすっかり知っているものと思って、気まずさはひとまず忘れて、ただ話を進めることだけ考えてください」

「セルデンのことなの」カルロッタはためらいながら言った。「セルデンは――あなたが彼のことを疑っているのかどうかはわからないけど――でも――ブランシュ・ウィンダムは、本当に怖いことを仄めかしてくるのよ。それで――もしあなたが本当にセルデンのことを疑っているのなら――」カルロッタは口ごもったかと思うと、突然話を締めくくった。「とにかく、わたし、彼がやったんじゃないという確信があるの！」

「なるほど」ジョンソンは、彼女の混乱ぶりに突然心を動かされた。「実を言うと、わたしも彼が犯人だとは思っていませんよ。だから、心配しなくて大丈夫です」

「犯人だと思ってないだけじゃないの、ちがうという確信があるのよ」カルロッタは〝確信〟という言葉にこだわった。「わたし、あの夜、腕時計を見たの。彼が部屋に来てくれる直前によ。それが午前一時十分ぐらいだったわ。その後、奥の僧院から三人が――ミスター・タターシャルとミス・リーとミセス・ウィンダムが戻って来るまで、彼はずっとわたしのところにいたのよ。わたしが帰したくなかったの。でもそのせいで、彼がようやく部屋を出たところを、あの三人に見られたんじゃないかって――もしそんな話がカンザスにまで伝わったら――」

今度はジョンソンのほうが気まずい思いに襲われていた。

「ええ、ご心配はわかります。でも、大丈夫ですよ！　誰もオズグッドのことを疑ったりしていません。少なくともわたしはそうは思っていませんから。たしかに、ほんのしばらく疑った時期もありましたが――とにかく、今はそんなことは思っていないので、安心してください。わたしの中にわずかな疑いが残っていたとしても、たった今あなたがきれいに消してくれました。さあ、テーブルに戻って一杯飲みましょう。何だか急に飲みたくなってきましたよ」

思い返してみれば、こんな話になるんじゃないかと、いやな予感はしていたのだ。だが、実際に聞いてみなければわからないのだからしかたない。カルロッタが恐れているとおり、実は以前、オズグッドのことをかなり疑っていたことを思い出し、小柄な彼女の頭上でこっそり笑みを浮かべた。だが、カルロッタの思い切った証言は、結局無駄ではなかった。そのおかげで、あの陽気な弁舌家にかけられていた疑いはすべて晴れたのだから。

先に予想したとおり、やはり今日が終わらないうちに、またひとつ情報の種がもたらされたわけだ。次は何が待っているのだろう？

ブランシュ・ウィンダムがストリートと踊っているのを、ジョンソンは満足そうに眺めた。テーブルでは、オズグッドとローラが楽しそうにおしゃべりをしていた。彼女を連れ出すには絶好の機会だ。

「小さなピルグリム」ジョンソンはローラに呼びかけた。「わたしとダンスをしていただけませんか？」

ふたりは踊りながら小さなテーブルのあいだをすり抜けて、中央に吹き抜けのある屋上フロアの外側へと進んだ。転落防止用の低い外壁のある端の通路まで出ると、反射的に壁際で足を止め、欄干に肘をついて外の景色を眺めた。眼下にも、ホテルの周りにも、古い都市の灯りが煌めき、左手の遠くで紫禁城の屋根が黄色い月の光を受けて金色にきらきらと輝いていた。

「きれいだと思わない？」しばらく黙って景色に見入っていたローラはそう言うと、ジョンソンから目をそらした。

「ああ、きれいすぎるほどだ。まるで現実味がない。それに、生命力がない。ここにあるのは死と、廃墟と、腐敗だ。この美しい眺めも、腐敗がもたらした美だ——沼や澱《よど》んだ水たまりの表面に光る七色の網目模様みたいに。中国に来てから、わたしにとって現実的で美しいものはたったひとつしか見つけられなかったが、それが見つかっただけでも、来てよかったと思っているんだ。わたしはかつて、もう二度とこんな気持ちになることはないと思い込んでいた。でも今は、これは生まれて初めて感じる想いなのだとわかった。ローラ、愛しているよ」

ローラの声は小さすぎて、何を言っているのかほとんど聞き取れなかった。

「わたし――あなたがそう思ってくれたらいいなって願ってたの」

北京じゅうの噂好きやお節介焼き連中にとって格好のネタが生まれた瞬間だ――そしてそうした目は、その瞬間もふたりに向けられていた。

「ここを出よう」ジョンソンが急に思いついたように言った。「一緒に北京を発とう、ローラ――中国から離れて――誰もいないところへ行くんだ！　きみはどこへ行きたい？」

「とりあえず、家に帰るのがいいんじゃないかしら」ローラはにっこりほほ笑んだ。

とは言え、ジョンソンの高揚した気持ちは彼女にも伝染したらしく、ふたりは次々とくだらない話を連発しながら、暗い街を抜けてコール・ヒルの大きな家までぶらぶらと歩いて帰った。

外壁を円形にくり抜いたような入口をくぐって庭に入ろうとしたところで、ジョンソンはローラを抱き寄せた。その数分後に、パイプをくわえたハワード・ピルグリムが暗い庭のほうからゆっくりと出て来たときも、ふたりはまだそこで抱き合ったままだった。

「ああ、ミスター・ピルグリム。実は、こういうことになりました」ホープ・ジョンソンが気安い調子で言った。「反対はされないでしょうね？」

「反対どころか、大喜びしているよ。驚くことばかりのこの国に来て、これほど嬉しい驚きはなかった。もちろん、うちに寄って行くだろう?」

「ちょっと待ってください……ほら、何か聞こえませんか?」ジョンソンは急に何かの音に気づいたらしく、首を傾けて神経を集中させた。

庭を囲む壁の外の真っ暗な通りのほうから、小さな太鼓を叩く音が聞こえてきた。メロディーを奏でるような打ち方で同じリズムを何度も繰り返すのを聞いていると、なぜかひどく惹きつけられる。と同時に、その低い響きからはどんな感情も伝わってこない——誇張やひけらかしを排除して、ただ打ち手の個性だけを音に乗せているかのように。

ピルグリムが言った。「夜にこの辺を回っている行商人だよ。この時間になると、毎晩必ず聞こえるんだ。ああいう連中は、まるで正確な行程表に従って動いているかのようにきっかり同時刻に現れる」

「わたしも同じことを考えていたんです」ホープ・ジョンソンがゆっくりとした口調で言った。「このあいだの夜——サーストンが殺された夜——車でこの家を出たところで、まさにその行商人が歩いているのを見たんです。この太鼓の音には聞き覚えがありますから。でも、この音を聞いているうちに、別のあることがひらめきました」

ジョンソンは腕時計を見た。目が輝いているのがローラたちにもわかった。

「時刻が同じなら、同じ光景が見られるはずなんです。あの交通事故を除いて——そして、サーストンの死体を除いて——あのときとまったく同じ光景が!」

「いったい何を言ってるの?」ローラが慌てて尋ねた。「何をするつもりなの、ホープ・ジョンソン?」

「本名はビルっていうんだ。もう一度キスさせてくれ。朝になったら電話するよ……失礼します、ミスター・ピルグリム。足りなかった証拠を探しに行ってきます」

「わたしも行こう。帽子を取って来るから、ちょっと待っててくれ」

# 第九章

モリソン・ストリートの警察署では、ちょうどアン警部が真夜中のお茶を飲み終えるところだった。アメリカ人ふたりが訪ねて来たと聞いてため息をつき、堅苦しいからと脱ぎ捨ててあった制服の上着に腕を通した。

「アイヤー！」アン警部が動揺したように声を上げた。「まさか、また誰かが殺されたんじゃないでしょうね？」

ジョンソンが、自分の推理をかいつまんで話した。

「あのホテルの周辺で、真夜中に何が行われているのか、確かめに行きたいんです。つまり、深夜、あそこの路上で商売をしに来る連中のことです。行商人や、物乞いや、人力車の車夫や——とにかく何でもいい。サーストンが殺される現場を目撃した可能性のある人間を見つけたいんです」

アン警部は当惑しながら、不満そうに主張した。「お言葉を返すようですが、ミスター・ジョンソン、そんなことはとっくにやりましたよ。事件当夜、わたしの部下があの場にいた全員から話を訊いたのです。あのときはわたし自身も、大勢の人間に質問をして回りました。人力車引きは誰も——」

「ええ、わかっています。そのときのあなたの様子は、わたしも直接目にしました。素晴らしい活躍ぶりでした。ただ、わたしが指摘したいのは、あの日の情報収集は、殺人の起きた後に行われたということです。犯人がいつまでもその場に残って、ただ捕まるのを待っているはずがありません。犯行の直後に――あなたの部下が現場に到着するよりも前に――逃げ出したにちがいないのです。殺人犯じゃなくても、たとえば指輪泥棒でも、あなたたちの尋問を待たずに逃げ出したでしょう」ジョンソンは〝指輪泥棒〟という言葉を、わざとゆっくり強調した。

「あの夜以降、現場に戻って聞き込みをされましたか？」

「部下たちに指示して――」

「ええ、目立たないように監視したり、聞き耳を立てたりして情報収集しているのでしょう？　よく知っていますよ！　でも、わたしたちも一度、直接訊きに行ってみませんか？　念のために。早くしないと、どんどん時間が経ってしまいますよ」

アン警部は肩をすくめた。「あなたがそうおっしゃるのなら」

愛想よく同意し、制帽に手を伸ばす。〝外国人〟と言い争ったところで、どうせ何の得にもならない。すると、アン警部はクックッと笑いだした。

「ミスター・ジョンソン。さっきの話だと、あの指輪は殺人犯が持ち去ったのではないと考えているわけですね！」

「ええ、いくつか考えているうちのひとつです。もちろん、殺人犯が持ち去った可能性はありますよ。でも、今はそうではなかったと考えています」

ピルグリムが訊いた。「そうでなかったのなら、つまり――？」

「そうでなかったら、その指輪泥棒が殺人を目撃していたかもしれません」

「すぐに行きましょう」アン警部が急に前のめりになって、じれったそうに言った。「わたしの目をずっと欺いてきたやつがいるのなら、絶対に――ふむ――その、処罰しなければなりませんね」最後は優しい口調で締めくくった。

ホテルへ向かう二本の私道には、車が何台かライトを消して停まっており、正面の半円形の車寄せの縁に沿って、人力車の車夫たちが座り込んでいた。屋上に残っていた最後のパーティー客が出て来るのを、そこで待っているのだ。人力車の脇にゆったりと座り、フルートみたいな形の小さなパイプを吸いながら、互いにその日あったことをぺちゃくちゃとしゃべっている。西側の私道のそばに広がる庭園の木々の下では、瓜売りの男が無許可で店を開いていた。小さな屋台には目印の赤い提灯が光っている。男が時おり上げる奇妙な呼び込みの声は木々の中を響き、客待ちの車夫たちに店の存在を知らせていた。たまに自動車が横を走り過ぎるほかには、白い私道の上に人の姿はなかった。斜堤の影にも動きはない。

突然、ジョンソンの頭の中を、ある記憶が鮮明によみがえってきた。殺人のあったあの夜の記憶だ。ジョンソンは警察署に向かってピルグリムのロードスターを走らせているところだった。助手席にはサーストンの死体がある。アン警部が車の踏板に立ったまま乗っていて、警察署までの道順を指示している。ホテルからそう遠くないところで――ロードスターが木々の影の中を走っている途中で――ジョンソンは危うく誰かを轢きそうになった。瓜の行商人の男が、酔っぱらったようにふらふらとロードスターの真ん前に出て来て、ジョンソンはその男をよけようと、車を大きくカーブさせたのだった。アン警部はもう少しで踏板から振り落とされるところだったと腹を立て、男をさんざん罵っていた。

アマチュア探偵のジョンソンが、大きな笑みを浮かべた。

「アン警部。〝エウレカ！〟（古代ギリシャ語で『わたしは見つけた』の意。アルキメデスがそう叫んだことから、大発見をしたときの感嘆符として使われる）と叫ぶには気が早いと言われそうですが――サーストン博士が殺された夜に、瓜売りの男に出くわしたのを覚えていませんか？　危うく轢き殺すところだったでしょう？　その男にはもう話を訊きましたか？」

　アン警部が顔をしかめた。

「ああ、あの間抜けな男ですか！」そう言って、また顔をしかめた。ふと思いついたように、木の下でぼんやりと光っている赤い提灯を意地悪そうな目つきでちらりと見たかと思うと、その顔に何やら複雑な感情が、抑えようとしてもはっきりと表れた。目は怒りに燃えている。

「あなたの言うとおりだ。あの男は、事件の夜にわれわれが話を訊けなかった唯一の人間です。見つけたときには、ここを立ち去ろうとしていました。まだ店じまいをするには早い時間だったのに、屋台を置いて帰ろうとしていたのです。申し訳ない、あの夜はわたしも手いっぱいで――あなたがたが言うところの、頭を回転させていなかったようです」

「では、あれがあの男の屋台の定位置なんですね？　彼は毎晩、あそこに来ているわけですね？　それなら、事故が起きた瞬間も、同じところにいたはずです。ブレーキの音を聞いたにちがいない――すべてを目撃したにちがいないのです。この時間帯に、ちょうどこの場所に屋台を出しているのは、彼しかいません。あなたが話を訊いて回った人力車の車夫たちが嘘をついているのでなければ――」

　アン警部はますます顔をしかめた。

「急いで行きましょう」警部は低い声で言った。「あそこに行けば、ミスター・サーストンを殺した犯人が見つかるにちがいありません！」

　彼らは木々のあいだを大股で進み、瓜売りの男の前に立った。屋台と言っても、台の上にお盆を二枚並べただけで、仕事が終わるとそのお盆を長い天秤竿の両端に一枚ずつぶら下げて、肩にかついで帰るのだった。屋台のそばにはふたりの車夫が草地の縁に尻を下ろして座り、瓜売りの男から買ったらしい、切り分けられたピンク色の瓜をガツガツと食べていた。赤い提灯の淡い光が警部の制服を映し出すやいなや、車夫たちは立ち上がった。瓜売りの男は体をすくめながら小さく笑った。

アン警部は事情を説明するといった無駄なことはしなかった。

「指輪をよこせ」と早口の中国語で言うと、ここに載せろとばかりに手を広げて差し出したのだ。

瓜売りの男は、恐怖にますます身をすくめ、座っていた箱の上から滑り落ちて、みじめな恰好で地面に倒れ込んだ。だが、すぐに立ち上がって抗議を始めた。疑いを否定する甲高い声が木々のあいだに響き、明るく照らされたホテルの車寄せから、人力車の車夫たちが何事かと駆けつけてきた。

アン警部は彼らには目もくれなかった。屋台の男の両肩――アン警部自身の肩より六インチも高い位置にあった――に手を置き、男の太った体を小さな子どものように強く揺さぶった。

「指輪をよこせ！」

アン警部がもう一度言った。けっして大きな声ではないものの、この二度めの命令は、まるで月の光を受けて煌めくナイフのように感じられた。

「指輪だよ、このうすのろめ！」さらにもう一度、冷たい怒りを込めて声を荒らげた。

ホープ・ジョンソンの良心が痛んだ。

「かわいそうに」とピルグリムに向かってつぶやく。「だって、もしかすると、あの男は何も――」

「見ろ！」ピルグリムが言った。

瓜売りの男は震える手で、身にまとっていたぼろ布を探り始めた。腰を紐で絞って穿いた、ゆったりとしたズボンのひだの隙間から、小さな袋をひとつ取り出した。アン警部は男の震える指から、その袋を奪い取った。

次の瞬間、大きな緑色の翡翠の玉のついた豪華な装飾の黄金の指輪が、アン警部の手のひらに載っていた。彼はそれをピルグリムに見せた。

「探していた指輪にまちがいありませんか？」

ピルグリムがうなずいた。「ああ、まさしくサーストンの指輪だ。何度も見たから、まちがえようがない」

「それはよかった。賢明なるミスター・ホープ・ジョンソンのお手柄に敬意を表します」

哀しそうな瓜売りの男が、いきなり激しい中国語で何やらまくしたて始め、アン警部は冷たい顔で聞いていた。周りに集まっていた車夫たちが興奮したように一斉に叫びだす。近くの通りを走っていた車が停まり、ホテルから新たな人影が続々と走って来る。アン警部は、膨れつつある危険な集団をぐるりと見回した。

「黙れ」瓜売りの男の腕を掴んで、アン警部が叫んだ。「御託の続きは警察署で聞かせてもらおう」

彼らはぞろぞろと木々のあいだを通り抜けて、私道と平行に伸びる土の小道に出た。百ヤードほど先の交差点から、交通整理をしていた警察官がひとり走って来た。慌てて警部に敬礼をすると、集まっていた車夫たちを制止しようと押し戻し始めた。駐めておいた車の中に瓜売りの男を押し込んだアン警部は、隣の席に乗り込んだ。運転席にはホープ・ジョンソンが座った。

捕らえられた男は、警察署に到着するまで途切れることなく何かを訴え続けていた。アン警部のオフィスに着くと、両膝をついて、頭を何度も床にこすりつけた。恐怖で顔から血の気が引き、真っ白になっている。

「彼は何と言ってるんですか?」しばらくしてから、ようやくジョンソンが尋ねた。

アン警部はすっかり上機嫌だった。喜びが全身からあふれ出ている。

「自分は〝外国人の旦那〟なんて殺していないと言っています」そう言って明るく笑った。「〝外国人の旦那〟が死んだ後に、指輪を盗んだのだと。なんとも面白いことを言うものです」

「彼の言うとおりかもしれない。ジョンソンもさっき、そう言ってたじゃないか」ピルグリムが言った。

「そんなはずはありません」アン警部はにこやかに言った。「ああ、もちろん、ミスター・ジョンソンには敬意を表しますが。わたしは初めから、あの指輪さえ見つければ、そこに殺人犯がいるはずだと思ってきました。この前はわたしがまちがっていたと、素直に認めましょう。あなたたちの友人の映画監督が犯人だと思い込んでしまいました。彼が指輪を持っているにちがいないと思ったのですが、結局見つかりませんでした。でも、今はこうして指輪を見つけ、殺人犯も捕まりました。大満足です」

ピルグリムは引かなかった。「でも、この男の話は筋が通っているじゃないか、警部。これ以上もっともな話があるか? 高そうな指輪をはめた死体を見つけたら、指輪を外して持ち去る。北京の貧困層はよほど追い詰められているらしい」

「この男は、何と言ってるんですか?」ジョンソンが苛立たしそうに、もう一度尋ねた。「どういう経緯で指輪を盗むことになったんですか?」

アン警部は肩をすくめ、説明を始めた。

「誰かが悲鳴を上げたと思ったら、車が急ブレーキをかけるのが見えたと言っています。すぐに交通事故だとわかった。人力車の車夫たちが走って集まり始めていた。自分も瓜を放り出して走っていった。道路に男がひとり倒れていて、別の男――〝外国人の旦那〟――が、倒れた男の上に屈み込んでいた。ほど近いところに車が停まっていた。中には誰も乗っていないように見えた。そこで、何かちょっとしたものを〝拝借〟できないか、こっそり車に近づいて覗いてみようと思った。彼の家は〝家族が大きく、茶わんは小さい〟のだそうです。食わせる口は多く、金は少ないのだと。そこで、なくなっても気づかれないようなつまらないものを〝拝借〟できたら、がらくた屋に売って、わずかばかりの金が作れるかもしれないと思ったそうです。ここまでの話は、たしかに全部本当のことかもしれません。

ところが、車の中にはもうひとり〝外国人の旦那〟が乗っていて、その旦那は死んでいた。彼はそう言っています。死体の胸からナイフの取っ手が突き出ていた。怖くなって、逃げようとした。そのとき、死んだ男の指に指輪が――素晴らしい翡翠の指輪が見えた。突然、それを持ち去りたい衝動に駆られた。どうせ〝外国人の旦那〟は死んでいるのだから、指輪なんて必要ないはずだと」

アン警部は再び肩をすくめた。

「全部嘘ですよ。よくできた嘘です！　言っておきますが、この男は瓜を売るより役者になったほうが成功することでしょう」

「なるほど」

ジョンソンはそう言うと、しばらく考え込んだ。捕らわれた男は、どうやらこのふたりの外国人が自分を擁護してくれているらしいと察し、まったく言葉の理解できないその一言一句に、息をひそめるように耳を傾けていた。

「警部、わたしもミスター・ピルグリムと同じく、この男の話は信じるに値すると思います」

アン警部が愕然となった。怒った猫のように、何やら抗議の言葉を次々と並べたてた。

「本当はあなたもそれをよくご存じのはずだと思います」ジョンソンは慎重に言葉を選びながら続けた。「もちろん、わたしのような者が――無関係な〝外国人〟が――しゃしゃり出て、あなたの同胞であるこの男に情けをかけてやってくれなどと懇願するのは、余計なお世話だと承知しています。わたしがどんな言葉を並べるまでもなく、あなたは心の中では彼の無実を訴えていらっしゃるのでしょうから！　彼がいかに生活に困窮しているかは、わたしよりもよっぽど理解できるはずだし、そうした事情を聞けば、もちろん彼の証言が嘘であるよりも、本当である可能性が高いと考えてらっしゃるのではないですか？　たしかにこの男を拷問にかければ、どんな罪でも、殺人さえも、自白させることはできるでしょう――でも、それでは本当の殺人犯を見つけることはできません」

「朝までに、この男の口から真実を吐かせて見せますよ。ご心配には及びません」

「自白は得られるでしょう。でも、真実は得られません」

「こんな馬鹿な話はない」ピルグリムが怒った声で言った。「この男は、たしかに指輪を盗んだ。その罰は受けるべきだろう――だが、やってもいない罪まで、拷問で無理に認めさせようとするなんて――」

ホープ・ジョンソンが友人の袖にそっと手を置いた。「ちょっとアン警部と話をさせてもらえませんか、ふたりきりで。すぐに終わりますから」

ジョンソンは、ピルグリムが部屋を出て行くのを見届けてから、わざとゆっくり煙草に火をつけた。

「さてと、アン警部」

ジョンソンは何度か煙を吐き出してから、話を切り出した。

「現状を簡単にまとめると、こういうことになります。あなたはサーストン博士を殺した犯人を捕まえたと思っているが、わたしは犯人ではないと確信している。今夜のうちに犯人を捕まえられるとは思っていなかったし、捕まえられると言った覚えもない。わたしはサーストン博士が殺された現場を目撃した可能性のある人物を――死体から指輪を持ち去ったために、目撃したことをけっして口に出せない人物を探していたのです。そして、どうでしょう、首尾よく指輪泥棒を捕まえることができました。全部あなたのお手柄です。残念ながら、この男は殺人の瞬間を目撃してはいなかったようです。それでも、彼の証言は重要です。きっと真実を指し示してくれるはずですから。わたしはね、警部、あなたのその抜け目のなさを大いに信頼しています。あなたが重要な証言を破棄するような方だとは思いません。ついさっきも、ご自分がまちがいを犯したと認められたじゃありませんか。まさか、ここでもう一度まちがいを重ねるようなことはなさらないでしょう」

ジョンソンはそこでわざと間を置き、渾身の一撃を繰り出した。

「実を言うと、サーストン博士を殺した犯人も、アリー・コルキスを殺した犯人も、わたしにはもうわかっているんです。ですから、わたしに少しだけ時間の猶予をください」

アン警部が顔をしかめた。しばらくすると、いつもの愛想のいい笑みを浮かべてみせた。

「親愛なるミスター・ジョンソン。あなたの素晴らしいお国での表現を借りるなら――〝きみの勝ちだ〟！」

「それはよかった。では、失礼します！」ジョンソンはピルグリムを探しに部屋を出て行った。

ハワード・ピルグリムは、警察署の入り口の階段でパイプを吸っていた。困惑が目に表れている。

「大丈夫だったか？」

「ええ、大丈夫ですよ。少し待ってもらえることになりました」

「なんとも気の毒な男だ！」ピルグリムは、瓜売りについて言った。「真実を話しているだけなのに。あの男が指輪を盗む前に、サーストンはすでに殺されていたんだ」

ホープ・ジョンソンも同じ意見だった。

「わたしにもようやく、あの夜何があったのかがわかりましたよ。あなたにもわかっているのでしょう？　でも、どうしてそんなことになってしまったのか。いったいどうして？」

「何であれ、それなりの理由があったのだろう、きっと」ハワード・ピルグリムが言った。「それじゃ、今夜はこの辺で失礼するよ、ジョンソン。明日の朝、また会えるかい？」

外の道端に人力車が二台待っていた。夜はすっかり更けていた。

「ええ、おやすみなさい、ミスター・ピルグリム！　朝食を済ませたらすぐに伺うと、ローラにお伝えください」

## 二

さまざまな考え事を抱えていたジョンソンは、ホテルに戻ってからも頭を悩ませ続けていた。浴槽の縁に左手を載せて温かい風呂にゆったりと浸かりながら、右手で煙草を吸い続けた。煙草はどんどん短くなって、ついに先端の火が指に触れ、ジョンソンは悪態をつきながら慌てて煙草を床に落とした。目を閉じて、これから自分が担うべき役割について思いを巡らせていると、重苦しい気持ちになった。どうしてこんなことに首を突っ込んでしまったんだ？　こんなみじめな窮状に追い込まれることになるのに、そこまでして探偵の真似事がしたいのか？　そもそも、自分を何様だと思っているんだ？　神か、シャーロック・ホームズにでもなったつもりか？

浴槽の縁に置いた腕に、奇妙な感触が走った。閉じていた目をかっと見開く……。

腕の上にはサソリがいて、彼の手首のほうへと歩いていた。まるで悪夢に出てくる不気味な生物のようだ。少しでも動いたら刺されるかもしれない……ジョンソンはサソリから目が離せなかった。腕がむずむずしたが、今はまだ動かせない。

あと六インチ！

すると、小さくポトリと音を立てて、サソリは床に落ち、タイルの上を移動し始めた。ジョンソンはゆっくりと靴に手を伸ばし、サソリを叩きつぶした。

どういうわけか、この思いがけない一件のおかげで頭の中がすっきりした。ベッドに入ったとたん、もう眠りに落ちていた。と思う間もなく、突然また目を覚ました。感覚的には、たった今枕に頭を載せたようにしか思えないのだが……。

どこか暗闇の中で電話のベルが鳴っていた。そのけたたましい音は、誰かが恐怖の悲鳴を上げているように――必死で助けを求めているように聞こえた。

かけてきたのはローラだった。電話に出る前から、ローラからにちがいないという予感があった。彼女の声は不自然なほど落ち着いていた。その声から、言葉に出さない恐怖と孤独感が伝わってきた。

「急いでうちに来て。ハワード叔父さんが！」

「すぐに行く」

ジョンソンはいったん電話を切ると、ロビーの交換手を呼び出そうと、狂ったように電話機のフックを連打した。ああ、ローラはどれほど悲惨な思いをしていることか！

「今すぐ車を呼んでくれ」ジョンソンは交換手に指示した。「五分後には外に待機しているようにと」

かすかな朝日が東の空をほんのり染め始めていた。時刻は午前四時を少し回った頃だ。手配した車は十分遅れてやって来た……。

ローラは自宅の外壁の門の前で、使用人のリーダーである〝少年〟のシューと一緒に待っていた。

ジョンソンは彼女を抱きしめた。

「とても家の中では待ってられなかったの。怖くて——ああ、ダーリン、あなたが来てくれて、どんなに嬉しいか！」

「何があったか、話せそうかい？」ジョンソンは優しい口調で尋ねた。「きみのためにも、しばらくここにいよう。アン警部もじきに到着するだろうし」

ホテルで車を待っている時間を無駄にせず、そのあいだに中国警察に連絡を入れておいたのだった。

「わたし、朝四時に起きたの。毎朝四時になると目が覚めちゃって、その後なかなか寝つけないのよ。今朝もそんな感じだったわ。周りは灰色で、死んだように静まり返って——妙にひんやりしていたわ！　ベッドのカーテンが揺れてた——外から妙な音が聞こえて——棒きれを叩いているような音だったか——男たちが足音を忍ばせて歩いている音だったかもしれない！　わたし、ハワード叔父さんを呼んだの。いつもなら、呼びかけるとすぐに駆けつけてくれるのに、今朝は来てくれなかった。なんだか、とっても怖くなったわ。悲鳴を上げそうになった。でも、そのままベッドの中で待っていられなくて――何を待っているのかもわからなくなって――ベッドから起き出したの。そのとき――あ、い、の顔が見えたの！」

「あの顔？」

「わたしの部屋の中を覗き込んでいたのよ――廊下の窓から。ちょうど中庭から差し込む月の光がその顔に当たって。それではっきり見えたの。大きな顔よ――ぼんやりと光って――頭はつるつるで――それが――」

「ほほ笑んでいた？」

「笑ってたのよ！　笑い声が聞こえた気がするの。すると、廊下を走る足音がして、いなくなってた。わたしはまた大声でハワード叔父さんを呼んだけど、来てくれなかった。来られるはずはなかったのよ。あいつらに殺されたんだから」

「どうして殺されたってわかったんだい？」

「わたしが叔父さんを呼んでる声を聞きつけた使用人たちが飛んで来てくれて、わたしの部屋に入ろうと脇のドアをドンドンと叩いてたの。わたしはドアを開けようとベッドから――」

「家じゅうのドア全部に鍵をかけてるのかい？」

「ええ、夜寝る前にハワード叔父さんが鍵をかけて回ってたわ、何者かが侵入したあの日以来。それで、わたしは自分の部屋の脇のドアまで走って行って鍵を開けたの。このシューが来てくれてたわ。ふたりで叔父さんの部屋に行って、それで見つけたの、叔父さんが――」

「大丈夫、その先は言わなくていいよ」

ジョンソンはそのとき初めて、家じゅうの電気がついているらしいことに気づいた。中庭をゆっくり進んで行くと、おびえたような使用人が何人かドア口に集まっていた。ジョンソンがドアを入ろうとしたとき、表の門で新たな騒ぎが聞こえてきて、立ち止まって耳を澄ませた。門を開けて応対に出た〝少年〟と鋭い口調で言い争いをしている声は、アン警部だ。やがて、背の低いアン警部が早足で中庭を歩いて来る姿が見えた。

「とんでもないことが――由々しき事態です」アン警部はすっかりうろたえていた。

「ミスター・ジョンソン、伝言は聞きましたよ。まちがいないのですか？」

「叔父が殺されました」ローラが単刀直入に伝えた。

ジョンソンが言った。「ちょうど今、家に入ろうとしていたところです。なので、わたしはまだ死体を見ていません。こちらはミス・ローラ・ピルグリムです。覚えていらっしゃるとは思いますが」

「このたびはお気の毒なことです」アン警部はぼそぼそと言ってお辞儀をした。「とても悲しいです。あなたのことは全力で守りますからご安心ください。またしても人が殺されるなんて、怒りを禁じえません。あなたの叔父さんとは、ほんの何時間か前にお話ししたばかりだったのに。それが今は、亡くなってしまったなんて！」

アン警部は、この世の邪悪なものすべてを非難するように両腕を広げてから、ジョンソンのほうを向いた。

「ミス・ピルグリムにはお見せしないほうがいいのでは――」

ホープ・ジョンソンも同じ気持ちだった。

「ローラ、リビングルームで待っててくれ、後で行くから」そう言って、彼女の肩に置いた手に力を込めた。

それからふたりの男は、無言のままの使用人の少年に続いて、生前のハワード・ピルグリムの私室だった細長い部屋へ向かった。

ピルグリムの死体は、ドアの正面のデイベッド（昼は長椅子、夜は寝台として使う家具）に横たわっていた。まちがいなく死んでいる。動物の骨でできた短剣の柄が胸から突き出ており、少なくとも三インチは刃が刺さっているようだ。明らかにしっかり狙いをつけたうえで力強く押し込まれている。両目は閉じており、眠っている最中にいきなり死が訪れたかのようだ。ただ、わずかに寄せた――少し不安そうな――眉のせいで、その穏やかな白い額からどことなく緊迫感が伝わってくる。パジャマは血に染まっていた。

布団が腰の辺りまで剝がされ、デイベッドに横たわる死体は不自然な姿勢をしていた。被害者はまるで眠っているところを襲われて、慌てて起き上がろうとして刺された後、また元通りに倒れ込んだかのようだ。両腕を大きく広げている。だらりと垂れた左手が床につき、床板を爪で引っ掻いた跡が残っていた。

ホープ・ジョンソンと警部は細長い部屋の中を静かに移動しながら、そこにあるものすべてをじっくり観察した。部屋の一番奥の、庭に面した窓が開けっぱなしになっていた。ジョンソンは、窓の網戸がなくなっていることに気づいた。窓の外の花壇を懐中電灯で照らすと、外れた網戸が窓の下の石の小道の上に落ちているのが見えた。

デイベッドの横の青い絨毯にいくらかしわが寄っているほかは、部屋にはまったく乱れがない。椅子は定位置にきっちり置かれている。それに、デスクや本棚を荒らした形跡はまったくない。

カバーをかけたタイプライターがデスクの隣のスタンドに載っていた。憐みと好奇心の両方に衝き動かされて、ジョンソンはタイプライターの防水シートを外してみた……。

〈第十一章〉という文字が、タイプライターに残された紙のてっぺんに並んでいた。その下に、ページいっぱいにタイプ字が続いており、ジョンソンはそれを最後まで読んだ。

かわいそうに！

読み終わったジョンソンは思った。ピルグリムが何を夢見ていたにしろ、それはここで終わりを迎えてしまった。彼の人生と同様に、彼の作品も未完に終わったのだ。

アン警部もまた、あれこれと見て回っていた。ジョンソンに続いて網戸が落ちていることに気づくと、慌てて家の外へ飛び出した。それからしばらくのあいだ、敷地のあちこちから彼の足音や声が聞かれた。やがて、大満足の表情で戻って来た。

「親愛なるミスター・ジョンソン、何があったかは火を見るより明らかですよ。殺人犯は、正面の入り口のひとつから入りました。鍵のかかっていなかった唯一のドア――ふだんは使わないドアです。犯人は廊下を通ってこの部屋まで来ました。あのお嬢さんは、どんな音で目を覚ましたと言っていましたか？」

ジョンソンが彼女から聞いた話をそのまま繰り返すと、アン警部は馬鹿にするような冷笑を浮かべた。

「中国人の男の顔ですって？　彼女はそれが中国人だったと言ってるんですか？」

「いや、はっきりそうは言っていません。ただ、それ以外には考えられません。〝外国人〟の顔ではなかったのですから」

「その顔が、笑ったと？」

「ミス・ピルグリムはそう言っていました。彼女はまちがいなく、自分の見たとおりを話しています」

「ええ、もちろん、きっとそうでしょう」

アン警部が礼儀正しく言った。だが、恐ろしい形相に顔をしかめると、もう一度じっくりと考え始めた。

「まあ、いいでしょう」ようやくほほ笑みを浮かべてそう言った。「少なくとも、彼女の叔父さんが殺されたのはまちがいないのです。その点については意見が一致していますね。犯行後、犯人は廊下の先へ進んで、彼女の部屋の中を覗き込んだ。お気づきですか、犯人は彼女がどの部屋で寝ていたかを知っていたわけです！　そのとき突然――ああ！――彼女は目を覚まして男の顔を見ます。叔父さんを呼ぼうと叫び声を上げますが――どうでしょう！――彼はすでに殺されていた。そして彼女が叫んでいるあいだに、男は逃亡した」

「どこから逃げたんです？　ミスター・ピルグリムの部屋の窓ですか、それとも鍵が開いていたという正面の入り口ですか？」

「窓からだと思います。そうでなければ、どうして網戸が外に落ちるんですか？」

「今あなたがおっしゃったように見せかけるためかもしれない。あるいは、もう何週間も前から網戸は外に落ちていたのかもしれない」

アン警部は肩をすくめ、「わたしは自分の思いついたとおりに考えるだけです」と、いかにも名言らしく宣言した。

「さて、親愛なるミスター・ジョンソン、ここであなたにお訊きしたい質問があります。気の毒なミス・コルキスと、不幸なサーストン博士を殺した犯人が誰か、あなたはすでに知っているとおっしゃいましたね。では、ミスター・ピルグリムを殺した犯人も知っているのですか？」

ホープ・ジョンソンはうなずいた。「ええ、知っています！」

アン警部は話の続きを待っていたが、再び口を開いた。「では、当然ながら、もうひとつ訊きたいことがあります。その男の名前は？」

ジョンソンはいらいらしたように指先でデスクを叩いた。さっさとその質問に答えて、すべてを終わらせてしまいたかった。が、今はまだやるべきことが残っている。彼は腕時計に目をやった。

「その答えは、あと数時間待ってください――ミスター・キャメロンにも報告したいので、そのときお話しします。どうしても彼にも同席してほしいのです。九時頃ではいかがですか？　どのみち犯人はもう逃げられません、わたしが保証します」

ジョンソンはローラを探しに行った。

「かわいそうなローラ！　たいへんな目に遭ったね。すぐにこんなつらい状況から連れ出してあげるよ。でも、きみはまずどこかに身を寄せないと。ここにはいられないからね。ホテルへ移るんだ。あの人がきみのアマかい？」

小柄の中国人の女がリビングルームの隅に座っていた。彼女にも理解できる唯一の単語を聞き取って、目を輝かせて顔を上げた。

「あのアマに手伝ってもらって、荷物をまとめて――数日ほど過ごすのに必要なものだけでいいから――それを持って、彼女と一緒にホテルへ移るんだ。三十分あれば用意できるかい？　今からホテルに連絡を入れて来るよ。キャメロンにも電話をしなきゃならないな」

ふたりはリビングルームを抜け、電話機のある玄関へ向かおうと廊下を歩きだした。ダイニングルームの前を通りかかったとき、突然、ジョンソンが足を止めた……。

白い衣を着た男が、台所へ繋がる明るい戸口に立っていたのだ――丸々と太った頬、何重にも肉のついた顎や腹。明るい照明の下でじっくり見ると、その大きな顔は、廃寺で月の光に照らされた陽気な古い仏像とそっくりだった。彼が何者なのか、もはや疑いの余地はない。鬼節の祭に現れた、あのナイフの男だ。ただし、今は男の口元に笑みはなかった。血の気が引いた大きな顔はうろたえており、ジョンソンの目を見つめる目には、恐怖と懇願が見えた。

いきなりの遭遇に、ジョンソンはあの非現実的な悪夢のような恐ろしい経験が繰り返されるのではないかと、襲撃に対して身構えた。だが、相手に悪意がないことは明らかだった。

「この男は誰だ？」ジョンソンがうわずった声で尋ねた。

「誰って、フーじゃないの」ローラはジョンソンの動揺ぶりを訝しむように答えた。「うちのコックよ！　前に来たときに会ったんじゃなかった？　わたしが叔父さんと中国へ来て以来、ずっとうちで働いてくれてるのよ」

中国人の男の分厚い唇が開いた。ローラに向けて愛情たっぷりにほほ笑みかけている。気恥ずかしそうに、どこか媚びるように、太った体を響かせたやわらかい笑い声を上げた。最後にお辞儀をすると、さっき出てきた戸口から再び台所へ引っ込んで姿を消した。

「ここのコックだって？」

衝撃を受けたジョンソンが訊き返した。とてつもない肩透かしをくらい、不覚にも拍子抜けした。しばらくそのままぼんやりしていたが、ようやく笑みを浮かべ、潔く自分の過ちを認めた。

「いや、まいった。われわれは中国じゃ、出された料理がどんなにうまくても、コックには関心を払わないものなんだな」

　だが、この一件でホープ・ジョンソンの心は決まった。すぐに中国を出よう。彼は一番早い船を手配することを心に誓った。

　手早く電話連絡を終え、急いでピルグリムの部屋に戻った。アン警部は床に四つ這いになって、手がかりを探しているところだった。簞笥の上で小さな時計がカチカチと時を刻んでいる。針は六時を指していた……あと三時間もすれば、長かった恐怖の日々が終わりを迎えるはずだ。

　ホープ・ジョンソンは椅子にドサリと腰を落として部屋の中を見回した。見覚えがあるような、初めて見るような感覚だ。侵入者が入ったというあの夜に、一度この部屋を見に来ていた。あのときと特に変わったところはなさそうだ。デスク、テーブル、本、絵画、それに東洋の珍しい品々を収めたキャビネット。いくつもの小さなスタンドに、それぞれ中国のお決まりの神々や英雄の彫像が飾られている。そして――ああ、やっぱり！――あの大きな磁器製の仏像があった。笑みを浮かべる唇に、丸い輪郭。〝太鼓腹の弥勒菩薩〟だ！　この親しみやすい仏のレプリカは、中国じゅうのどの家庭にも一体は置いてあるのだろう。チーク材の台座の上で、のぼってきた朝日を浴びながら、その磁器製の笑顔はいつもと変わらず朗らかに、と同時に悪意を秘めているように見えた。

　ジョンソンは反射的に、その怪物に椅子を投げつけて粉々に割ってしまいたい衝動に駆られた。だが実際には、その笑っている仏像のところへゆっくりと歩いて近づき、台座から持ち上げただけだった。像を抱えて、慎重にその重みを確かめる。人間と等身大にもかかわらず、中が空洞のせいか、まったく重くなかった。

　しばらくして、今度はタイプライターのところへ移動し、ハワード・ピルグリムが残した最後の言葉、二度と続きが書かれることのないその言葉を読み返した……。

「手がかりは何も残っていないようです」アン警部がうんざりしたように言った。

「それは残念でしたね」

ジョンソンは無感情にそう言うと、タイプライターの上に防水シートを広げ、まるで死体を覆う埋葬布のように丁寧にかけて、再び腰を下ろしてローラを待った。

三

キャメロンがやって来たのは九時を少し回ってからだった。心配そうな、不安いっぱいの表情をしている。部屋の中をざっと見回すと、窓辺で待っているふたりと、デイベッドの上でシーツを被った無言のもうひとりの姿が確認できた。

「ぞっとしますね」キャメロンが言った。「それが——そこにあるのが——ハワード・ピルグリムだなんて！　この件に関しては、まもなく解決するとかおっしゃってませんでしたか、ミスター・ジョンソン？」

ホープ・ジョンソンがうなずいた。

「ミスター・ピルグリムは三番めの、そして最後の犠牲者です。これ以上殺人は起こりません」ジョンソンはそう言うと、無感情につけ加えた。「実はこの三十分ほど、アン警部がわたしを逮捕するんじゃないかとびくびくしていたところです。警部の質問からは、さりげないつもりでも、明らかにある意図が感じ取れましたので」

アン警部が目をぱちくりさせた。

「そんな――親愛なるミスター・ジョンソン、何を――！」アン警部は異議を唱えながら、ジョンソンをなだめるように両手を広げた。

「警部は今朝、わたしがローラと一緒にいるところを見て、今更ながら、これまでの殺人はどれもわたし自身に実行し得たのだという結論に至ったのです。何と言っても、サーストン博士とミスター・ピルグリムの両方の事件について、わたしが殺害現場にいなかったと証言できるのはローラだけなのですから。ミス・コルキスの件については、あの場にいた全員と同じだけのチャンスがわたしにもあったわけですし、さらに言えば、それよりもっと前に起きた、ある殺人事件でわたしに容疑がかけられていた噂は、誰もが耳にしているでしょう」

ジョンソンの目が一瞬きらめき、アン警部は恥ずかしそうに苦笑いを浮かべた。

「警部を困惑させたのはおそらく、こんなに殺人を重ねるほど邪悪な動機がわたしにあるのか、という点だったでしょう。その困惑は充分に理解できます。どうしてこれだけの殺人が起きたのか、わたしも困惑していましたから。ですが、ようやくはっきりとわかりました。それをこれから、できるだけ手短に説明しましょう」

アン警部は恥も外聞も忘れ、本性を剥き出しにして身を乗り出した。キャメロンは緊張に震える指で煙草に火をつけた。

「まず最初に、アリー・コルキスはサーストン博士によって殺されたのだと申し上げておきましょう。ある意味では、今回の一連の事件において、それこそが最もショッキングで恐ろしい真実です。疑いの余地は一切ありません。ミスター・ピルグリムはひとりで真相を調べているうちに、ミス・コルキスが殺された数時間後にはその証拠を摑んでいました」

ジョンソンは、ピルグリムが何を見つけたのかを簡単に説明した。

「そのときすぐにでもわたしに相談してくれていたなら――あるいは、アン警部にその情報を伝えていたなら。そうしていれば、サーストンは今も――処刑される日まで――生き続け、ミスター・ピルグリムも死ぬことはなかったでしょう。

すべては何年か前に、名高い博物館の学芸員だったサーストンが、博物館から預かった資金の一部を使って、私的に美術品を購入したことから始まりました。商王朝の青銅器に投資すれば大儲けできると知って、彼個人が買い求めるのに博物館の金を流用したのです。さらに、彼が美術館用に購入していた高価な絵画の多くは偽物でした――美術館は本物と同じ値段で贋作を買わされていたわけです。そうしているうちに、とうとう美術館側から疑惑が持ち上がりました。そして、極秘の内偵が始まりました。その調査を頼まれたのが、ミス・コルキスだったのです。彼女が選ばれたのはおそらく、有能で、あまり名前が知られていなくて、女性だったからでしょう。それに加えて、もちろん、彼女がサーストンと同じ分野の専門家として非常に優れていたからです。

アメリカに戻っていたサーストンは内偵の噂を聞きつけ、阻止しようと試みます。彼の計画は荒唐無稽なものでしたが、それだけ追い詰められていた証拠でもあります。これまでに築いてきた名声が――いや、彼の将来そのものが危機にさらされていたのですから。まだ博物館に雇われているうちに――職と名誉を剝奪されてしまう前に――何としてでも個人的に集めた青銅器を処分しなければならない。たとえミス・コルキスの調査をどうにかやめさせることができたとしても、必ず新たな調査員が送り込まれることはわかっていた。とにもかくにも、今は時間稼ぎが先決だ。サーストンは、ミス・コルキスを金で丸め込めると思っていたのかもしれません。ですが、彼女を殺すことも最初から念頭にあったはずだとわたしは思います――ほかの手段が全部失敗に終わった場合には。覚えていらっしゃるでしょうが、サーストンはミス・コルキスを殺す直前になって、あろうことか、彼女にプロポーズをしましたね！　あれは、実質的には賄賂の提案のようなものです。彼にはもう、結婚するか、殺すかの二択しかなかったのでしょう。ひょっとすると最後に、彼女を締め殺す間際に、金を払うと持ちかけたのかもしれません――それはわたしにはわかりません。永遠に誰にもわかりません。とにかく、彼はミス・コルキスを殺したのです」

キャメロンとアン警部は、ジョンソンの話にじっと聞き入っていた。

「サーストンが考えた計画は、実に独創的でした。誰かに追いかけられ、荷物を探られているという信じがたい話を創作したのです。非常に劇的な、でも動機に欠けたそのストーリーは、彼がこれから犯そうとしていた殺人を、別の大きな犯罪の一部に見せかけるための準備だったのです。わたしの想像では、サーストンはもともとミス・コルキスとのあいだに何らかの関係を築いたうえで、彼女がその空想上の危機に巻き込まれ、彼の創作した人物の手によって殺されたという筋書きに持っていくつもりだったのでしょう。ミス・コルキスの殺害後に見つかった指甲套の引っ掻き傷も、その計画の一部でした。疑いの目を中国人に――言い換えるなら、彼が作り出した〝ぼんやりとした白いもの〟に――向けるための策略です。この〝ぼんやりとした白いもの〟という表現は、明らかにあの宦官のファンを指したものです。サーストンは、偽造された古い中国絵画をファンの寺から買っていました。ファンが殺人犯だと匂わせておくことで、ミス・コルキスの死後、ファンが絵の偽造についてサーストンに不利な証言をしても、話の信用性は疑わしくなるわけです」

ジョンソンの話は続いた。

「本当に、ひどく空想的な計画でした。とは言え、ひょっとすると実現できたかもしれません。サーストンがあの古寺での週末のパーティーに出かけた時点から、その夜のうちに殺人を実行するつもりだったとは思いません。ところが、部屋割りの変更があって、自分が泊まるはずだった部屋にミス・コルキスが泊まることになったと知ると、これは天が与えてくれたチャンスだと思ったのかもしれませんね」

ジョンソンは、そう思うに至った根拠を説明し、イ・リーとタターシャル、それに宦官のファンが、その筋書きにどう関わっていたのかを打ち明けた。

「これがこの事件の真実だったと確信はしていますが、それを確かめるには、当然、博物館に問い合わせて裏付けを取る必要があります」

キャメロンが皮肉交じりに言った。「確認しようにも、サーストン博士もミス・コルキスも死んでしまったとあっては難しいでしょうね！　おまけに、その博物館が、自分たちの学芸員の違法行為や、所蔵している多くの絵画の真贋が疑われるようなことを進んで公表するでしょうか！」

そう言った後に、苦々しくつけ加えた。「何にせよ、博物館の証言は、必ず取りますよ！」

「博物館には、すでにわたしから問い合わせの電報を打ちました」ジョンソンが言った。

アン警部がやわらかい口調で訊いた。「サーストン博士は？　サーストン博士を殺した犯人は、誰なんですか？」

「その犯人もまた、すでにこの世にいません」ホープ・ジョンソンは厳かな口調でそう言いながら、シーツで覆われたデイベッドの死体をちらりと見た。

キャメロンが愕然となった。

「そんな、まさか、ジョンソン！」キャメロンは大きな声を上げて、座っていた椅子から腰を浮かした。

アン警部は目をいっそう輝かせ、死体を凝視した。少し間を置いてから、うなずきながら言った。

「ええ、だんだんとわかりかけてきました。すると、こっちは——」

「ええ、これは自殺です！　殺されたように見せかけたのです。姪のために！　ピルグリムはベッドの上に座って自分の胸を刺せば、そのまま後ろに倒れ込んで、凶器から自然に手が離れると考えたのです。おそらく、短剣の柄をシーツの端で覆ってから握ったのでしょう。でなければ、その柄から彼の指紋が見つかるはずです。ですが、今となってはどっちでもいい。すべては終わったのですから。わたしにわかる範囲で、何があったのかを説明しましょう。

今こうして振り返ってみると、ピルグリムに対して初めて小さな疑いを抱いたのは、サーストンが殺された次の夜でした。わたしはピルグリムと一緒にあるカクテル・パーティーに出ていたのですが、突然、彼の家に——この家に——何者かが侵入したという知らせが入ったのです。ピルグリムに付き添って、わたしもこの家に飛んで来ました。荒らされたり、探られたりした痕跡が残っていたのはこの部屋だけだったし、外から侵入した人間を見た者はいませんでした。わたしの頭の中に、ひょっとするとピルグリム自身がこの状況をでっち上げたのではないかという考えがよぎりました。プロのミステリ作家ならではの巧妙な演出が、部屋のそこここに見られたからです。たとえば、本棚に並んだ本の半分ほどが上下さかさまになっていました。侵入者が英語のわからない中国人だと示唆したかったのかもしれません。さらに彼は、これまで誰にも言わなかったが、ミス・コルキスを殺したのはサーストンじゃないかと疑っていると、その夜わたしに打ち明けました——と同時に、サーストンが殺したはずがない、というもっともな反論も提示しました。どうも、サーストンの例の冒険談が本当だったと、わたしに信じさせたがっているようでした。今にして思えば、どれも巧妙に仕組まれていたことです。

そのときのわたしには、すべては自分の考えすぎじゃないかと思えました。当たり前ですが、ピルグリムのことを悪く思いたくない気持ちもありましたから。とりあえずは考えないことにして、わたしは問題の基本に立ち返ることにしました。つまり、ミス・コルキスを殺した動機がわかれば、サーストンを殺した動機もわかるんじゃないかと。実のところ、その二日後に容疑者と思われる人物のリストを書き出してみたとき、ピルグリムの名前は入っていないも同然でした。部屋を荒らされたことを除けば、殺人の動機も、疑わしい背景も、何ひとつ思いつかなかったからです。

ところが水曜日になって、ピルグリムへの疑いが唐突に呼び覚まされる事件が起きました。わたし自身が、北海公園で襲われたのです。なぜそんなことをする必要性があったのか。答えはただひとつ、サーストンが中国人の化け物に追い回されていた話は本当だったと、わたしに信じ込ませるためです。おかしなことに、いくらでもチャンスがあったにもかかわらず、その男はわたしを殺さなかった。その一件があってから、わたしには何が起きているのかがはっきり見えてきました。誰かが——おそらくピルグリムが——サーストンによって創作された物語を継承している。しかも、自分のために利用している。そのストーリーを実にうまくドラマに仕立て上げて、自分自身に向けられそうな疑いの目をそらそうとしているのだと」

アン警部から、北海公園の一件というのが何なのか尋ねられ、ジョンソンはいったん話を止めて説明した。

「そんな危険な目には遭いましたが、わたしは昨日も、なおしつこくサーストンの罪について調べに行きました。すると、その調査のおかげで、イ・リーとタターシャルを容疑者リストから外すことができました。もちろん、ふたりとともに宦官のファンへの疑いも吹き飛びました。無関係な人が次々に排除されていくと、やはりピルグリムが犯人である可能性と真剣に向き合わなければならないという切迫した思いに拍車がかかります。サーストンを殺した犯人を捕まえるなら、残っている手段はふたつしかないと思われました。ローラを質問責めにして――これはしたくなかった――ピルグリムに殺害動機になりうるものがなかったかを探るか、サーストンが殺された現場の目撃者を探しに行くかのどちらかです。昨夜、警部もご存じのとおり、その目撃者について突然ひらめきました」

ジョンソンは再び話を中断して、指輪が見つかったことをまだ知らないキャメロンのために、昨夜の目撃者探しの一件を詳しく説明した。

「ピルグリムには一緒に来てほしくありませんでした。でも、彼のほうからついて行きたいと言いだしたのです。たぶん以前から、わたしが真相に近づきつつあることは薄々感じていたのでしょう。それが昨夜は、わたしが真相をすでに知っていることに気づいたんだと思います――そんな彼のために、わたしがしてやれることは何ひとつありませんでした。その後、ピルグリムが何をしたかは明らかです。ローラを守るために、自分は殺されたように見せなければならない――それも、先のふたりの犠牲者と同じく、永遠に正体不明のままとなる謎の中国人暗殺者の手にかかったように見せたい。彼は最後にもう一度、今度はローラを怖がらせるために、例の〝ぼんやりとした白いもの〟をよみがえらせました。そしてその後で、自殺しました。ここまで追い詰められては、それしか手はなかったのです」

話に聞き入っていたふたりは、しばらく黙って考え込んでいたが、やがてキャメロンが口を開いた。

「さっきあなたは、ピルグリムの動機と言ってましたね？」

「ええ。わたしの想像に過ぎませんが、たぶん彼の思春期にまでさかのぼる話だと思います。人名録を調べると、サーストンとピルグリムはかつて同級生だったようです。少なくとも、何年かは同じ学校に通っている。どのみち、最近のふたりが友人どうしだったことはわかっていたのですから、あまり意味のない情報かもしれませんが。その人名録を調べるうちに、サーストンには結婚歴があることがわかりました。一方のピルグリムはずっと独身で世捨て人みたいな人生を送っていることは、調べなくても知っていました。ですが、そんなふたりの生き方だけを見て、彼らの信条を勝手に憶測することは危険です——そして事実、わたしはその憶測を避けました。今思えば、それが非常に功を奏したと言えるでしょう。ここに、ピルグリムが——何と言えばいいでしょう—— 〝似たような状況〟にある男について書いた言葉があります」

彼はタイプライターのところまで歩いて行って防水シートを外すと、そこに残されていた書きかけの原稿を読み上げた。

別荘の被害女性は、実はその男が殺した二番めの犠牲者だった。前年亡くなった男の妻は、彼のわがままな残忍性によって、直接手をくだされたのと変わらないほど着実に、非人間的に、命を奪われていたのだ。彼女がじわじわと死に向かって追い詰められていくのを、わたしは長年身を切られる思いで見てきた……彼女を愛していたからだ！　男が別荘で若い女性を殺したと知ったとき、その裁きを司法の手に黙って委ねることはできなかった。天に代わってあの男を裁けるのは、自分しかいないような気がした。わたし自身の死は、誰かに殺されたように見せかけなければならない。その理由は、きみにはもうわかっているはずだ。『笑う仏』という本を書くつもりだったが、それが世に出ることは永遠にない。この惨めな一週間のあいだ、わたしはそのストーリーを、自分の身をもって生きていたのだ。

ホープ・ジョンソンはアメリカ人の書記官のほうを見た。

「断言しますが、これはミスター・ピルグリムが書いていた小説の一部ではありません」

「ええ、これですべてがはっきりしましたよ」キャメロンが苦しそうな顔で言った。「サーストン殺害の夜、実際には何があったんですか?」

「あの交通事故は、もちろん前もって計画されたものではありません。見たままの——偶然の事故です。ですが、事故が起きる前から、ピルグリムはサーストンを殺そうと決めていたにちがいありません。おそらく、本当ならその数分後に——つまり、ホテルの私道に車を駐めたときに。いえ、わたしもはっきりわかっているわけじゃありません。もしかしたら、もう少し後で、ホテルに入ってから殺すつもりだったのかもしれません。ですが、ひとつだけ確信していることがあります。あの夜、ピルグリムは北京市内へと車を走らせながら、頭の中ではずっとサーストンを殺そうと考えていたことです。そのせいで交通事故が起きたのですから——つまり、ほかのことを考えていて、前方の注意が疎かになっていたのです。車夫を轢いたときには、すっかり動揺したことでしょう。ですが、すぐにその鋭い頭で、これは絶好の機会を与えられたのだと悟りました。悪魔のように巧妙な計画を思いついたのです。そしてそれは、大胆に実行してこそ成功の可能性が高くなるものでもありました。ピルグリムは自動車から降りる一連の動作の中で、まったく警戒していないサーストンの胸に短剣を突き刺したのです。それから、折り畳まれていた後ろの補助席の隙間に短剣の鞘を落とし、轢かれた男の様子を確認しに駆けつけました。こうしてすべてがわかったうえで見返すと、気づかなかっただけで、事実は誰の目にも明らかだったことがわかります。でも――しかたありません、誰も気づけなかったのですから！　ピルグリムは常に、容疑の外にいたのです。たとえ疑っていたとしても、彼がサーストンを殺す機会はそれ以前にもいくらでもあったのですから、やはりピルグリムの犯行だったとは気づけなかったでしょう。

わたしは、サーストンを殺したのがピルグリムだとは気づけませんでしたが、その一件から何かがわかる気はしていました。サーストンが語っていた、例の暗殺者に追われる話は、公平な気持ちで聞こうと思っても、どこか嘘っぽく思えてなりませんでした。そしてサーストンの殺害現場の些細な点が、その疑いを強めました。たとえば、短剣に指紋が残っていなかったことから、犯人は手袋をはめていたと考えられます。でも、犯人が中国人だとしたら、指紋を残さないように気をつけたでしょうか？　わたしはそうは思いませんでした。中国警察は指紋にほとんど注目しません。中国人の犯罪者なら、指紋を残すことなど何とも思わなかったでしょう。つまり、犯人は〝外国人〟にちがいない、という結論に至りました。今思えば、実に単純なことです――ピルグリムは運転用の手袋をはめていて、怪我をした車夫のもとへ駆けつけるときに、それを脱いでポケットに突っ込んだのでしょう。そのせいでわたしは疑いを――別の人間に向けました」

アン警部はうなずき、ほほ笑みながら尋ねた。

「その〝別の人間〟というのは誰ですか？　ミスター・リレソーですか？」

「その段階では、ミスター・リレソーはまちがいなく容疑者のひとりだったし、ミスター・タターシャルもそうでした。でも昨日、あなたがミスター・リレソーを逮捕しようと躍起になっていたときには、わたしは真実を理解していました。たしかにリレソーにはいかにも怪しく、犯人だと思いたくなる点はいくつもありました。それはストリートに対しても言えることでしょう。もっとも、ストリートについてはどちらの殺人事件でも動機がまったく思いつかなかったのですが」

「オズグッドはどうですか？」キャメロンが尋ねた。「彼が犯人だと疑ったことは――？」

「少なくとも、彼がサーストンの殺害現場にいなかったことを反証できる人間はいません。ですが、ミス・コルキス殺害に関しては、初めの頃は彼を怪しいと思った時期もありました。結局、彼にはアリバイがあるとわかりましたけどね。崩しようのない、強固なアリバイなのですが、彼の口から聞き出すのに時間がかかりました――さらには、その裏付けを取るのにも、かなりの時間が。実のところ、わたしも含めてあの夜現場にいた男性のうちで、しっかりと裏付けのできるアリバイがあるのは、オズグッドだけだったんです。それはわたしが保証しますよ、ミスター・キャメロン」

「女性の犯行だと疑ったことはなかったんですか？」

「もちろん、ありましたよ！　ミス・コルキス殺害ではイ・リーを疑いましたが、調べていくうちに、その可能性はないとはっきりわかりました。それから、山の中にこもっている、あの風変わりなフォン・スタック伯爵夫人も怪しいと思ったことがありました。でも、アン警部も明らかに彼女を疑っていたので、そこはお任せすることにしたのです。警部のことですから、きっと彼女の行動を徹底的に洗い出したことでしょう」

アン警部は誇らしげに顔を輝かせた。

すると、三人は急に黙り込み、それぞれに考えを巡らせた。アン警部は部屋の中を早足で歩き回っていたが、磁器製の弥勒菩薩像――〝笑う仏《ラッフィング・ブッダ》〟の前で、しばらく足を止めた。何かをじっと考えてから、ホープ・ジョンソンに視線を向けた。

「どうやら、答えを見つけたようですね」ジョンソンが言った。

「ミス・ピルグリムの部屋の中を覗いていたというのは、それです。人間と同じ大きさですが、軽くて簡単に持ち運べます。たぶん何年も前からこの家に置いてあったものでしょう。でもあの状況では、ローラはこの像だと気づけなかったと思います」

アン警部もそう思った。

「ですが、まだ納得のいかない小さな点がいくつもあります」アン警部は率直に言った。「いつか時期《とき》が来たら、わたしにもわかるように説明していただけませんか？　たとえば、北海公園であなたを襲った大柄の中国人のこととか」

「その人物に関しては、大目に見てやってもいいのかもしれません。つまり、わたしは彼を告発するつもりはありません。その男には何の恨みもないので。思い返してみれば、何かの冗談のつもりだったのでしょう。きっとその男は、わたしに対する悪ふざけだとでも言われて、金で雇われたのでしょう。彼自身、まったく無害な人物ですから」

ガイ・キャメロンはまだ考え込んでいた。

「今回の件は、なるべく内密に処理してもらえるように掛け合ってみます」ようやく口を開いたキャメロンが言った。

「もちろん、確約はできませんよ！　ただ、最善は尽くします。どちらにしても、わたしからの報告書は出さなければなりませんが、そこに個人的な手紙をつけておきます。この報告書を読んだら――棚の奥にしまい込んでほしいと。いずれはワシントンにも伝わるのでしょうが、その前に、どういうわけか、忘れ去られるかもしれません。博物館側はけっして表沙汰にはしないでしょう。それに、新聞はワシントンの人間をあれこれ悪く書きますが、あそこにも話のわかる人はいるものです……第一、もうすぐこの辺りでは殺人の大安売りが始まって、ほかのことに気を留めている余裕はなくなるかもしれない。あなたのような仕事は、真っ先に必要がなくなってしまうかもしれませんね！」

「本当に、そうなるかもしれません」ジョンソンは言った。「でもそのことは、できるだけローラの耳に入らないようにするつもりです」

# エピローグ

「楽しいわね」ローラが言った。「新しい旅立ちなんだもの——ふたりきりの」

「楽しいだって?」ホープ・ジョンソンが情けない声を出した。「見てごらん、まるでこの世の終わりじゃないか!」

埠頭と船を繋いでいたタラップが取り外された。周りの騒音に負けじと、船の楽団が最後に心のこもった別れの曲を大音量で演奏していた。飛び交う紙吹雪と、押し寄せた群衆と、出航の緊張感とで辺りは騒然としていた。その中で、ホープ・ジョンソンとローラ・ピルグリム——最新の英字新聞では〝ニューヨーク在住のミスター・W・ホープ・ジョンソンとその愛らしい新妻〟と紹介されていた——は、中国を出発する定期船のデッキから手すり越しに、その驚くべき光景を眺めていた。

どこを見ても、戦時の船の発着に伴う騒音や動きが目に入った。火山から溶岩が流れ出るように、北方から着いた船に乗っていた避難民が一斉に港の通りへなだれ込んでいく。どこか遠くで断続的に鳴っている銃声の合間に、眼下の群衆の、まるで無数の花火が破裂するような、鋭く弾ける発音の話し声が聞こえてくる。街の奥のほうでは灰色の蒸気が上がっていて、徐々にその被害が広がりつつあった。埃っぽい煙の輪がいくつも上がるたびに、どうしてこんなことになったのかという人々の困惑までが空に満ちていくようだ。いつかは来ると言われながら、長く見て見ぬふりを続けてきた宣戦布告のない開戦に向けて、いよいよその準備が冷酷にも着々と進められているのだ。

　街の手前には、金色の漢字が壁に縦書きされた高い建物が並び、埠頭に沿って渋滞が続いていた。定期船のすぐ周りをタグボートが走り回り、オレンジ色の帆を張ったサンパン（中国南部などで使われる小型の平底の木造船）が水面で上下に揺れ、灰色の細長い英国軍の巡洋戦艦が太陽を浴びながらじっと停まっている。カモメが鳴き声を上げながら水の上を飛び回り、人々は甲高い声で叫びながら別れを惜しんでいる……。

「とは言え、この太陽だけは嬉しいな。おかげで最後に目にする中国の光景が、かつての栄光に輝く姿になったよ。この数週間はきみにとって、かなりつらいものになってしまったからね。本当に中国を出られるのかどうか、心配になった時期もあった。この古い世界にはこれから、まだまだ悲しい日々が待ち受けているんだよ、ローラ！　これはまだほんの序の口だ。国へ帰れることになってよかった。そのうち祖国がわれわれの力を必要とする日がくるかもしれない。それも、意外と早く」

「わたしたちの前には、これから幸せな日々が待ち受けているのよ」ローラはジョンソンの言葉を修正した。「たとえ世界がどうなってもね！　今はそんなことを心配するのはやめましょう。つまり、戦争のことはできるだけ考えないようにしましょう。中国を出ることになって、本当に残念だわ。でも、どこか嬉しくもあるの――わかる？　いろいろあったけど、やっぱりわたしにとって中国は――」

「ああ、わかるよ」ジョンソンが同意した。

「それに、わたしたちの船室に贈り物の箱がいっぱい届いているのも嬉しいわ」ローラがにっこりほほ笑んだ。「本当に優しい人ばっかりだったわね！　またいつか会えるときが来るかしら？」

「ああ、もちろんまた会えるとも！　危なくなる前に、きっと〝アンクル・サム〟（アメリカ合衆国のこと）が脱出させてくれるだろう。みんなでニューヨークの新居を訪ねて来るにちがいないよ、遅かれ早かれね」

「下のフロアに降りて、贈り物を開けましょうよ！」

「下のデッキだよ」ジョンソンが厳しい口調で言った。「船では〝フロア〟とは言わないんだ」

ふたりは下のデッキへ降りて、自分たちの船室の狭さにしばし呆然としていた。小包や箱に埋め尽くされていたからだ――後に残して来た人々からの贈り物の数々だ――中国人も、アメリカ人も、ヨーロッパ人もいる。

「まずは一番大きいのから開けましょうよ。あら、これは開けるのにハンマーが要りそうだわ」

船室係の少年が救いの手を差し伸べてくれた。少年が梃《てこ》を使って木箱の天板をこじ開けると、元の形がわからないほど何重にも綿でくるまれた物体が出てきた。蓋についていたカードの差出人はセルデン・オズグッドだ。ふたりにはその中身が予想できたが、そうだとは考えたくなかった……。

分厚い綿の中から現れたのは、艶やかな磁器製の仏像だった。えくぼのある丸々とした顔に描かれた細い目と口が、大きな笑みを作っている。ジョンソンには、その笑顔が陽気であると同時に、どこか邪悪なものを秘めているように感じられるのだった。

「いや、見たくない！」ローラが叫んだ。「いやよ！」

ホープ・ジョンソンは顔をしかめて悪態をついたが、次の瞬間、笑いだした。「まあ、セルデンは人をおちょくらずにはいられないやつだからね」

「ああ、困ったわ！」ローラが言った。「この仏像をいったいどうしたらいいの？　セルデンは気を悪くするかしら、もしわたしたちがこれを――？　だってわたし、正直に言うと、こんなものはいっそ――」

「いいアイディアだね。そうしよう」
そこでふたりは、多くの乗客たちが訝しそうに見つめるなかで、ほほ笑み続けているその妖怪をデッキへ持って上がった。慎重に手すりの上に載せて……。
「〝せーの〟で放してね」ローラが言った。「せー、の、の！」

………

笑う仏《ラッフィング・ブッダ》は、美しい水しぶきを上げて海中へ消えた。

# 訳者あとがき

本作の著者、ヴィンセント・スターレット（Starrettは〝スタリット〟と発音するため、表記がちがうこともある）は、一八八六年にカナダで生まれ、幼少期に家族でアメリカのシカゴに移り住んだ。やがて新聞記者をしながら、一九二〇年代から主に大衆向け雑誌でミステリーやファンタジーの執筆を始めた。その中には「殺人ホテル」（原作「殺しのレシピ」）のように映画化されたものや、探偵の〈ジミー・ラヴェンダー〉シリーズがある。

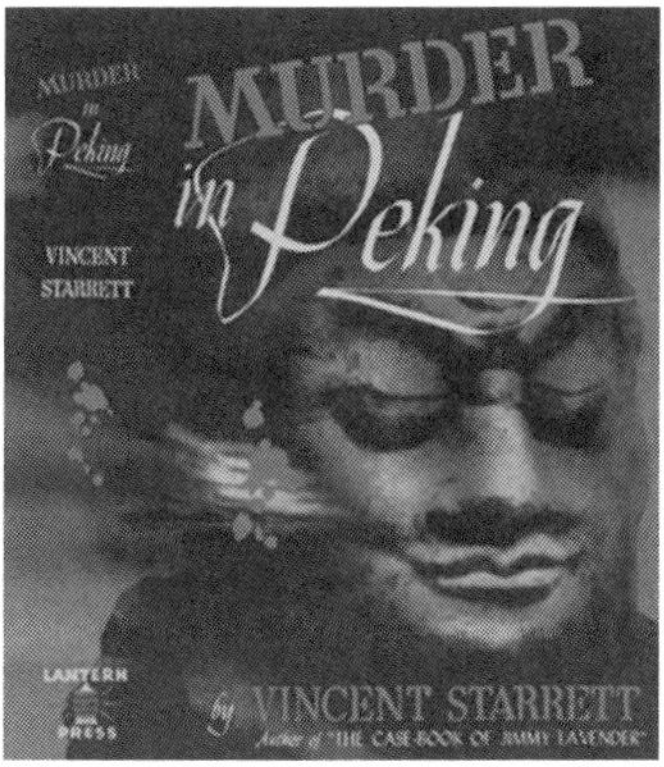

*Murder in Peking*（*1946,LANTERN PRESS*）

自他ともに認める愛書家であり、特にシャーロキアンとしては有名だ。ホームズに関する著作では、代表作に「珍本『ハムレット』事件」（一九二〇年）というパスティーシュ作品（原作者のコナン・ドイルに代わって書いたホームズものの新作）や、「シャーロック・ホームズの私生活」（一九三三年）というエッセイ本がある。また、新聞の書評欄を二十五年にわたって担当したことでも知られる本好きだ。

さて、本作の舞台は一九三〇年代終わり頃、日中戦争直前の北京である。世界史の復習を少々させていただけるなら、一八四〇年の阿片《アヘン》戦争に負けた中国（清）は南京条約という不平等条約をイギリスと結び、一八九四年の日清戦争に負けて、日本への多額の賠償金を伴う下関講和条約を結び、徐々に外国勢力に押されていく。そして一九〇〇年に起きた義和団事件から欧米および日本との戦争になり、翌年、北京議定書という講和条約を結ぶ。その結果、列強八ヵ国（アメリカ、イギリス、ドイツ、フランス、イタリア、ロシア、オーストリー＝ハンガリー、日本）は北京市内のそれぞれの公使館区域から清国人を排除し、実質的に駐兵できるようになった。このときの日本軍の駐兵から、やがて一九三七年の盧溝橋事件（日華事変）が起き、日中戦争勃発へと繋がる。

本作の物語は、まさにその盧溝橋事件直前の北京で展開される。第二次世界大戦が今にも勃発しそうなピリピリとした緊張感とは裏腹に、西洋各国から来て長期滞在している〝外国人〟たちはわがもの顔で、一見平和そうな優雅な暮らしを謳歌し続けている。きな臭い国際情勢からは遮断されたような、現実を直視しようとしないような異邦人たちのコミュニティの中で凄惨な事件が次々と起きる……。彼らや当時の読者たちにとって、歴史が古く、距離的にも遠い北京は、さぞ謎に満ちた魅力的な街に映ったことだろう。作者のスターレット自身も実際に一九三〇年代に北京を訪れ、中国の推理小説を研究していたという。そのため、彼が肌で感じた北京の空気や音や匂いなどが、リアリティを持って描かれている。

スターレットは彼の地《か》で実際に見聞きして来たことをベースにしているにはちがいないだろうが、どこまでが現実で、どこからが彼の想像なのかはわからない。また、アメリカ人の彼の目を通した中国の様子が英語で描写され、それをさらに時代を超えて日本語に訳すとなると、どうしても情報の正確さは失われてしまう。伝統的な建物の造りや仏教のしきたりなどはスターレットの描写を忠実に訳すことを心がけ、アルファベットで書かれた地名などは、日本語で自然に読めるよう、できるだけカタカナではなく漢字表記を当てた。その結果、必ずしも歴史的、地理的に正確でない部分が生じてしまったことはいなめないが、日本語で読んだときにストーリーの流れに違和感の出ないことを優先させていただいた。また、現代の観点からすると、差別的とも受け取れる記述や言葉も散見されるが、当時の中国を描写した原文に沿って言葉を選んだ結果である。

さて、この「訳者あとがき」の前半で述べたスターレットの紹介について、本作を読み終えた後に見直していただくと、本作の中にスターレット本人の影が、まるで映画の〝カメオ出演〟のように散りばめられていることに気づかれるかもしれない。シャーロキアンである彼が、本作の中で「偉大なる〝福爾摩斯《ホームズ》〟」（一〇三頁）と、中国語名で称賛していること。「時間さえあれば本を読み、どんな場所よりも本に囲まれた部屋の中が一番落ち着く」（二二七頁）主人公と同じく、たいへんな愛書家であったこと。ハリウッドの映画産業を風刺したシーンが何ヵ所か出てくるが、スターレット自身の作品も映画化されていたこと。そして、解説の三門さんが詳しく述べてくださっているように、『笑う仏』という作品そのものまでが登場すること、等々……。

異国人の目から見た当時の中国の古都や〝笑う仏《ラッフィング・ブッダ》〟の雰囲気が、現在の日本人にどこまで伝わるか、翻訳者としてひとつのチャレンジではあったが、個人的にはミステリー作品として楽しんでいただくともに、かつての北京の、燃え尽きる直前の線香花火のような、ひとつの時代が終わる前の最後の煌めきのようなものを感じていただけたら嬉しく思う。

# 本に埋もれて生きた男

三門優祐（クラシックミステリ研究家）

ヴィンセント・スターレット（一八八六〜一九七四）。カナダはトロント生まれの新聞記者、作家。本邦において、スターレットは何より「シャーロッキアン」として知られてきた。傑作パスティーシュ「珍本『ハムレット』事件」（一九二〇）、そして世界初といわれるシャーロック・ホームズの研究書『シャーロック・ホームズの私生活』（一九三三）は、好事家たちによって脈々と読み継がれている。また、アメリカのシャーロック・ホームズ愛好団体「ベイカー・ストリート・イレギュラーズ」をクリストファー・モーレイらと設立（一九三四）、さらにそのシカゴ支部「バスカヴィル家の犬」を設立するなど熱心なファン活動を行ったことでも有名だ。しかしシャーロッキアンであることは、スターレットの持つ（大きなものであるとはいえ）側面の一つでしかない。

今回は彼の長編初紹介ということもあり、その自伝 *Born in a Bookshop* を参考に本に埋もれたその生涯を概観しつつ、本作が書かれた背景を読み解いていくことにしたい。

## ボーン・イン・ア・ブックショップ

後年、伝説的な愛書家となったスターレットの人生は文字通り「本に囲まれて」始まった。彼が産まれた自宅は祖父の経営する書店の上階にあったそうである。一八八九年、家族でシカゴに移住するまでの三年間、祖父の書店で「本の香気」を日常的に嗅いで過ごしたことが、その人生に及ぼした影響はとても大きい。

シカゴに移住した後も、本に囲まれた生活は続いた。少年時代のスターレットが愛したのは、チャールズ・ディケンズやロバート・ルイス・スティーヴンスンの物語、またウォルター・スコットの『アイヴァンホー』のような歴史小説だった。当時、彼がホームズ物語と平行して、アーサー・コナン・ドイルの歴史小説、例えば『マイカ・クラーク』、『白衣の騎士団』、『亡命者』を夢中になって読んだというのは興味深い（*Born in a Bookshop*、四六頁）。

文章に関わる仕事を志したスターレットは一九〇五年、新聞社「シカゴ・インター・オーシャン」に見習い記者として就職した。二年後の一九〇七年には「シカゴ・デイリー・ニュース」へと転職、犯罪記事や特集記事を主に手がけた。同僚、また同業他社の新聞記者の中には、後に作家として知られるようになるベン・ヘクトやリング・ラードナーがいた。スターレットは自伝の中で、このような作家たちが集った一九二〇年前後（いわゆる「狂騒の二〇年代」）のシカゴの文学的活況を「シカゴ・ルネッサンス」と呼んでいる。また、記者として評価されるようになったスターレットは、一九一四年から一五年にかけて革命真っただ中のメキシコに派遣され、ジャック・ロンドンらの知友を得た。

　同時期から、スターレットは短編小説（探偵小説の他、ＳＦ・ホラー・幻想小説などジャンルは多岐に渡る）を「スマートセット」、「ブラック・マスク」のようなダイム・マガジンに寄稿するようになった。あくまでも兼業作家、日曜作家の範疇と捉えていたと本人は書いているが、継続的に原稿が掲載され、これらの雑誌の元締めであるＨ・Ｌ・メンケンと文通していた辺りからもその実力を認められていたのは間違いない。先述の「珍本『ハムレット』事件」が書かれたのもこの時期である。本作は自費出版の、しかもごく少部数しか刷られていない小冊子に掲載されたのみで短編集にも収められていないが、質の高いパスティーシュとしてシャーロッキアンの間で評価され、後年『シャーロック・ホームズの災難』など数々のアンソロジーに収められている。

## ビブリオマニア・ファナティック

　本を、小説を、作家を愛するスターレットは、新聞記者として過ごす中で培われた文章力をもって他者に対して発信したい、という情熱にとり憑かれた人物であった。小説以外の著作の中には、エドガー・アラン・ポー、スティーヴン・クレイン、アンブローズ・ビアス、Ｈ・Ｐ・ラヴクラフトらを紹介する小冊子や、忘れられた作家を発掘・再紹介することを目的とした *Buried Caesars*（一九二三）が含まれる。さらに、シャーロッキアンとしての側面がその情熱と組み合わさると、例えば、当時雑誌掲載のまま書籍の形にまとめられていなかったオーガスト・ダーレスの〈ソーラー・ポンズ〉シリーズの傑作選を自ら編み、その序文を書くところまで行ってしまう。スターレットの「物語への愛」は尋常な物ではない。

スタ－レットが最も情熱を傾けた作家こそ、英国の怪奇・幻想作家アーサー・マッケンである。マッケンを称賛するパンフレットを刊行し、また『三人の詐欺師』（別題『怪奇クラブ』）を周囲の人物に熱心に布教していたスタ－レットは、マッケン作品の多くがまだ書籍の形にまとめられていないことに目を付けた。彼はマッケンに「アメリカにはまだ、あなたの作品の素晴らしさを知らない読者が大勢いる。ぜひあなたの作品をまとめて出版させてほしい」と書き送り、「好きにやってもらって構わない」という、編集裁量を認める返事を受け取った。無給にもかかわらず熱心に編集作業に取り組み、一九二二年から二三年にかけて二冊の作品集を刊行させたスタ－レットを待っていたのは、主に原稿料が振り込まれないことに対してのマッケンからのお怒りの手紙であった。そこには「海賊版」とまで書かれていたという（*Born in a Bookshop*、二二八～二二九頁）。

なお、この話には後日談がある。別件でイギリスに渡ったスタ－レットがマッケン邸を謝罪のために訪れると、意外にもマッケンは彼を歓迎。謝罪を受け入れた上で、きちんと出版契約が結べるように取り計らってくれたとか（*Born in a Bookshop*、二五二頁）。

主に短編小説を執筆していた彼が長編探偵小説に手を染めるのは一九二〇年代の後半に入ってからである。一九三四年に刊行された *The Great Hotel Murder* の映画化（一九三五）により金銭的余裕を得たスタ－レットは、かねてからの計画通り世界一周旅行に出かけることにした。太平洋を渡って第一の目的地である中国へと向かう途中、彼は日本にも立ち寄った。大阪在住の別のヴィンセント・スタ－レット氏に間違われた、新聞に談話が掲載された、などの逸話が自伝では紹介されている。

翌三六年、「古い探偵小説を収集する」という目的のため上海を、そして北京をスターレットは訪れる。この際、スターレットは中国人研究者の手を借り、狄仁傑《ディー・レンチェ》（日本ではロバート・ファン・ヒューリックの名探偵ディー判事として有名）の登場する公案集などを大量に買い漁った。北京での滞在期間はごく短いものとなる予定だったが、彼自身がこの古の城都を大いに気に入ったことから、結局一年以上に渡った。その期間中に書かれたのが本書である。ここからは、自伝の記述に目を配りつつ本書をさらに楽しむためのポイントを押さえていきたい。

## ブックマン・イン・チャイナ

【以降、本書の展開・結末に抵触します。本書を通読してからのご一読をお勧めします】

本書は、日中戦争前夜の北京を舞台にした探偵小説である。いつ日本軍の攻撃が始まるとも分からぬ状況で、しかし様々な思惑によって集まった男女の間で無惨な殺人事件が発生。その謎を若き犯罪学者にしてアマチュア探偵のホープ・ジョンソンと探偵小説作家のハワード・ピルグリムが追う、という筋立てである。

当時の北京はまさに混沌の巷であった。満州国と中華民国の境界接する地域にあるこの古都には、怪しげな外国人（その中にはロシア革命により祖国を追われた白ロシア系の人々もいれば、母国で犯罪に手を染めて極東へと逃げてきた悪党もいた）が、多くの中国人に紛れて暮らしていた。この街に根を下ろし、現地の様式に合わせた生活を送ったというスターレットはジャーナリストの目で彼らを捉え、この地の風俗の中で生き生きと描き出している。

物語は、博物館学芸員のサーストンとピルグリムが冒頭で交わした会話、それに触発されてピルグリムが構想した作中作『笑う仏』に似た筋立てのままに進行し、本当にサーストンが殺されてしまうという衝撃的な展開に至る。果たして犯人の正体とその目的は何か、という探偵興味はもちろん本書の読みどころの一つだ。

しかし、本書を真に興味深いものとしているのはそれらすべての要素を包み込んで生まれる奇妙なメタフィクション性にある。サーストン殺害の犯人ピルグリムが自殺に当たって残した遺書にはこう書かれている。

「『笑う仏』という本を書くつもりだったが、それが世に出ることは永遠にない。この惨めな一週間のあいだ、わたしはそのストーリーを、自分の身をもって生きていたのだ」（本書、二九〇頁）

ここで本書が一九三七年に初めて刊行された時の原題が *Laughing Buddha* であったことを示したい。つまり、「『笑う仏』という小説を書こうとした小説家」が過ごした一週間が、そのまま『笑う仏』という小説になってしまったということを作者は示唆しているのだ。作中世界が作中作の中へと折り畳まれてしまう奇妙な構造こそ、本書のキモなのである。

ところで、スターレットは自伝の中で本書の成り立ちについて以下のように記している。

「この本（『笑う仏』）が書かれることになったきっかけは、ヘレン・バートンが借りていた寺院に、いつかの週末に泊まりに出かけたことだ。その時に見た風景や感慨は、本書の序盤に盛り込んでいる。この作品は、ある復讐を盛り込んだ「実話に虚構の縁飾りを付けた物語」だ。登場人物の多くは、名前を変えた友人知人たちで、虚構上の殺人者は私自身。殺されてしまった若い女性は……もちろん創作である」（拙訳。*Born in a Bookshop*、二九八頁）

「虚構上の殺人者は私自身」とは一体どういうことか。この謎めいた文句の意味について考えるためには、サーストンとピルグリムが交わした会話の場面を思い浮かべる必要がある。


「そして、誰もが知る物書きのミスター・ハワード・ピルグリム先生もいらっしゃる、そうだろう？」

「そうとも。『**内なる死体**』に『**殺しのレシピ**』、その他、本や映画でお楽しみいただいている名作の著者でございます」ピルグリムが話に乗って言った。

サーストンが笑った。「今はどんなものを書いてるんだい、ハワード？」ふざけながらも彼の仕事ぶりを認めるように尋ねた。「『北京の地獄絵図』とか？（略）」

「『笑う仏《ラッフィング・ブッダ》』なんてどうだ？　いいタイトルだろう？　何日か前にひらめいてメモしておいたんだ。あとはきみが誰かに殺されてくれれば、こっちは大いに助かるんだがね」

（本書、一一〇～一一一頁、強調は筆者による）

ピルグリムの作品の題名を太字にしてみたが、実はこれらの作品タイトルはスターレットが過去に書いた作品と対応している（『内なる死体』は *Dead Man Inside*。『殺しのレシピ』*Recipe for Murder* は、先述の *The Great Hotel Murder* の改題版）。つまり、作者は作中の探偵小説作家に自らを擬してみせたのだ。ただしその素振りは、作者の過去の作品についてよく知る者にしか読み取ることのできないものだったが。では、作者がわざわざこのような趣向を作中に組み込んだ狙いは何だろう。

一つ考えられるのは、作品世界が作中作へと回収されてしまうメタフィクショナルな趣向を徹底するため、という理由だ。すなわち、「書こうと思った「作中作」『笑う仏』の物語を生きてしまった作中人物ピルグリム」という構造の外側に「書こうと思った「作品」*Laughing Buddha* の物語を生きてしまった現実の人物スターレット」という構造を延長するように、読者は挑発されているのである。こう考えた瞬間、作家スターレットと読者が存在する現実の世界はたちまち「虚構の世界」へと折り畳まれてしまうことになる。虚構の中の人物シャーロック・ホームズを現実の人物のように愛し、探求したスターレットとしては、虚構に取り込まれることもむしろ本望な結末なのではないかとついつい深読みしてしまうところだ。

## ア・マーダー・ケース・イン・ペキン

スターレットが本書を執筆していたと思われる一九三七年の一月、北京で一件の殺人事件が発生したことをご存じだろうか。北京在住の元英国公使E・T・C・ワーナーの一人娘、パメラ・ワーナーが外国人居留区から少し離れた「狐狸塔」と呼ばれる建物の下で、なぜか心臓を切り取られた無惨な死体となって発見されたのだ。殺人者は狐の妖怪か、怪しげな術を行使せんとする狂人か、あるいは謎の日本人スパイか……北京で暮らす人々を震え上がらせたこの未解決事件を、七十年後に様々な資料を基に再構築して真相を明らかにしようとした試みが、ポール・フレンチ『真夜中の北京』（二〇一一）である。なお、同書は二〇一二年にCWAのノンフィクション・ダガー賞を受賞している。『真夜中の北京』には、当時の警察の捜査の様子（中国の警察の内部事情、また外国人が巻き込まれる殺人事件の捜査に当たって、天津から元スコットランド・ヤード所属の現公使が呼び寄せられ協力するなど）が克明に描かれているが、この捜査の在り方は『笑う仏』におけるそれとさほど離れていない。作者が中国人のアン警部や遺体の検死を行う大学医学部の設備の様子、また寺院の僧侶たちや文物などについて比較的偏見の少ない中立的な筆で描いていることは本書をお読みになった方であればご理解いただけるはず。しかし、この態度は執筆年代を考慮すれば驚くべきことかもしれない。ノックスが十戒の第五項に「中国人を登場させてはいけない」と書いたのは、「フー・マンチュー」のようなあまりに都合の良すぎる万能の怪人を登場させる安易な風潮を戒めるためだった（とはいえノックスも、東洋の怪しげな行者が登場する作品を書いているが）し、また当時の「娯楽小説」の中にはまだ幾分か「黄色人種が白色人種に害を為す」という黄禍論の考え方が残っていた。そういったバイアスに囚われず、読者に自分が見たままを伝えようとするリベラルな姿勢は評価されるべきポイントだろう。

最後に、本書の底本となった *Murder in Peking* について興味深い事実を紹介しておきたい。ヴィンセント・スターレット研究家のレイ・ベッツナーは *Laughing Buddha* と、一九四六年に再刊されたこの本の間にはテキスト上の異同があると指摘している。ベッツナーは、スターレット自身が友人の編集者チャールズ・ホンスに献呈した*Laughing Buddha*を所有しているそうだが、その安っぽいペーパーバックの見返しには「悪意ある編集者に勝手に削除・加筆されてしまい、自分が書きたかったのとは違うものになってしまった。編集者に呪いあれ」と記されており、各所に校訂が施されているという。ベッツナーは*Murder in Peking*とこの「校訂版」を比較検討し、その結果、すべての箇所が「元の通りに修正されている」とウェブサイト*Studies in Starrett*で結論付けている。幸運なる日本の読者諸氏におかれては、本書に込められた作者の狙いを十全に楽しんでいただければと願うものである。

【ヴィンセント・スターレット書誌情報（簡易版）】
探偵役：○ウォルター・グロスト、●ライリー・ブラックウッド、☆ジミー・ラヴェンダー

・長編小説

*Seaports in the Moon*（1928）（幻想小説）
○*Murder on B Deck*（1929）
○*Dead Man Inside*（1931）
○*The End of Mr Garment*（1932）
●*The Great Hotel Murder*（1934）（別題：*Recipe for Murder*）
*Laughing Buddha*（1937）（別題：*Murder in Peking*）本書
●*Midnight and Percy Jones*（1938）

・短編小説集

*The Unique Hamlet*（1920）（"The Adventure of the Unique 'Hamlet'" のみ収録の私家版）
*Coffins for Two*（1924）
*The Blue Door*（1930）
☆*The Case Book for Jimmy Lavender*（1944）
*The Quick and the Dead*（1965）

・その他邦訳
〈小説〉
「珍本「ハムレット」事件」（"The Adventure of 'the Unique Hamlet'"）
各務三郎訳、『ホームズ贋作展覧会』、河出文庫、一九八九他
「べつの女」（"The Other Woman", 1927）、
嵯峨静江訳、「ミステリマガジン」一九八八年二月号
「十一対一」（"The Eleventh Juror", 1927）、
延原謙訳、『死の濃霧』、論創海外ミステリ、二〇一九他
「オペラ座の殺人」（"Murder at the Opera", 1934）、
厚木淳訳、『犯罪の中のレディたち』、創元推理文庫、一九七九
「上海のアメリカ人」（"Dilemma at Shanghai", 1942）、
井上一夫訳、「日本版ＥＱＭＭ」一九五七年九月号
「パパ・ポンサーの悲劇」（"The Tragedy of Papa Ponsard", 1959）、
高橋泰邦訳、「日本版ＥＱＭＭ」一九六〇年三月号
他、原題不詳
「奇怪な失踪」、延原謙訳、『新青年』昭和９年夏季増刊号
「電話の声」、西田政治訳、『新青年』昭和14年夏季増刊号
「ポオ詩集事件」、訳者不詳、『マスコット』３号（一九四九年三月）
「埋もれた皇帝」、松本晴子訳、『牧神』-3号（一九七三年七月）

〈エッセイ・評論〉

『シャーロック・ホームズの私生活』（*The Private life of Sherlock Holmes*, 1933）、
小林司・東山あかね訳、「ＥＱ」一九八〇年三月号～（全８回連載）→文藝春秋、一九八七
→河出文庫、一九九二

「毒殺魔クリームのシカゴ時代」（"The Chicago Career of Dr Cream — 1880", 1945）、
竹本祐子訳、『シカゴ殺人事件（アメリカン・ショックス：Nonfiction 2）』、ミリオン出版、一九八七

「さよなら、ソーンダイク博士」
押川曠訳、『シャーロック・ホームズのライヴァルたち（名探偵読本５）』、パシフィカ、一九七九

【参考文献リスト】

Starrett, Vincent, *Born in a Bookshop*, University of Oklahoma Press, 1965
ポール・フレンチ『真夜中の北京』、笹山裕子訳、エンジンルーム／河出書房新社、二〇一五
Betzner, Ray "Peking Pays Off: VS In The Forbidden City, Part 2", *Studies in Starrett*
(http://www.vincentstarrett.com/blog/2018/5/30/peking-pays-off-vs-in-the-forbidden-city-part-2)
（二〇二〇年六月一五日時点確認）

〔著者〕
ヴィンセント・スターレット
1886年、カナダ、トロント生まれ。89年、一家揃ってシカゴへ移住。1905年に新聞社へ就職し、犯罪記事や特集記事を手掛ける傍ら創作活動に励む。シャーロック・ホームズの愛好団体《ベイカー・ストリート・イレギュラーズ》創設当初の中心人物としても知られ、エッセイ「シャーロック・ホームズの私生活」はホームズ研究者から高く評価された。中国本土で生活していた時期もあり、その時の経験は「上海のアメリカ人」などの著作に活かされている。58年、アメリカ探偵作家クラブ巨匠賞を受賞。1974年死去。

〔訳者〕
福森典子（ふくもり・のりこ）
大阪生まれ。通算十年の海外生活を経て国際基督教大学卒業。主な訳書に『ニュー・イン三十一番の謎』、『十一番目の災い』、『陰謀の島』（いずれも論創社）など。

笑う仏《ラッフィング・ブッダ》
——論創海外ミステリ 255

2020年7月30日　初版第1刷印刷
2020年8月10日　初版第1刷発行

著　者　ヴィンセント・スターレット
訳　者　福森典子
装　丁　奥定泰之
発行人　森下紀夫
発行所　論　創　社
〒101-0051　東京都千代田区神田神保町2-23　北井ビル
TEL:03-3264-5254　FAX:03-3264-5232　振替口座 00160-1-155266
WEB:http://www.ronso.co.jp

組版　フレックスアート
印刷・製本　中央精版印刷

ISBN978-4-8460-1957-0